Marie Bonstein
Gefährlicher Isarblick

Aufgewachsen in München Schwabing, ist Marie Bonstein beruflich lange im HR-Management tätig gewesen. Unter anderem in einer Rechtsanwaltskanzlei, wo sie erste Einblicke in die Arbeit von Polizei und Staatsanwaltschaft gewinnen konnte. Während dieser Zeit schrieb sie zwei Businessratgeber. 2020 hat sie ihre Leidenschaften, das Schreiben und die Liebe zu Krimis, zusammengepackt und mordet jetzt auf dem Papier für ihre Isar-Krimis. Wo? Natürlich in München!

Marie Bonstein

Gefährlicher Isarblick

Kriminalroman

PIPER

Mehr über unsere Autoren und Bücher:
www.piper.de

Wenn Ihnen dieser Krimi gefallen hat, schreiben Sie uns unter Nennung des Titels »Gefährlicher Isarblick« an empfehlungen@piper.de, und wir empfehlen Ihnen gerne vergleichbare Bücher.

© Piper Verlag GmbH, Georgenstraße 4, 80799 München
www.piper.de
Für direkten Kontakt und Fragen zum Produkt wenden Sie sich bitte an: *info@piper.de*

ISBN 978-3-492-50767-7

Redaktion: Christiane Geldmacher
Dieses Werk wurde vermittelt von der Literaturagentur Kai Gathemann GbR.
Satz auf Grundlage eines CSS-Layouts
von digital publishing competence (München)
mit abavo vlow (Buchloe)
Covergestaltung: Traumstoff Buchdesign traumstoff.at
Covermotiv: Bilder unter Lizenzierung von Shutterstock.com genutzt
Printed in the EU

1

Im Nachthemd, mit dem offenen Bademantel und den wirr um den Kopf fliegenden weißen Haaren sah Rosa Kleinschmidt aus wie ein Nachtgespenst.

»Ich habe den Mord gesehen!«, rief sie Polizeimeisterin Gabler und ihrem Kollegen Stiller entgegen, die in dem Moment das Foyer betraten.

»Da gibt es nur ein Problem!« Michaela Schöntal, die Inhaberin des kleinen Hotels, kam die Treppe herunter in die Halle. Sie hatte den Taser noch in der Hand, den sie sich vor wenigen Minuten eilig geschnappt hatte, als Rosa Alarm geschlagen hatte. Doch nun schüttelte sie den Kopf. »Da ist nichts in Zimmer 107.«

»Aber ich habe es mit eigenen Augen gesehen!« Rosas Stimme überschlug sich vor Aufregung. Eine junge Frau in samtroter Hoteluniform saß neben Rosa auf dem in die Jahre gekommenen Sofa und tätschelte ihr beruhigend die Hand.

»Vielleicht können wir das Zimmer…«, setzte Polizeimeisterin Gabler an, doch der Rest ihres Satzes ging unter in dem Lärm, der durch die Drehtür hereinfegte. Zwei Männer in bayerischen Lederhosen betraten laut und betrunken die Eingangshalle.

»Oktoberfest, molto bene!«, rief der Größere in den Raum.

»Ein Proooosit auf Gemutlichkeit…«, sang der andere lautstark.

Der Große trug einen riesigen blau-weißen Stoffhut in Form eines Bierkrugs auf dem Kopf. Während der andere ein übergroßes Wiesnherz um den Hals hängen hatte, auf dem in rosafarbener Zuckerschrift geschrieben stand: *Herzens-Bub*. Lachend torkelten sie Arm in Arm zum Aufzug.

»Aber da muss eine Leiche sein!«, beharrte Rosa immer noch völlig außer sich.

»Können wir das ein bisschen leiser klären?« Michaela Schöntal warf einen verstohlenen Blick zu den Männern. Doch die schenkten der kleinen Gruppe, die in der Hotelhalle um das Sofa herumstand, nicht die geringste Aufmerksamkeit. In ihrer bierseligen Laune war den beiden sogar die Anwesenheit der Polizeibeamten entgangen, die versuchten herauszufinden, aus welchem Grund sie gerufen worden waren.

Polizeimeisterin Gabler wartete den Augenblick ab, bis die alkoholisierten Gäste im Aufzug verschwunden waren. »Dann zeigen Sie uns bittschön mal das ereignisrelevante Zimmer.«

Michaela Schöntal ging den Polizisten voran nach oben, Rosa und die junge Mitarbeiterin folgten ihnen in einigem Abstand. So stiefelte die bunt zusammengewürfelte Truppe in den ersten Stock.

»Wer wohnt denn in dem Zimmer?«, fragte Gabler beim Hinaufgehen.

»Es ist nicht vergeben. Die Heizung ist defekt. Aber versuchen Sie mal, um die Wiesnzeit herum einen Handwerker zu bekommen. Das ist so schwierig, wie Sonntag in der Früh einen Platz im Bierzelt zu ergattern. Wir warten schon seit drei Wochen darauf, dass ein Monteur vorbeikommt.« Schöntal sperrte die Tür auf und drückte auf den Lichtschalter. Flackernd ging die Deckenleuchte an. Das Zimmer war klein und unmodern, aber zweckmäßig eingerichtet. Grüne Vorhänge hingen schwer und angestaubt vor dem einzigen Fenster. Gabler spähte in das winzige Badezimmer. »Da ist auch nix.«

»Aber das ist ganz unmöglich.« Rosa drängte sich an Polizeimeister Stiller vorbei, der im Türrahmen stehen geblieben war. Ungläubig schüttelte sie den Kopf. »Da hat er gestanden.« Mit beiden Händen deutete sie auf den Platz vor dem schmalen Doppelbett. »Diesen Hass im Blick des Mörders werde ich nie vergessen.«

2

»Danke fürs Abholen.«

Hauptkommissarin Clara Liebig schwang sich auf den Beifahrersitz des Dienstwagens und warf ihre Jeansjacke nach hinten auf die Rücksitzbank. Sie band ihr bernsteinfarbenes Haar zu einem Pferdeschwanz zusammen. In der Eile des Aufbruchs hatte sie sich nur schnell einen Haargummi ums Handgelenk gefletscht. Leichenfund in einem Hotel hatte es am Handy geheißen. »Weißt du schon mehr?«

Thorwald von Weidecke schüttelte den Kopf und fuhr los. »Und ausgerechnet heute wollte ich zu der Wiesn-Convention schlechthin. Ich war schon in voller Montur und musste mich auf die Schnelle abschminken.« Reste von grüner Farbe glitzerten über der Stirn in seinem dunklen kurzen Haar. Cosplay war Thorwalds Hobby. Regelmäßig verkleidete er sich wie einer seiner Lieblingshelden und traf sich an den Wochenenden mit Gleichgesinnten auf Conventions, um sich gegenseitig zu fotografieren und die Kostüme der anderen zu bestaunen. Der junge Kommissar stammte ursprünglich aus Ennepetal in Norddeutschland und war erst seit einem guten Jahr in Claras Team. Er hatte so seine Eigenarten, doch inzwischen wusste sie die meisten davon zu schätzen. Besonders seine Super-Recognizer-Fähigkeiten hatten schon manches Mal dazu beigetragen, einen Fall zu lösen. Ein Gesicht, das Thorwald einmal im Leben gesehen hatte, vergaß er nie wieder.

Das Hotel, zu dem sie fuhren, lag in der Mozartstraße, kurz vor dem äußeren Sperrring der Wiesn. Hier pilgerte der größte Besucherstrom von der U-Bahn-Station Goetheplatz kommend zum Oktoberfest. Das machte die Anfahrt doppelt schwierig. Menschenmassen überfluteten die Gehsteige und flossen in Richtung Festgelände. Gleich am Anfang der Straße beim Filmpalast musste Thorwald das erste Mal scharf bremsen. Immer wieder traten Fußgänger auf die Fahrbahn. Keiner achtete auf den Verkehr. Es war ein wildes Durcheinander aus vorfreudigem Lachen, urigen Trachten und aufgekratzter Volksfeststimmung. Die späte Nachmittagssonne tauchte die ganze Kulisse in ein warmes goldenes Licht, das die freudige Erwartung der Menschen auf das Oktoberfest noch anheizte.

»Hau das Blaulicht aufs Dach!« Ungeduldig wippte Clara mit dem Bein und sah aus dem Fenster des schwarzen BMWs auf das Getümmel draußen.

»Meinen Überlegungen nach kommen wir dann auch nicht schneller voran, es sind einfach zu viele Menschen unterwegs und wir sind ja gleich da.« Thorwald manövrierte sie besonnen und konzentriert durch die überfüllte Straße.

»Als wäre die ganze Stadt auf den Beinen«, grantelte Clara vor sich hin.

»Die ganze Welt trifft es eher. Es wird dieses Jahr erneut mit einem Andrang von über sieben Millionen Besuchern gerechnet. Das ist eine exorbitant hohe Zahl. Bislang wurde das nur zweimal in der Geschichte des Oktoberfestes überhaupt erreicht. Immerhin sind das fast fünfmal so viele Menschen wie München Einwohner hat. Eine logistische Meisterleistung von Veranstaltern, öffentlichen Verkehrsmitteln, Hotellerie, Gastgewerbe und natürlich von uns.«

Sieben Millionen Menschen, dachte Clara, die schienen alle heute auf dem Weg zur Wiesn zu sein. Und jeder einzelne von ihnen hatte sich für diesen Samstagabend etwas Besonderes vorgenommen. Sogar Thorwald hatte Pläne zum Ausgehen gehabt. Der einzige Mensch, der an einem so schönen Abend nichts vorhatte und auf der Couch herumhing, war sie. Um genau zu sein, hatte sie schon etwas vorgehabt. Mit einem Karton Pizza auf dem Tisch und ihren Aufzeichnungen auf dem Schoß war sie ungelöste Mordfälle durchgegangen.

Sie hatte ehemalige Fälle rekonstruiert und mit Salz- und Pfefferstreuer, Gabel und Servietten Tatorte nachgestellt, um neue Theorien zu alten Geschichten zu entwickeln. Nur wegen des Einsatzes hatte sie die Jogginghose gegen ihre Jeans getauscht und sich ein frisches weißes Sweatshirt übergezogen. Dabei hatte ihr Blick die Narbe in ihrer Armbeuge gestreift. Im Dienst hatte sie sich schon einige Verletzungen zugezogen. Doch die Narben, die wirklich schmerzten, trug sie nicht auf der Haut, sondern tief darunter.

Das Dröhnen der Hupe riss sie aus ihren Gedanken. Thorwald, der vor einer Minute noch von Gelassenheit gesprochen hatte, war offenbar nun doch der Geduldsfaden gerissen.

»Hilft Hupen deinen Berechnungen nach?«

»Ich habe nur gehupt, um auf mich aufmerksam zu machen. Laut Straßenverkehrsordnung ist das Betätigen der Hupe erlaubt, sogar erwünscht, wenn damit auf eine Gefährdung hingewiesen wird. Und genau das habe ich getan.«

»Schon gut.« Warum hatte sie nur gefragt, auf eine Lektion in Sachen Verkehrserziehung konnte sie gern verzichten. Zu allem Überfluss ragte ein Falschparker so weit in die Straße, dass es zu einem Geschicklichkeitsspiel wurde, um ihn herum zu fahren. Ungeduldig trommelte Clara mit den Fingern auf ihre Oberschenkel. Sie überlegte, ob sie Thorwald auf die Farbe am Haaransatz aufmerksam machen sollte, doch sie wollte ihn nicht vom Autofahren ablenken. Was er an seinem Cosplay-Hobby fand, konnte sie nicht nachvollziehen. Auch wenn sie sah, dass ihn mit dieser Spielerei eine ernsthafte Leidenschaft verband. Sie selbst hatte nichts Vergleichbares, nichts, wofür sie brannte, außer ihren Job und ihre Tochter. Und Miriam war mit ihren fünfzehn Jahren schon so flügge, dass sie die Mutter nicht mehr oft brauchte. Clara bedauerte das, obwohl sie wusste, dass es keine andere Option gab, mit einer Polizistin als Mama.

Ein plötzliches Bremsen ließ ihren Kopf nach vorne nicken. Ohne zu schauen, war ein junges Paar über die Straße gelaufen. »Verdammt!«

»Die Lage des Tatortes mag nicht optimal sein, aber sieh es doch einmal von der positiven Seite. So müssen wir für den Moment nicht der Drogenfahndung zur Verfügung stehen«, sagte Thorwald, der wartete, bis das taumelnde, junge Paar die Straße mit zwei Schritt vor und einem zurück überquert hatte. Seit vor einer Woche das Oktoberfest mit dem feierlichen Anstich eröffnet worden war, hatten sie die Kollegen vom Drogendezernat bei der Operation »Wiesnrausch« unterstützt.

Dass zur Wiesnzeit große Mengen an Kokain über die offenen Grenzen ins Land gebracht wurden, war kein Geheimnis. Speziell aus Tschechien blühte der Schmuggel mit Drogen und unverzollten Tabakwaren. Die Lage war nicht vollständig beherrschbar, bei der Masse an Besuchern, die nach München strömten. Und die Polizei tat, was in ihrer Macht stand, um Handel und Konsum einzudämmen. Doch mit einer gewissen Quote unter dem Radar durchfliegender Drogenkuriere mussten sie leben.

Auch dass Kokain gestreckt wurde, war nicht neu. Seit einiger Zeit wurde häufig das Tierentwurmungsmittel Levamisol verwendet, um es mit dem Kokain zu mischen und den Gewinn zu maximieren. Doch in diesem Jahr hatten sie eine besorgniserregende Entwicklung festgestellt. Im *Unterhölzl*, einer in Drogenkreisen einschlägig bekannten Bar, war der Dealer Miro Andrak aufgegriffen worden. Ein kleiner Fisch, doch er hatte eine gefährlich verschnittene Ware bei sich gehabt. Das Kokain war mit einem extrem hohen Anteil Levamisol versetzt, was im schlimmsten Fall zu Herzversagen führen konnte. Miro Andrak hatte seine Quelle nicht genannt und war insgesamt recht schweigsam gewesen. Doch wenn noch mehr von dem Stoff im Umlauf war, handelte es sich nur um eine Frage der Zeit, bis es zu ersten Todesfällen durch die beigemengte Substanz kommen würde.

Gerade die Wiesngänger waren gefährdet, denn mit der Mischung aus Alkoholrausch und Kokain war schon im Normalfall nicht zu spaßen. Es war Halbzeit auf dem Oktoberfest und bislang gab es über zweihundert Bierleichen. Menschen, die wegen eines zu hohen Alkoholkonsums das Festgelände nicht mehr aus eigener Kraft verlassen konnten. Sie mussten entweder in die eigens dafür ausgerüsteten Sanitätszelte gebracht werden oder sie schliefen ihren Rausch am Kotzhügel aus. Und wer sich mit so viel Alkohol im Blut auch noch das giftig verschnittene Kokain reinzog, konnte übel enden. Die Drogenfahndung arbeitete Tag und Nacht mit Hochdruck daran, den Hintermännern und Verursachern der gestreckten Drogen auf die Spur zu kommen und die Konsumenten aufzuklären. Safer Use war das Motto. Doch selbst bei Clara, die in ihrem Beruf eine gewisse Abgeklärtheit und Härte gegenüber der Kriminalität pflegte, hinterließ die Ermittlungsarbeit im Drogen-Milieu einen bitteren Nachgeschmack. Zu viel Elend, Gewalt und Gleichgültigkeit.

Schon von Weitem sahen sie drei Polizeiwagen mit flackerndem Blaulicht hintereinander in der Straße stehen. Am Seitenrand war alles zugeparkt, sogar die Feuerwehreinfahrten, die eigentlich freigehalten werden mussten. Hinter ihnen hupte es. Zur Wiesnzeit spielten die Leute verrückt. Thorwald stellte das Auto im Anschluss an die Polizeiwagen auf der Straße ab. Auf dem Gehsteig erstreckte sich eine Momentaufnahme der Lebensfreude und Wiesnstimmung, die seit Tagen die ganze Stadt erfüllte. Und mittendrin waren sie auf dem Weg zu einer Leiche.

»Na dann, auf geht's!«

Sie stiegen aus und wurden in dem Strom der Menschen, der zur Festwiese floss, mitgeschoben.

Clara atmete auf, als sie es durch die Drehtür ins Hotel geschafft hatten. Doch der Lärmpegel drinnen war fast so hoch wie der draußen. Die kleine Eingangshalle vibrierte von Stimmen und Schritten, die von den kahlen Wänden widerhallten. An der einen oder anderen Stelle schienen einmal Bilder gehangen zu haben, zumindest deuteten die blassen Flecken darauf hin. Hinter der massiven Empfangstheke hing ein altmodisches Schlüsselbrett, bespannt mit rotem Stoff. Schwere Schlüsselanhänger aus goldfarbenem Metall waren an den Haken aufgereiht. Jeder mit eingestanzter Zimmernummer. Ein Hauch Nostalgie, Überbleibsel einer alten Zeit, die vor der Verwendung der Schlüsselkarten in den Hotels üblich war. So sollte vermieden werden, dass Abreisende den Schlüssel aus Versehen in der Hosentasche mit nach Hause nahmen. Gegenüber neben dem Treppenaufgang hing ein alter, bodenlanger Spiegel, an dem die goldfarbene Verzierung stellenweise abgeplatzt war und durch dessen Reflexionen das Treiben in der Halle noch verstärkt schien. In einer Nische in der Wand thronte eine steinerne Büste von König Ludwig dem Zweiten, dem unbestrittenen Märchenkönig der Bayern. Zwei kleine Strahler leuchteten den Monarchen von beiden Seiten an, was seinem leeren, kalten Blick etwas Unheimliches verlieh.

Vor dem Aufzug stand eine Frau, blond, Ende zwanzig, zu der Clara nur einfiel: Beauty, Style und Wahnsinnsfrisur. Sie zeigte ihren Unmut durch die zusammengekniffenen Lippen und die energisch in die Hüften gestemmten Arme. Die Pailletten an ihrem apricotfarbenen Designerdirndl glitzerten unter der Beleuchtung der Hotelhalle. Und ihre geflochtene Hochsteckfrisur hätte selbst Vidal Sassoon, einem der größten Promifriseure seiner Zeit, Respekt abgenötigt.

An der Seite der Frau standen zwei kräftige Kerle in Lederhosen, deren Alkoholpegel nicht gerade zu einer entspannten Atmosphäre beitrug. Laut und wild gestikulierend versuchten sie, eine Polizistin dazu zu bewegen, die Aufzugstür freizugeben. Doch sie hatten keine Chance.

Der Treppenaufgang war mit Polizeiband abgesperrt. Auch hier durfte niemand hoch. Innen vor der Drehtür standen drei junge Männer, die hinauswollten. Ungehalten diskutierten sie mit einem Polizeibeamten. Ihre T-Shirts strahlten in lebendigen Wiesn-Motiven und den dazu passenden Aufschriften ein *Weißwurschtzuzler* und zwei *Bierdipmfe.* Doch ihre entschlossenen Gesten und die Lautstärke der Diskussion verrieten, wie übel gelaunt sie waren. Einer von ihnen, mit dunkel gelocktem Haar meckerte, dass sie das Hotel jetzt verlassen müssen. Der Zweite, mit einem zipfeligen Ziegenbärtchen sah den Polizisten böse an. Nur der Dritte, mit Baseballcap und strahlenden Augen, wirkte ruhiger, hin und wieder klopfte er seinen Freunden beschwichtigend auf die Schulter, doch auch er verhandelte mit dem Beamten darum, das Hotel verlassen zu können. »Wir sind extra aus Düsseldorf angereist und wir verlieren unseren Tisch im Bierzelt, wenn wir jetzt nicht losgehen. Den haben wir schon im März vorbestellt.«

Aufgeregt hob der mit dem Ziegenbärtchen seinen Arm in die Höhe und zeigte auf ein blaues Plastikarmband am Handgelenk, wie es für die Tischreservierungen in den Bierzelten üblich war. »Wir müssen los!«

»Verflucht, das ist Freiheitsberaubung«, schnappte Clara noch auf. Dazwischen wimmelten Polizisten in Uniform. Das Ganze mutete an wie eine Razzia auf einer After-Wiesn-Party und sie hoffte inständig, dass es nicht zu einer Prügelei um die besten Plätze käme.

Mit ihren 1,85 m überragte Clara die meisten Menschen im Foyer. Sie sah den dunkelblonden Schopf von Matthias Brauhofer, der direkt auf sie zusteuerte.

Er war der Bodenständige im Team. Mit seinem bayerischen Charme und dem unermüdlichen Arbeitseifer stand er ihr stets zuverlässig zur Seite. Immer wieder war Clara erstaunt darüber, dass er in jeder Situation seine Freundlichkeit behielt. Sie hätte gute Lust gehabt, den ganzen Haufen hier aus der Halle direkt in eine Ausnüchterungszelle zu stecken.

»Servus Chefin.« Wie erwartet ließ Matthias sich auch dieses Mal kein bisschen aus der Ruhe bringen. Mit Stift und Notizblock stand er vor ihnen und begrüßte Thorwald, der neben Clara auftauchte, mit einem Kopfnicken.

»Da steppt der Bär, was? Alles Wiesnbesucher, die hier wohnen. Die sind grantig, weil wir vorübergehend keinen rein- oder rauslassen. Aber sonst verlieren wir hier komplett den Überblick. Die Kollegen nehmen die Personalien auf, bevor die Leute nach draußen oder auf ihre Zimmer können.« Er rückte mit dem Kopf ein wenig näher an Clara und Thorwald heran. »Und Prominenz haben wir auch da.« Mit dem Stift zeigte er in Richtung der Beauty im schicken apricotfarbenen Dirndl, deren Gesicht inzwischen zornrot angelaufen war.

»Aha, und wer ist die?« Clara war sicher, dass sie die Frau noch nie zuvor gesehen hatte.

»Kennst du's net?« Matthias konnte es kaum fassen.

»Mir ist die Dame auch nicht bekannt«, sagte Thorwald.

»Bei dir wunderts mich nicht. Sei mir net bös!« Er grinste. »Aber wer einmal auf Social Media war und Kinder hat, der kennt sie. Das ist Luna MiniStar, die berühmte Mama-Influencerin. Mit ihren Zwillingen Katinka und Kaspar hat sie über eine Million Follower auf Instagram.«

»Mama-Influencerin?«, fragte Clara und zog eine Augenbraue hoch. Sie musterte Matthias, der immer noch begeistert in Richtung Luna MiniStar stierte.

Thorwald nickte verstehend. »Mama-Influencer! Eine faszinierende Spezies. Diese Personen, Mütter wie auch Väter, nutzen geschickt soziale Medien, um ihren Lebensstil und

Produkte zu präsentieren. Zum Beispiel Windeln, Feuchttücher oder Babyflügel.«

Nun war es Matthias, der überrascht wirkte. »Da schau her! Thorwald, woher weißt ausgerechnet du so was?«

»Babyflügel?« Clara schaute fragend drein.

»Als Requisiten für Fotoshootings.« Thorwald war in seinen Ausführungen nicht zu stoppen. »Sogar die jüngsten Mitglieder der Gesellschaft werden nicht verschont und müssen, ob sie wollen oder nicht, als Werbeträger für Windeln und andere Babyprodukte herhalten.«

»Bei dir hört sich des an, als wäre es was Schlimmes. Das macht den Kindern doch nix und wir haben für unsere Kleine viel gelernt von Luna MiniStar.«, gab Matthias zurück.

»Okay, klar. Jetzt kriegt euch mal wieder ein, deswegen sind wir nicht hier.«

Doch Thorwald war noch nicht fertig. Er senkte seine Stimme ein wenig. »Und hinter den glänzenden Fassaden, im Schatten des Online-Ruhms und der niedlichen Videobotschaften, verbergen sich oft genug böse Geheimnisse und schartige Seelen.«

»Mei, Thorwald, so ein Schmarrn. Die zeigt halt, wie man es gut macht mit den Kindern. Aber davon verstehst ja du noch nix!« Matthias warf einen letzten schmachtenden Blick auf die schillernde Luna MiniStar und nickte dann zum Sofa hinter sich. Ein Mann im Blaumann und eine junge Frau in Hoteluniform saßen dort wie zwei verschreckte Kaninchen. »Die Auffindezeugen, ich such mal ein ruhiges Plätzchen, wo wir mit denen reden können.«

Der schwelende Lärm und das Menschengewusel machten Clara nervös. Viele Menschen bedeutete viele Spurenvernichter. Zuerst wollte sie sich ein möglichst umfassendes Bild vom Tatort machen. »Okay. Wo ist die Leiche?«

»Die Tote liegt in Zimmer 107, da geht's lang.« Matthias schwenkte den Stift in Richtung der Treppe. »Demirci und die Spusi sind schon oben.«

Clara zog das Absperrband hoch und sah Thorwald an. Doch der zögerte, er hatte in dem alten Spiegel in der Halle die grüne Farbe an seinem Haaransatz bemerkt. Hastig rieb er mit den Fingern darüber, bevor er Clara nach oben folgte.

Ein junger Polizeibeamter stand am oberen Treppenabsatz. Er ließ sich ihre Dienstausweise zeigen und teilte blaue Schuhüberzieher aus. »Einfach geradeaus«, wies er sie in den langen, schmalen Hotelgang, an dessen Ende zwei weitere Uniformierte vor einem der Zimmer standen. An den Wänden hingen großformatige Gemälde, auf denen farbenfrohe Blumenwiesen und träumerische Landschaften mit blauem Himmel und Sonnenschein ein wenig Frohsinn in den dunklen Gang brachten.

Bei den Kollegen angekommen, fanden sie in Zimmer 107 eine alte Frau tot auf dem schmalen Doppelbett. Ihre Füße standen am Ende des Bettes auf dem Boden, und ihr Körper lag ausgestreckt und mit ausgebreiteten Armen darauf. Die Tote trug einen hellbraunen Rock, ihr Gesicht war so roséfarben wie die Bluse, unter ihrer feinen braunen Strickjacke. Sie hatte keine Schuhe an, nur beigefarbene Seidenstrümpfe. Ihr Haar saß perfekt gebürstet und gesprayt in einer weißlila gelegten Wasserwelle.

In der halbgeöffneten Hand des Opfers lag ein kleines Wiesnherz aus Kunststoff, ein billig aussehender Anhänger. Verziert mit roten Kornblumen und von hellblauen Schnörkeln umrandet. Und fest um den Hals der Leiche geknotet war ein blau-weißes Trachtentuch, auf dem in geschwungener Schrift aufgestickt war: *I mog di!*

3

Auf dem Teppich krochen drei in weiße Anzüge gehüllte Spurensucher auf allen vieren um die Füße der Leiche herum. Sie maßen und klebten mit Folie Stück für Stück den Fußboden ab, um kleinste Fussel und Härchen aufzunehmen. Der Polizeifotograf machte Aufnahmen von verschiedenen Flecken auf dem Teppich, die mit Nummern-Aufstellern versehen worden waren. Ein Videograf filmte die gesamte Szenerie.

Rechtsmediziner Lukas Demirci hockte in einem weißen Ganzkörperanzug neben der toten Frau vor dem Bett. Aus seinem mehrstöckigen Koffer zog er einige Sensoren, die er auf Brust, Stirn und Oberschenkeln der Toten befestigte.

»Clara«, rief er erfreut. »Gutaussehend wie immer. Ich war gerade auf dem Oktoberfest.« Und zum Beweis zog der Rechtsmediziner den Reißverschluss seines Schutzanzugs am Hals ein wenig auf. Darunter kam ein rot-weiß-kariertes Trachtenhemd zum Vorschein. »Was sagst du dazu?«

»Ein Prosit auf die Gemütlichkeit! Zeitpunkt des Todes?«

»Die Starre beginnt gerade erst sich auszubilden« Demirci deutete auf den Unterkiefer der Frau. »Hier sind die ersten Anzeichen des Todes und bald wird sich die Leichenstarre im ganzen Körper ausbreiten.« Er zog die sorgfältig in den Rock gesteckte Bluse des Opfers heraus und drückte über ihrer Hüfte auf die grauvioletten Flecken. Hell zeichnete sich der Abdruck seiner Finger darin ab. »Die Leichenflecke sind noch nicht fertig ausgeprägt und gut wegdrückbar.« Er zog die Bluse wieder herunter. »Alles in allem ist sie keinesfalls länger als zwei Stunden tot. Das ist meine erste Schätzung. Ich messe gerade die Temperatur.« Verschmitzt lächelte er ihr zu. »Und, was ist mir dir? Bist du keine Wiesngängerin?«

»Kommt drauf an. Wissen wir schon, wer die Tote ist?«

»Eine Frau Rosa Kleinschmidt. Sie ist extra aus Bayreuth angereist, um mit ihrer Enkeltochter, die in München wohnt, dem Zauber der Wiesn nachzuspüren. So hat es die Hotelangestellte erzählt, die sie identifiziert hat. Frau Kleinschmidt wohnte eigentlich im Zimmer gegenüber.«

»Kannst du mir schon etwas zur Todesursache sagen?«

»Nagel mich nicht drauf fest, aber so ad hoc würde ich darauf tippen, das hübsche Wiesn-Souvenir hier ist unsere Tatwaffe.« Er zeigte auf das Tuch um den Hals der Leiche. »Von wegen *I mog di.* Da gab es offensichtlich jemanden, der sie nicht mochte.« Sachte schob er mit dem behandschuhten Finger den Stoff ein wenig nach unten. Eine rötliche Drosselmarke und einige oberflächliche Hautabschürfungen kamen zum Vorschein. »Tod durch Wiesn-Souvenir. Welch tragisches Ende für einen fröhlich begonnen Tag.«

»Okay, mit etwas Glück findet sich daran Täter-DNA. Sonst noch was?«

»Insgesamt war unser Opfer eine gepflegte Frau, soweit ich das dem ersten Anschein nach beurteilen kann. Sie war neunundsiebzig, körperlich gesund und fit für ihr Alter.«

»Das hilft ihr jetzt auch nicht mehr.«

»Leider nein. Die Verlockungen des Oktoberfests ziehen jedes Jahr Millionen Menschen aus aller Welt an. Doch nicht für jeden endet die Reise gut.« Mit einem Seufzer wendete er sich wieder der Leiche zu. »Von der Wiesn auf den Seziertisch!«

Clara sah bildlich vor sich, wie die Frau unbeschwert über die Wiesn flanierte. Ohne zu ahnen, dass dies ihr letzter Spaziergang sein würde.

»Wie schaut es denn bei dir so aus?« Demirci hatte den tragischen Tonfall abgeschüttelt und lächelte sie an.

»Ich lebe noch.«

»Das beruhigt mich ungemein.« Er setzte sein jungenhaftes Lachen auf. »Aber genau genommen wollte ich wissen, ob du nachher ein bisschen Zeit aufbringst für einen Wiesnbummel mit einem schneidigen, zugereisten Rechtsmediziner.«

Demirci war vor einigen Jahren aus Köln nach München gekommen, war Mitte vierzig, immer ein wenig gebräunt und stets mit einem charmanten Lächeln auf den Lippen. Er hatte die Leitung der forensischen Abteilung in München übernommen und seit sie ihn kannte, versuchte er, mit ihr auszugehen.

»Na klar – vielleicht im nächsten Jahr.«

Clara grinste und sah sich weiter im Zimmer um. Sie mochte Demirci und es gefiel ihr, dass er kein Problem damit hatte, mit ihr zu flirten, obwohl er einen ganzen Kopf kleiner war als sie. Doch sie hatte nicht vergessen, dass er eine Freundin hatte. Und was für eine! Doktor Irina Brahl. Genau wie er war sie Doktorin der Rechtsmedizin. Sie hatte die Leitung des Erlanger Instituts inne. Bei einem ihrer letzten Fälle hatte Clara das zweifelhafte Vergnügen gehabt, mit ihr zusammenzutreffen, wobei aneinanderzugeraten es besser beschrieb. Die Frau hatte etwas so Herrisches an sich, dass Clara beim Gedanken an Doktor-heißt-es-Brahl innerlich jetzt noch strammstand. Sie hätte nicht darauf getippt, dass Demirci auf eine so dominante und humorlose Frau abfuhr. Aber wo die Liebe hinfiel. Hinzu kam, dass diese Dr. Brahl unverschämt gut aussah. Was solls, sie hatte eine Mordermittlung zu leiten und ohnehin keine Zeit zum Anbandeln.

Clara brachte ihre Gedanken wieder auf Ermittlungskurs. Das Hotelzimmer sah in jeder Hinsicht nach Vergänglichkeit aus. Im Licht der Polizeischeinwerfer, grellweiß und strahlend, fiel die bescheidene Einrichtung umso mehr ins Auge. Die Wände hatten einen neuen Anstrich nötig. An den Seiten des einzigen Fensters hingen grüne, leicht speckig wirkende Vorhänge und auf dem Fenstersims stand eine Vase mit künstlichen Blumen, auf denen der Staub rekordverdächtig hoch lag. Auch die graue Auslegware war nicht mehr neu. Die Laufwege zu Toilette und Ausgang waren deutlich abgenutzt. An der Tür zum Badezimmer gab es einen Kleiderhaken, an dem ein leerer Holzbügel hing. Das Doppelbett, auf dem die Tote lag, stand vor Kopf an einer der kürzeren Wände. Und der gesteppte Überwurf in Dunkelgrün lag ausgebreitet über dem Bett, war allerdings durch die Leiche so verschoben, dass das dunkle, hölzerne Gestell des Bettrahmens zum Vorschein kam. Daneben stand ein Nachttisch aus dem gleichen Holz.

Thorwald beugte sich über die tote Frau und deutete auf das Herz in ihrer Hand. »Gehörte das dem Opfer?«

»Keine Ahnung, tut mir leid.« Ein durchdringender Piepton zeigte Demirci an, dass die Temperaturmessung abgeschlossen war. Er sammelte die Sensoren wieder vom Körper ab, als sein Blick an Thorwald hängen blieb. »Heute gar kein Taschentuch vor der Nase?«

Thorwalds Geruchssinn war extrem empfindlich. Bislang hatte man ihn nur mit einem in Menthol getränkten Taschentuch vor dem Gesicht an Tatorten angetroffen. Doch heute hatte er kein schützendes Tuch dabei. »Dank dieser neuartigen Erfindung hier brauche ich das nicht mehr.« Thorwald zeigte auf seine Nase ein schmaler, durchsichtiger Plastikring hing aus seinen Nasenlöchern wie ein Nasenring. »Ein Geruchsschutz-Clip. Damit bin ich gerüstet für jeden Tatort.« Thorwald hielt einen Daumen nach oben. Dann machte er mit einem kleinen Eingabestift weiter Notizen an seinem Finder, einem flachen, kreditkartengroßen Minicomputer, den er von einem Freund beim FBI geschenkt bekommen hatte. Immer wieder bekam er von dort neue Utensilien und Prototypen zum Testen. Durch seine gesteigerte Aufmerksamkeit und sein ausgezeichnetes Gedächtnis war Thorwald genau der Richtige, um solche Hilfsmittel auf Herz und Nieren zu prüfen.

»Und was hast du am Handgelenk gemacht? Verstaucht?« Demirci packte das Messgeräte-Set wieder ein und zeigte auf den hellen, leicht gemaserten Stoff, der einer Bandage ähnelte und unter einem von Thorwalds Hemdsärmeln hervorlugte.

»Aber nein, im Gegenteil.« Thorwald hob beide Arme in die Höhe. Nun kamen aus den Ärmeln die verbandsartigen Stoffe zum Vorschein. »Das sind Unterarm-Airbags. Sie gehen vom Handgelenk bis zum Ellenbogen. Das Material ist extrem dünn und angenehm zu tragen. Im Notfall, also bei einem Angriff oder Sturz, blasen sie sich in Nanosekunden auf. Ich teste sie für den Einsatz.« Thorwald nahm die Arme wieder herunter »Unterarmbrüche sind laut Statistik die häufigsten Verletzungen im Dienst. Mit diesen Protektoren könnte das bald der Vergangenheit angehören.«

»Ahhh!« Demirci nickte anerkennend. »Sehr praktisch. Im Übrigen ist die distale Radiusfraktur, also der Bruch des handgelenknahen Speichenknochens, einer der häufigsten Brüche überhaupt, nicht nur im Dienst. Er gehört zu den meistverbreiteten Knochenbrüchen in der Bevölkerung.«

»Die Arm-Airbags sind eine brandneue Erfindung von meinem Freund beim FBI. Sie sind vorgestern eingetroffen. Aber erste Tests zu Hause haben mir schon einen guten Eindruck vermittelt. Es funktioniert grandios und stellt einen umfassenden Schutz dar. Sieh her!« Thorwald stieß seinen Unterarm gegen den Türrahmen. Nichts geschah. »Na so was, wahrscheinlich muss der Schlag ein wenig fester sein.« Er holte weit aus und schlug den Unterarm mit Wucht dagegen, während Demirci dem Experiment aufmerksam folgte.

Clara hatte gerade darüber nachgedacht, was Rosa Kleinschmidt hier in diesem fremden Zimmer wohl gesucht haben mochte. Doch bevor sie sich weiter in die Motivation der alten Frau hineindenken konnte, wurde sie lautstark herausgerissen.

Markerschütternd hallte Thorwalds Schmerzensschrei durch den Raum. »Oh nein, tut das weh!« Die Mitarbeiter der Spurensicherung hatten für einen erschrockenen Moment ihre Arbeit unterbrochen. Alle starrten ihn an.

»Lass mal sehen!« Demirci stand auf und fasste nach seinem Arm. Er bog die Hand hin und her. Thorwald stiegen vor Schmerz die Tränen in die Augen. »Nicht gebrochen, keine Sorge. Aber ein ordentlicher Bluterguss ist dir sicher. Du solltest es kühlen.«

»Puh!« Thorwald rieb sich den Arm, misslaunig zupfte er an der Stoffbandage herum. »Warum ist der Airbag denn nicht aufgegangen?«, sagte er mit belegter Stimme. »Ich verstehe das nicht.«

Demirci zuckte mit den Schultern. »Freitagsproduktion?«

»Wenn ihr mit eurem Geplauder fertig seid, kannst du mir vielleicht auch noch was zum Arbeiten geben?« Claras Blick ruhte auf dem Herzanhänger in Rosas Hand. Er passte so gar nicht zum Gesamtbild der alten Dame.

»Nur keine Eifersucht!« Demirci setzte sein bubenhaftes Lächeln wieder auf, das seine Augen hellblau strahlen und ihn um einiges jünger aussehen ließ. »Ich würde sagen, ihr sucht jemanden, der einen guten Kopf größer ist als die Frau hier. So wie sie hier liegt, gehe ich davon aus, dass sie im Stehen erdrosselt wurde. Der Täter hat den Knoten des Halstuchs mehrfach verdreht und nach oben gezogen, sodass das Opfer keine Luft mehr bekam.«

»Willst du damit sagen, unser Täter ist jemand um die 1,80 cm? Naja. Danke für gar nichts! So ungefähr ein Viertel der gesamten Bevölkerung steht dann unter Verdacht.«

Clara sah sich weiter um. Auch das Zimmer passte nicht zu Rosa Kleinschmidt, und wenn man es genau nahm, war sie in diesem ganzen abgewirtschafteten Hotel fehl am Platz. Clara entwickelte ihre Theorien immer äußerst bildhaft mithilfe von Puzzleteilen, die sie in ihren Gedanken aufbaute. Auf einem Teil sah sie die alte Frau, auf einem anderen eine schwarzgewandete Gestalt. Die Täter in Claras Gedankenpuzzles sahen immer gleich aus, schwarze Kleidung, schwarze Maske, ohne Gesicht, ohne Geschlecht, nur eine konturlose Gestalt. Was zum Teufel hast du in diesem Zimmer gewollt Rosa Kleinschmidt?

»Hey, ho, was macht ihr da?« Malik Weidmann polterte so laut herein, dass Clara zusammenzuckte. Sein frischer weißer Ganzkörperanzug und die kantigen Züge seines Gesichts verliehen ihm schon ein gewisses Maß an Autorität, auch ohne zu wissen, dass er der Leiter der Spurensicherung war. Er quetschte sich an Clara vorbei ins Zimmer. Hinter sich her zog er einen riesigen Rollkoffer, als plante er eine ausgedehnte Urlaubsreise in die Karibik. »Kann ich vielleicht zuerst einmal den Scan vom Zimmer und der Leiche machen?« Seit Weidmann in der Schweiz eine Fortbildung im 3D-Scannen gemacht hatte, war er davon hellauf begeistert. Ständig erzählte er etwas von Punktwolken und anderen faszinierenden Entwicklungen aus der Welt der 3-D-Scans.

Und es stimmte, solche Scans waren überaus nützlich. Es würde ihnen helfen, sich später jederzeit wieder an den Ort des Verbrechens zu versetzen, indem sie sich die Computeranimation dazu ansahen. Sogar die Möglichkeit bestand, den Tatort mit einer VR-Brille virtuell zu besuchen. Das bedeutete, dass sie jederzeit alle Details noch einmal ansehen konnten. Dort blieb alles unverändert, während in diesem realen Zimmer in wenigen Stunden nichts mehr daran erinnern würde, was sich hier ereignet hatte.

»Da geht man kurz zum Auto und die Kollegen von Rechtsmedizin und Kripo verwüsten inzwischen den Tatort.«

»Wir arbeiten«, sagte Demirci in liebenswürdigem Ton. »Und deine Leute haben gemeint, dass sie mit den Aufnahmen von der Leiche selbst fertig sind und ich ran kann.«

Weidmann streifte seine Mitarbeiter mit einem Blick, der so scharf war, dass die Luft im Raum zu knistern schien. Schlagartig drehte er sich zu Clara um. Sie hatte wenig Lust, die Nächste zu sein, die er aufs Korn nahm.

»Okay, geklickt. Wir sind schon weg«, kam sie ihm zuvor und beeilte sich, den Raum zu verlassen. Fürs Erste hatte sie genug gesehen. Außerdem hatte Matthias eine Nachricht geschrieben, dass er mit den Auffindezeugen im Frühstücksraum wartete, bereit für die Befragung.

Thorwald trabte neben Clara her. »Ich verstehe überhaupt nicht, warum mein Airbag nicht ausgelöst hat. Das ist ja eine lebensgefährliche Angelegenheit und außerdem habe ich jetzt kolossale Schmerzen im Arm.« Vorsichtig betastete er sein Handgelenk dort, wo er es gegen den Türrahmen geschlagen hatte. »Sieh her, es schwillt schon an.«

Doch Clara hörte nur mit einem Ohr hin, sie dachte an Rosa Kleinschmidt. Sie war nach München gekommen, um den Zauber des Oktoberfests zu spüren. Und jetzt war sie tot – ermordet mit einem Wiesn-Souvenir.

4

Im Frühstücksraum standen alle Tische ein wenig zu eng beieinander. An der Wand hing eine unansehnliche rostbraune Tapete, die ehemals bordeauxrot gewesen sein mochte. Doch sie war genauso verblasst wie der Farbton der Vorhänge, auf deren Falten sich die Wirkung jahrelanger Sonneneinstrahlung abzeichnete. Schwer und ausladend hingen sie vor den Fenstern.

Das Tageslicht konnte sich nur spärlich im Raum ausbreiten. Auch die schwache Deckenleuchte versteckte mehr, als sie preisgab. Vielleicht ganz gut so, dachte Clara, denn die Zeit hatte ihre Spuren überall in diesem Frühstücksraum hinterlassen. Zwei Stehlampen standen mitten im Raum, doch sie waren nicht eingeschaltet. Ein leicht muffiger Geruch mischte sich mit dem des abgestandenen Bratfetts aus der angrenzenden Miniküche.

Die junge Hotelangestellte saß schniefend auf dem Stuhl neben dem leeren Buffet, und der Monteur stand in der Ecke, das Gesicht halb zur Wand gedreht und sprach in sein Handy. »Naaa, Boss, ich kann hier noch net weg, ich bin gar nicht bis zur Heizung durchgekommen. Und ich glaub', des klappt heut' auch nimmer. Die Polizei lässt mich gar net ins Zimmer.«

Clara sah Matthias an, damit er sie auf den aktuellen Stand der Zeugenbefragungen brachte, doch der schüttelte nur bedauernd den Kopf. »Wir konnten noch gar nicht angefangen.« Er kam näher und senkte die Stimme. »Benisha Caru, die Hotelmitarbeiterin, ist ziemlich durch den Wind.

Scheinbar hat es gestern in der Nacht schon einen Vorfall gegeben mit der Frau Kleinschmidt. Ich weiß aber noch net, worum es ging.«

Clara trat auf den Fußschalter der Stehlampe, die ihnen am nächsten stand, doch nichts passierte.

»Ich muss eine Zeugenaussage machen.« Der Monteur schnaubte ins Telefon und versuchte, noch etwas zu sagen, musste aber zuerst einen Schwall seines Gesprächspartners über sich ergehen lassen.

Clara und Thorwald setzen sich zu Benisha Caru. In ihrer unzeitgemäßen Uniform passte sie perfekt in das Gesamtbild des Hotels. Thorwald zückte seinen Finder, um Notizen fürs Protokoll zu machen, und Matthias blieb an die Wand gelehnt stehen.

»Frau Caru«, begann Clara.

»Benisha, bitte, das ist mir lieber.« Ihr dickes schwarzes Haar hatte Benisha zu einem geflochtenen Zopf gebunden, die Uniform saß locker um ihren schlanken Körper. Immer wieder schniefte sie laut und die eine oder andere Träne lief ihr über die Wangen. »Ich arbeite seit einem Jahr hier, eigentlich studiere ich BWL.«

Matthias reichte ihr ein Papiertaschentuch und Benisha schnäuzte sich unvermutet geräuschvoll die Nase. So laut, wie Clara es gar nicht von der schmalen, dünnen Frau mit dem leisen Auftreten erwartet hätte.

Clara rückte mit ihrem Stuhl etwas näher an den Tisch heran. »Sie haben die Tote gefunden?«

»Es war schrecklich. So eine nette alte Dame. Sie wollte nur mit ihrer Enkeltochter die Wiesn genießen. Wer hat ihr das angetan?« Sie wischte mit dem Taschentuch unter ihrer Nase entlang.

»Das wollen wir herausfinden, okay? Erzählen Sie uns, wie Sie sie gefunden haben.«

»Es war gerade nicht so viel los, als Herr Köhler, der Heizungsmonteur, kam. Er stand plötzlich und unerwartet an der Rezeption und wollte schnell die Heizung anschauen.«

»Wie spät war es da?«

»Vor einer knappen Stunde, denke ich.« Sie warf einen kurzen Blick auf ihr Handy und nickte, wie um sich selbst zu vergewissern. »Außer mir war niemand am Empfang, eigentlich darf ich dann nicht weggehen. Aber oft geht es nicht anders. Michaela, also Frau Schöntal, ihr gehört das Hotel, war nicht da und wir hatten schon so dringend darauf gewartet, dass der Monteur kommt. Und er hat gedroht, dass er zum nächsten Kunden weiterfährt, wenn ich ihm das Zimmer nicht gleich aufsperre.« Benisha wischte sich noch einmal mit dem Papiertaschentuch unter der Nase entlang. »Nur deswegen bin ich mit ihm hoch gegangen. Und da lag sie.« Sie schauderte und schlang ihre dünnen Arme um sich herum, wie um sich zu wärmen. »Es war grauenvoll.«

Clara wartete einen Moment, bis Benisha sich wieder ein wenig gefasst hatte. Die meisten Menschen, die sich in der unangenehmen Situation wiederfanden, einen Toten zu entdecken, erlitten einen Schock. »Sie sagten, dass es gestern schon einen Vorfall mit Frau Kleinschmidt gegeben habe?«, nahm Clara das Gespräch wieder auf.

»Ja, gestern Nacht, es war gegen elf. Da ist Rosa ganz aufgelöst heruntergekommen und hat behauptet, dass sie einen Mord beobachtet hat.«

»Einen Mord?« Clara sah die junge Frau genauso verblüfft an wie Thorwald und Matthias.

»Ja, ja, aber sie hatte es sich nur eingebildet. Da war nichts in Zimmer 107«, winkte Benisha ab.

»Genau das Zimmer, in dem jetzt ihre Leiche liegt?«, fragte Clara zur Sicherheit noch einmal nach. Das konnte doch kein Zufall sein.

Benisha nickte. »Ja, es ist das gleiche Zimmer.«

»Was hatte Rosa denn genau beobachtet in der Nacht zuvor?«, fragte Thorwald dazwischen. »Beziehungsweise, was glaubte sie, gesehen zu haben?«

»Sie hat gesagt, ein Mann mit Hass im Blick hätte einen anderen erwürgt. Und zwar in Zimmer 107.« Benisha wischte sich mit dem Ärmel übers Gesicht, um die Wangen zu trocknen. Ihre Nase war vom Weinen ganz rot geworden. »Sie war sicher, dass sie Zeugin eines Mordes gewesen ist. Es war gruselig, was sie erzählt hat. Ich habe hier unten mit ihr auf dem Sofa gesessen und gewartet. Und als wir das laute Geknarze gehört haben, habe ich mir beinahe in die Hose gemacht. Es war wie in einem Horrorfilm. Ich dachte nur, was soll ich machen, wenn der Mörder gleich vor uns steht? Doch es war nur meine Chefin, die die Treppe wieder runtergekommen war. Die ganze Aufregung war umsonst. Und dann haben wir uns alle überzeugt, dass da nichts war.«

»Wer ist alle?«

»Meine Chefin, ich, Rosa und die Polizei.«

»Die Polizei war da?« Clara sah einen Lichtschimmer am Horizont. Wenn Kollegen dagewesen waren, würde sie einen besseren Eindruck von dem bekommen, was sich gestern Nacht tatsächlich hier abgespielt hatte.

»Eine Polizistin und ein Polizist. Die haben das Zimmer genau unter die Lupe genommen, aber sie haben nichts gefunden.«

»Check bitte, wer von unseren Leuten da war«, sagte Clara an Matthias gewandt, der sich eben erst einen Stuhl herangezogen hatte.

»Freilich, Chefin.« Matthias stand wieder auf, zückte sein Handy und ging aus dem Frühstücksraum durch die gläserne Tür in die Halle.

»Ist Ihnen etwas aufgefallen, als Sie mit dem Monteur raufgegangen sind, also bevor Sie die tote Frau Kleinschmidt gefunden haben?«, fragte Clara weiter.

»Nein.«

»Sie haben die Treppe benutzt? Ist Ihnen vielleicht jemand begegnet?«

Die junge Hotelangestellte war schon im Begriff den Kopf zu schütteln, als sie innehielt. »Doch Moment, der britische Gast, Herr Ben Jones, kam die Treppe runter, als wir nach oben gegangen sind. Er hatte es eilig und ist, ohne zu grüßen, an uns vorbei durch die Drehtür nach draußen gelaufen. Als hätte er …«

»Benisha, was ist denn hier passiert?« Eine Frau stand in der Tür zum Frühstücksraum. »Ich bin die Managerin des Hotels, es gehört mir«, erklärte sie in Claras fragendes Gesicht. Sie trat selbstbewusst auf und füllte den Raum sofort mit ihrer Präsenz. Das goldblond gefärbte Haar war nach oben frisiert. Zwei Strähnen fielen als weiche Locken links und rechts neben dem Gesicht über die Ohren. Ein Hauch von Sissy und Eleganz. »Überall Polizei?« Ihre offene Körperhaltung und die freundliche Stimme fielen Clara angenehm auf. Sie gehörte zu den Frauen, die es schafften, dass man sich in ihrer Nähe sofort wohlfühlte.

Benisha sprang auf und fiel ihrer Hotelmanagerin um den Hals. »Rosa Kleinschmidt ist tot. Die glauben, sie wurde ermordet.«

»Oh mein Gott! Ermordet, tot? Aber warum? Wer hat das getan?« Mit einem Schlag war alle Farbe aus Michaela Schöntals sorgfältig geschminktem Gesicht gewichen. Sie war sicher doppelt so alt wie Benisha. Doch mit ihrer schicken weißen Trachtenbluse und der weitgeschnittenen Leinenhose sah sie modern und jugendlich aus.

»Wer das getan hat, versuchen wir herauszufinden. Bitte nehmen Sie Platz. Benisha, Sie wollten noch etwas sagen, als hätte er was?«

»Ich weiß nicht mehr.« Benisha hakte sich bei ihrer Chefin unter und zog sie mit sich zum Tisch.

Clara stöhnte innerlich, das war der Nachteil bei einer Befragung vor Ort. Solche Störungen ließen sich kaum vermeiden.

»Was für eine schlimme Sache und nebenbei bemerkt eine Katastrophe fürs Hotel. Die ganze Polizei hier.« Michaela Schöntal strich sich eine ihrer goldenen Locken hinters Ohr, bevor sie sich immer noch kopfschüttelnd auf dem Stuhl neben Benisha niederließ. »Ganz furchtbar!«

»Besonders für Rosa Kleinschmidt«, sagte Clara.

»Ja, natürlich. Die arme Frau. Obwohl sie schon ein bisschen verwirrt war. Gestern Nacht hat sie gedacht, dass sie einen Mord gesehen hat. Aber wer hätte ahnen können, dass sie heute tot ist?« Schöntals Gesicht löste sich komplett in Unverständnis auf. »Sind Sie sicher, dass es Mord war?«

»Wir gehen von einem Tötungsdelikt aus.«

Es stellte sich heraus, dass die Hotelmanagerin zur vermuteten Tatzeit nicht im Haus gewesen war, sondern beim Einkaufen. Michaela Schöntal zeigte auf ihren großen Korb, in dem drei Honigmelonen, einige Orangen und zwei Rollen mit Müllsäcken lagen. »Nur ein paar Kleinigkeiten, die wir auf die Schnelle brauchen. Sonst fahre ich immer in die Metro. Aber zur Wiesnzeit ist der Verkehr so unvorhersehbar. Deswegen war ich zu Fuß in der Stadt.«

»Sie haben also nichts mitbekommen, das uns helfen kann zu verstehen, wie Frau Kleinschmidt zu Tode kam?«, fasste Thorwald zusammen, während er sich mit seinem Eingabestift weiter Notizen machte.

»Nein, tut mir leid.« Allmählich kam wieder ein bisschen Farbe auf ihre Wangen zurück.

»Sie erwähnten den Vorfall von gestern Nacht. Können Sie uns das noch einmal aus Ihrer Perspektive schildern?«

»Das war schon ein bisschen unheimlich. Frau Kleinschmidt kam ganz aufgeregt in die Halle gelaufen. Geschrien hat sie, dass in Zimmer 107 ein Mensch ermordet wurde. Da hab' ich Benisha aufgeweckt und mir den Taser geschnappt.

Den habe ich für Notfälle immer unterm Tresen. Dann bin ich hoch.«

»Ganz schön mutig, Sie sollten das nächste Mal lieber auf die Polizei warten.«

»Das hier ist mein Hotel und ich trage die Verantwortung für die Gäste. Natürlich gehe ich rauf und ich hatte ja meinen Taser.«

»Zimmer 107, das ist gegenüber von Frau Kleinschmidts eigentlichem Zimmer?« Thorwald ließ den kleinen Eingabestift über das Display des Finders fliegen.

»Richtig, aber in dem Zimmer war absolut nichts.« Sie zuckte mit den Schultern. »Nichts und niemand. Es war auch ordnungsgemäß abgeschlossen. Also kann da gar niemand drin gewesen sein.«

»Außer Ihnen und Ihren Angestellten«, gab Clara zurück.

»Ja, aber es war in der Nacht keiner da, außer Benisha und mir, und wir waren gemeinsam unten, als Rosa herunterkam. Benisha hatte sich im Personalraum ein wenig hingelegt.«

»Wir brauchen eine Liste Ihrer Mitarbeiter.«

»Natürlich, Sie bekommen alles, was Sie benötigen.«

»Und dieser Ben Jones, der vor dem Auffinden von Rosa Kleinschmidt die Treppe herunterkam, in welchem Zimmer ist er untergebracht?«

»In der 101, aber er ist noch nicht zurück«, sagte Benisha, die sich seit der Ankunft ihrer Chefin wieder ein wenig von ihrer Trauer erholt zu haben schien.

Die Aussagen von Frau Schöntal deckten sich mit dem, was Benisha gesagt hatte. Außerdem interessierte es Clara jetzt mehr, welche Kollegen in der Nacht zuvor anwesend waren. Deren Bericht würde ein klares Bild davon zeichnen, was wirklich geschehen war. Ungeduldig spähte Clara durch die Glastür ins Foyer. Wo blieb Matthias?

Thorwald schloss seine Notizen zu den persönlichen Angaben von Benisha und Michaela Schöntal ab. »Sehr gut, dann ist das erst einmal alles für den Moment.«

»Komm, Kleine, ich mache dir mal einen Kaffee.« Schöntal tätschelte Benishas Schulter und schob sie auf einen Stuhl zwei Tische weiter, dann ging sie durch die Schwingtür in die winzige Küche nebenan.

»Hallo, können Sie bitte aufhören zu telefonieren?« Clara ging auf den Monteur zu.

Der Mann hatte immer noch sein Mobiltelefon ans Ohr gepresst. Köhler war genauso groß wie Clara, sein dunkelbraunes Haar hatte er ordentlich nach hinten gekämmt. Der Blaumann trug Spuren der letzten Kundeneinsätze.

Er zeigte auf sein Handy und zuckte hilflos mit den Schultern. »Mein Boss«, flüsterte er.

»Geben Sie mal her!« Clara rupfte das Telefon aus der Hand des verdutzten Mannes und sprach hinein: »Ihr Mitarbeiter ist ein wichtiger Zeuge in einem Mordfall.« Dann hielt sie das Handy von ihrem Kopf weg, denn aus dem Lautsprecher dröhnte eine schimpfende Stimme. »Er bleibt so lange hier, wie wir ihn brauchen«, sagte Clara schließlich aus einiger Entfernung in das Gerät »Und wenn Sie ein Problem damit haben, können Sie sich gerne bei der Stadt München beschweren.« Einen Moment lang war das Getöse auf der anderen Seite noch blechern zu hören, dann drückte Clara ihn weg. »Okay, das hätten wir. Und wenn Sie ins Zeugenschutzprogramm wollen, müssen Sie es nur sagen.« Sie lächelte Köhler aufmunternd zu.

Ein verlegenes Grinsen zeichnete sich auf seinem Gesicht ab. »Das wär net schlecht! Mein Boss regt sich alleweil so auf.«

»Sie haben die Leiche gefunden?«, kam Clara endlich zur Befragung, während sie Konrad Köhler an den Tisch neben dem Buffet bat.

»Ich bin mit Frau Caru nauf ins Zimmer, war schon spät dran heut'. Da wartet noch andere Kundschaft, dass ich denen ihre Heizung wieder in Gang bringe. Verstehens? Ich dacht' hier wird nicht viel sein, das alte Ding entlüften halt, mal mit'm Hammer aufs Ventil hauen. Die Leut' entlüften nie und dann plärrens, wenn die Heizung nimmer geht. Also wollt' ich des schnell abhaken.« Einen Moment schwieg er und schluckte, bevor er sich wieder fing und fortfuhr. »Frau Caru hat die Tür aufgesperrt und da hat sie gelegen, ganz und gar hin. Also tot halt, des hab' ich gleich gesehen.«

»Sind Sie ins Zimmer rein gegangen?«

»Gott behüt'! Die war tot. Die Augen waren ganz weit aufgerissen und geschnauft hats auch nimmer. Die Sach' war klar.«

»Haben Sie etwas bemerkt im Zimmer oder als Sie die Treppe hochgegangen sind? Ist Ihnen jemand begegnet?«

»Da is' uns so a Bazi entgegen gestoben. Groß, dunkle Haare, Trachtenhose. Ein ganz ein Eiliger. Hat mich ange rempelt, dass ich fast mitsamt meiner Taschen nuntergerauscht wär' von der Treppen. So ein Depp!«

Der britische Gast, Ben Jones. In Claras Kopf formte sich ein Puzzleteil, darauf ein großer gesichtsloser Mann, der eilig die Treppen hinunter hastete. Um vom Tatort zu fliehen?

»Sehr gut, vielen Dank.« Thorwald, der die Stichpunkte mitgeschrieben hatte, steckte den Finder zurück in die Brusttasche seines Hemds. Köhler stand auf und Thorwald tat es ihm gleich, er wandte sich an Benisha und Michaela Schöntal. »Wäre eine der Damen so freundlich, mir die Kontaktdaten von Herrn Jones herauszusuchen? Sie haben doch sicher eine Handynummer von ihm?«

Ein ohrenbetäubender Knall durchbrach die Stille, laut und bedrohlich, wie ein Schuss, gefolgt von einem gefährlichen Zischen. Benisha entfuhr ein Schrei und sie klammerte sich an Schöntal. Auf den Gesichtern der beiden Frauen spiegelte sich die blanke Panik.

Der Stuhl, auf dem Clara gesessen hatte, kippte um, als sie aufsprang und nach ihrer Dienstwaffe griff.

5

Noch bevor Clara die Waffe ganz herauszogen hatte, erkannte sie den Grund für den Knall und die Aufregung im Frühstücksraum. Es war der Armprotektor an Thorwalds linkem Arm. Er hatte ausgelöst und sich blitzartig zu einer dicken Wurst aus Luft und Kunststoff aufgeblasen und um den Arm von Thorwald geschlungen.

»Oh, heiliger Ozelot! Jetzt habe ich fast selbst einen Herzinfarkt bekommen. Verzeihung. Es ist nur…« Thorwald hob den Arm, drehte ihn in alle Richtungen und betrachtete das Ergebnis. Sein Hemd war bis zum Ellenbogen aufgeplatzt. Der Protektor war so angeschwollen, dass Thorwalds dünner Unterarm aussah, als hätte Popeye Spinat gegessen, um seine Muskeln zu stählen, aber nur einarmig. »Hm, den trägt man wohl besser über dem Hemdärmel. Zu Hause hatte ich es im T-Shirt ausprobiert.« Fasziniert besah Thorwald sich das Malheur. »Das kommt bestimmt von dem Schlag gegen den Türrahmen vorhin. Ärgerlich ist nur, dass es so verzögert ausgelöst hat.«

Clara starrte Thorwald entgeistert an. Michaela Schöntal hatte sich in größter Aufregung an die Brust gegriffen und Benisha sah aus, als würde nur noch ein Haar zu Boden fallen müssen, damit sie einen Nervenzusammenbruch bekäme. Auch der Monteur musste erst einmal kräftig durchatmen, um den Schreck zu verdauen.

»Bitte entschuldigen Sie, meine Damen und Herren, aber irgendwer muss das ganze Equipment ja testen«, sagte

Thorwald kleinlaut in die Runde und mit geröteten Wangen schob er hinterher: »Es dient der Sicherheit im Einsatz.«

Köhler betrachtete Thorwalds Arm aufmerksam. »Ja, sag a mal – des ist fei ein nettes Tool, des könnten wir auf Montage auch brauchen. Wenn's mal einen runterhaut vom Gerüst auf der Baustelle, verstehst?«

»Diese Protektoren sind noch nicht serienreif und streng genommen für die Polizei vorgesehen, aber ich kann Sie gerne informieren, wenn…«

»Danke, Herr Köhler.« Clara nickte ihm zu, denn so wie sie Thorwald kannte, würde er den Mann sonst in ein Fachgespräch verwickeln und ihm einen Vortrag halten über die Sicherheitsmaßnahmen an den verschiedensten Arbeitsplätzen der Welt. »Wir melden uns bei Ihnen, wenn wir noch etwas brauchen.«

Damit entließ sie den Monteur, der sich von Thorwald mit einem anerkennenden Kopfnicken verabschiedete. Thorwald begleitete ihn und die beiden Frauen, die sich inzwischen wieder beruhigt hatten, hinaus.

Kurz darauf kam Matthias zurück. Er hatte zwei Uniformierte hinter sich, die Clara kannte. »Die beiden Kollegen ham' gestern Nachtdienst am Oktoberfest gehabt, als der Notruf vom Hotel einging.«

Polizeimeisterin Gabler war mit ihrer eindrucksvollen Präsenz kaum zu übersehen. Mit breiten Schultern und ihrer energiegeladenen Ausstrahlung war sie stets eine der Ersten, die an einem Tatort die Kontrolle übernahm oder eine Situation klärte. Ihr Kollege Stiller war im Gegensatz dazu eher von schmaler Statur und sein Name war Programm. Meist sagte er nichts, doch mit seinem zurückhaltenden Wesen ergänzte er sich optimal mit seiner Partnerin. Die perfekte Balance zwischen Entschlossenheit und Beobachtung.

»Das gibts doch nicht. Diese eigenartige Sache gestern und jetzt das.« Gabler schaute bestürzt drein. »Ist die alte Frau wirklich ex?«

»Ja, Rosa Kleinschmidt ist tot. Wir gehen von einem Fremdverschulden aus. Dann erzählt mal, Kollegen, was war da los gestern?«

Stiller nickte nur zu den Ausführungen seiner Kollegin, die ihr Handy herausholte, um die Uhrzeiten noch einmal nachzusehen. Thorwald kam dazu, als Gabler anfing zu erzählen. »Wir wurden um dreiundzwanzig Uhr zehn angefordert. Wir haben Wiesndienst gemacht und standen am Toboggan, als der Funkruf von der Zentrale kam. Eine Frau Caru, eine Angestellte des Hotels, hatte den Notruf abgesetzt. Keine zehn Minuten später waren wir hier. Da saß Rosa Kleinschmidt in der Hotelhalle auf dem Sofa mit der Anruferin Benisha Caru«, las Gabler von ihren Notizen ab. »Frau Kleinschmidt hat sofort, als wir die Hotelhalle betraten, geschrien, dass da jemand ermordet worden sei. Wir sind dann rauf ins ereignisrelevante Zimmer, um uns selbst ein Bild zu machen.«

»Hmm!«, ließ Stiller vernehmen.

»Ach ja! Als wir reingekommen sind, ist die Hotelmanagerin, eine Frau Michaela Schöntal, die Treppe runtergekommen und hat schon gesagt, dass da oben im Zimmer nichts ist.« Gabler scrollte weiter. »Die alte Dame hat das nicht glauben können. Dann wollten wir das Zimmer anschauen, in dem Moment sind noch zwei augenscheinlich stark alkoholisierte Personen, männlich und der Aussprache nach italienische Staatsangehörige, in die Halle eingetreten. Beide Männer haben gelacht und gesungen und sind mit dem Aufzug hochgefahren.«

»Habt ihr mit denen gesprochen?«

»Naaa, da hatten wir gar keinen Grund. Im Anschluss daran sind wir hinauf in den ersten Stock gegangen. Das Zimmer war verschlossen und nicht bewohnt, wegen der defekten Heizung. Und nirgendwo gab es Kampfspuren oder etwas zu sehen, dass uns veranlasst hätte, von einem Verbrechen auszugehen«, berichtete Gabler weiter. »Wir haben auch den Notausgang geprüft, der dort auf dem Stockwerk ist. Der ist mit einem Türwächter-Alarm gesichert. Aber der wurde nicht ausgelöst, das wäre auch höllisch laut gewesen, das hätte das ganze Hotel gehört. Also ist da keiner raus. Anschließend haben wir sie in ihr eigenes Hotelzimmer begleitet, Zimmer Nummer 106. Auf dem Nachttisch lag ein Kriminalroman und der Titel war *Hass im Blick*. Und es war schon auffällig, dass sie uns mit den gleichen Worten den angeblichen Mörder beschrieben hat. Mit *Hass im Blick* hätte der zugedrückt. Nach der Spurenlage und dem Buch auf dem Tisch haben wir vermutet, dass sie beim Lesen eingeschlafen ist und den Vorfall nur geträumt hat. Sie hat eine längere Anreise hinter sich gehabt an dem Tag und von ihren Schlaftabletten hatte sie auch eine geschluckt.«

»Hat sie das mit den Schlaftabletten gesagt?«

»Ich habe sie drauf angesprochen, weil ich die Packung gesehen habe und sie hat gleich eingeräumt, dass sie eine davon genommen hat. Ich habe mir den Beipackzettel angesehen und da stand, dass es bei längerer Einnahme unter Umständen abhängig macht und Nebenwirkungen bis hin zu Halluzinationen und Schlafwandeln nach sich ziehen kann.«

»Okay, trotzdem, was hat sie genau gesagt über den angeblichen Mord?«, fragte Clara.

»Sie hätt' Stimmen gehört, die laut gestritten hätten. Es sei um Geld gegangen. Im Zuge dessen sei sie vom Bett aufgestanden und auf den Flur hinausgegangen. Der Lärm sei vom Zimmer gegenüber gekommen, die Tür hätt' einen Spalt breit aufgestanden.« Gabler zog die Augenbrauen zusammen. »Das stimmt aber nicht, wir wissen ja, dass die Türe fest verschlossen gewesen ist. Also noch ein Tatbestand, der die Ausführungen der Frau Kleinschmidt unwahrscheinlich macht.«

Clara nickte. »Erzähl weiter!«

»Dann habe sie dort ein Gerangel gesehen. Sie habe schon hineingehen wollen und um Ruhe bitten, als der eine den anderen Mann am Hals gepackt habe und gnadenlos zugedrückt hätte und ich zitiere, *diesen Hass im Blick des Mörders werde ich nie vergessen.*« Gabler schob die Dienstmütze hoch. »Genau wie der Titel ihres Kriminalromans. Deswegen waren wir sicher, sie hat sich die Sach' nur eingebildet. Im Halbschlaf halt. So was kommt ja mal vor, wegen der Erschöpfung, dene Tabletten und es war ja auch nichts in Zimmer 107. Wir sind zehn Minuten nach dem Notruf eingetroffen und von einem Mord gab es keine Spur.«

»Hat sie sonst noch etwas erzählt?«

»Oh ja, eine ganze Menge. Sie hat gemeint, sie habe den Mörder genau gesehen und würde ihn überall wiedererkennen. Sie könne ihn in einer Verbrecherkartei identifizieren.« Gabler stieß einen frustrierten Seufzer aus. »Ganz engagiert war sie, den Mörder zu schnappen. Mei und wenn wir gewusst hätten, dass da vielleicht doch was dran ist…«

»Hast du eine Beschreibung von dem vermeintlichen Täter?«

»Vage. Ein recht großer Mann, dunkle Haare, lange Arme, große Hände.«

»Und hat sie auch sein Opfer beschrieben?«

»Naaa, von dem hat sie nicht wirklich etwas sehen können. Auch ein Mann, da war sie sicher. Und schlapp zusammengebrochen sei er unter dem Würgegriff des anderen, mehr konnte sie zum vermeintlichen Opfer nicht sagen. Dann ist sie ihrer Aussage nach vor lauter Angst davongerannt, hinunter in die Halle, wo Michaela Schöntal am Empfang gearbeitet hat«, sagte Gabler. »Wir haben dann noch gefragt, ob es vielleicht ein Streit unter Betrunkenen gewesen sein könnte, der für sie nach einem Verbrechen ausgeschaut hat. Aber sie war fest überzeugt, dass sie einen Mord beobachtet hatte. Ich schicke dir die Protokolldatei zu, dann kannst du alles noch einmal nachlesen.«

»Danke! Hat sie gesagt, wie weit die Tür aufgestanden hat?«

Gabler zeigte mit Daumen und Zeigefinger etwa vier Zentimeter an. Durch einen solchen Spalt konnte man schon ein bisschen was sehen.

»Ursprünglich wollte die Frau Kleinschmidt gar nicht zur Wiesnzeit nach München kommen. Aber ihre Enkeltochter macht gerade eine schwierige Zeit durch, hat sie erzählt. Pubertät und mit den Eltern läufts wohl nicht so gut. Da wollte sie dem Mädchen«, Gabler sah auf ihr Handy, »Name Tabea Rössler, was Gutes tun und mit ihr auf die Wiesn gehen. Bissle Spaß haben, die Zeit genießen. Wer hätt' denn denkt, dass des so ein grausiges Ende nimmt?«

»Was meinte sie damit, es lief nicht so mit den Eltern?«

»Mei, mit Jugendlichen in der Pubertät läufts doch nie so richtig gut, oder?« Gabler lachte und Clara dachte an ihre eigene Tochter, die immer mal wieder ein Kräftemessen mit ihr anzettelte, um sich abzunabeln.

»Zefix!« Gabler war ehrlich betroffen. »Haben wir was übersehen gestern? Hätten wir des verhindern können?«

Auch Stiller grunzte etwas, das sich anhörte, als wollte er sich allem, was seine Kollegin gesagt hatte, anschließen.

Doch Clara war gedanklich schon wieder abgeschweift, die Puzzleteile wirbelten ihr im Kopf herum. Auf einem Rosa, wie sie zur Zimmertür schlich, ein zweites zeigte die Mordszene in Zimmer 107, ein drittes schwebte hinzu, auf dem die verschlossene Tür zu sehen war. Ein leichter Schauer lief Clara über den Rücken und das Kribbeln zog sich durch ihren ganzen Körper bis in die Fußspitzen. Sie spürte, dass an der Sache von gestern Nacht mehr dran war. Zwar konnte sie noch nicht sagen, was wirklich vor sich ging, aber sie war fast sicher, dass der Vorfall etwas mit Rosa Kleinschmidts Tod zu tun hatte.

Das aufsteigende Jagdfieber erfüllte Clara mit einer Entschiedenheit, die ihre Sinne schärfte und ihren Spürsinn auf Hochtouren brachte. War Rosa das Opfer ihrer eigenen Halluzination, verursacht durch Erschöpfung und Schlafmittel? Oder hatte die alte Frau tatsächlich einen Mord beobachtet?

6

»Okay, die Spurensicherung dürfte fertig sein«, sprach Clara an Gabler und Stiller gewandt, »Ich würde gern mit euch nach oben gehen und nachschauen, ob sich in einem der Zimmer, die ihr gestern gesehen habt, etwas verändert hat.«

Gemeinsam gingen sie hinauf. Thorwald und Matthias schlossen sich an. Auf der Treppe kamen ihnen zwei junge Männer entgegen, die den Zinksarg trugen, in dem sie Rosa Kleinschmidt abtransportierten.

Alle bugsierten sich irgendwie aneinander vorbei. Dabei verlor der vordere Träger, ein ernst dreinblickender Mann mit blondem Kurzhaarschnitt, den Clara vom Sehen kannte, auf der glatten Steintreppe das Gleichgewicht. Die Gewandtheit, mit der er normalerweise am Tatort agierte, war auf dem rutschigen Untergrund für einen Moment außer Kraft gesetzt und er stolperte Clara halb entgegen. Reflexartig packte sie nach seinem Arm, sodass sie den Sturz abfangen konnte. Doch der Sarg machte sich selbstständig. Er zog den zweiten Träger, einen dürren Hänfling mit blassem Gesicht, hinter sich her, polterte ein Stück weiter über die steinernen Stufen und kam mit einem heftigen Schlag gegen die Wand auf dem letzten Treppenabsatz zum Stehen.

Oberhalb des Hänflings, der auf seinem Hinterteil gelandet war, tauchte der Rechtsmediziner Demirci mit strafendem Blick auf. »Liebe Kollegen, bitte zeigt doch ein bisschen Respekt und lasst dem Tod die Vorfahrt!«

Der Sarg hatte den Sturz unbeschädigt überstanden und Clara hoffte, dass das auch für den Leichnam galt. Die beiden Träger sortierten sich wieder und hoben den Sarg an. Jetzt drängten sich alle anderen an die Wand oder wichen aus zurück zum Beginn der Treppe, um den Sarg passieren zu lassen. Als Demirci an Clara vorbei nach unten ging, streifte er mit dem Handrücken hauchzart an ihrem Unterarm entlang und lächelte. »Ich gehe gleich noch zu Balthasar, ein kleiner Espresso an einem goldenen Herbstabend auf dem Oktoberfest? Wie wärs?«

Balthasar Hirsch war als ehemaliger Kripobeamter ein enger Mitarbeiter von Clara gewesen. Es war knapp zwei Jahre her, da hatte er die zunehmende Brutalität und den Druck, denen die Beamten ständig ausgesetzt waren, nicht mehr ausgehalten. Er war aus dem Dienst ausgeschieden und hatte mit dem Kaffee-Foodtruck, den er »Zum Rollenden Hirsch« getauft hatte, eine neue berufliche Passion gefunden. Sein silberner Airstream hatte einen festen Standplatz auf dem Gehsteig vor dem Kripogebäude. Clara liebte seine ausgefallenen Kaffee-Kreationen. Dieses Jahr hatte er mit seinem Foodtruck sogar einen Stellplatz auf der Wiesn ergattern können. Leider musste Clara währenddessen ohne seinen wohlschmeckenden Kaffee auskommen.

Demirci legte den Kopf schief und blinzelte ihr zu. »Vielleicht kommst du ja auf einen Sprung bei Balthasar vorbei? Zu Kaffee kannst du doch nie nein sagen. Oder?«

Sie deutete nur mit dem Kopf nach oben. »Sorry, aber da wartet ein Tatort auf mich. Ich muss die Täter fassen. Die warten nicht so geduldig auf mich wie deine Toten.« Schmunzelnd ging sie die Stufen weiter hinauf.

»So ein anständiger Kaffee beim Rollenden Hirsch bringt deine grauen Zellen bestimmt erst so richtig in Schwung, da erwischt du die Täter doppelt so schnell. Falls du es dir anders überlegst, ich werde sicher eine halbe Stunde dort sein«, hörte sie ihn von unten rufen.

Im Zimmer war das Team der Spurensicherung noch zu Gange, doch sie packten ihre Ausrüstung zusammen. Der eine oder andere hatte sich schon aus seinem weißen Schutzanzug herausgeschält und auch Malik Weidmann zog den Anzug gerade aus. Dann widmete er sich dem Verpacken seiner 3D-Anlage. Achtsam, als wickelte er ein Baby, packte er seinen Scanner und die dazugehörigen Kabel in eine Tasche und verstaute sie in dem großen Rollkoffer.

Auf dem Gang stapelten sich einige Kisten mit Beweismitteltüten. Ein Arsenal an Spurensicherungskoffern, Stromaufrollern, Scheinwerfern bis hin zu Kartons mit DNA-Kits standen dort, die darauf warteten, wieder ins rechtsmedizinische Institut gebracht zu werden. Sie alle zeugten von der intensiven Ermittlungsarbeit, die in Zimmer 107 geleistet worden war.

Weidmann sah zu Clara hinüber, laut klackend schloss er seinen Scannerkoffer. »Freigegeben! Beide Räume. Ich habe alles auf meinem 3D Scan«, sagte er zufrieden und strich lächelnd über den Koffer.

Gabler ging als Erste in Zimmer 107, gefolgt von Stiller. Clara wartete im Türrahmen, sie wollte den beiden Gelegenheit geben, sich umzusehen und ihre Erinnerung aufflammen zu lassen.

Polizeimeisterin Gabler brauchte nur zwei Minuten. »Nein, da gibts keine Veränderung zwischen gestern und heut.« Stiller schloss sich kopfnickend an.

Im Zimmer gegenüber, das Rosa bewohnt hatte, sah es anders aus. Die Spurensicherung hatte die Dinge, die vorher auf dem Nachttisch gelegen hatten, eingetütet und mitgenommen, genauso wie Rosas Koffer. Weder der Kriminalroman noch die Schlaftabletten waren zurückgeblieben. Ein weißer Hotelbademantel hing auf einem Bügel an der Badezimmertür. Die Bettdecke war aufgeschlagen und der Vorhang war halb zugezogen. Wollte Rosa sich hinlegen, bevor sie auf ihren Mörder traf? Viele Menschen hatten die Angewohnheit, ein Nachmittagsschläfchen zu machen, wenn es sich einrichten ließ.

»Die Spusi hat wahrscheinlich alle Sachen mitgenommen. Also da hat der Kriminalroman gelegen und da die Schlaftabletten.« Gabler ging hinüber zum Fenster. »Dann hat die alte Frau sich aufs Bett gesetzt und ich habe die Tablettenschachtel in die Hand genommen und die Nebenwirkungen nachgeschaut. Da habe ich das mit den Halluzinationen gelesen.«

»Okay, ich möchte, dass ihr euch die Fotos von Weidmann anschaut, ob sich etwas verändert hat von gestern Nacht auf heute. Spaziert auch einmal durch die 3D Animation von ihm.«

Mit gesenktem Blick verließ Gabler das Zimmer, ihre Schritte schwer und zögerlich, als trüge sie das ganze Gewicht der Schuld am Tod von Rosa Kleinschmidt auf ihren Schultern. An der Tür drehte sie sich noch einmal um. »Des tut mir echt leid. Was haben wir übersehen gestern?«

Clara wusste nicht recht, was sie antworten sollte und zuckte nur mit den Schultern. Stiller verabschiedete sich auf seine Art. Ohne ein Wort zu sagen, vermittelte er, dass er sich genauso schuldig fühlte wie seine Kollegin.

»Wir müssen jetzt zuerst die Familie von Rosa Kleinschmidt informieren«, sagte Clara. »Ich möchte nicht, dass sie es irgendwo online lesen, bevor wir mit ihnen gesprochen haben.« Sie musterte Thorwald. Ihr Blick blieb an seinen linken Arm hängen, die Luft war wieder vollständig aus dem Airbag entwichen, doch der Hemdärmel war bis oben hin aufgerissen. Ein knallroter Fleck hatte sich an seinem Handgelenk, auf das er den Testschlag gesetzt hatte, ausgebreitet. Insgesamt sah er ziemlich ramponiert aus.

Iris Becker wehte einem Bühnenauftritt gleich durch die Glastür in den Frühstücksraum herein. Sie war mit ihren vierundvierzig Jahren die älteste Kommissarin in Claras Team, wenn auch nicht unbedingt die ruhigste oder vernünftigste unter den Kollegen und Kolleginnen. Sie trug ein hellgrünes Dirndl, das die Strahlkraft ihrer roten Locken noch unterstrich. Auch brachte sie damit ihre weibliche Figur besonders gut zur Geltung. Ihr Busen wölbte sich verlockend in der Dirndlbluse.

»Ja, sauber!« Matthias sah sie stauend an. »Du hast dich aber in Schale geworfen, fesch schaust aus!«

»Thank you, ich war mit Gabriel auf der Wiesn, wir haben uns einen Kaffee beim Rollenden Hirsch gegönnt.«

»Ah, Gabriel, der ist aber neu, oder?«

Iris grinste. »Brand new. War erst unser zweites Date.« Sie nickte zur Begrüßung in die Runde und besah sich Thorwalds zerrissenen Ärmel und den dunkler werdenden Fleck an seinem Handgelenk »Oh boy, endlich die erste richtige Schlägerei auf der Wiesn gehabt?« Mit einem Lachen auf den Lippen tätschelte sie ihm freundschaftlich den Arm.

»Keineswegs. Bisher hatte ich nicht einmal die Gelegenheit, die Wiese überhaupt zu besuchen.«

»Wiesn«, verbesserte Iris ihn immer noch grinsend. »Also ich sag ja immer, wer noch nie auf der Wiesn gekotzt hat, der war noch nie in München.«

»Okay, zu viele Details aus deinem Leben!«

»Und außerdem werde ich mich ganz sicher nicht auf der Wiese übergeben«, sagte Thorwald mit ernster Miene. »Ich trinke gar kein Bier, denn es ist nicht gut für Nieren und Leber und Alkohol schwächt das Immunsystem im Allgemeinen.«

»Komm schon, Sweetheart, kennst du nicht den bayerischen Spruch? Auch Wasser wird zum edlen Tropfen, mischt man es mit Malz und Hopfen!«

»Des stimmt scho'«, sprang Matthias Iris sofort zur Seite. »In Bayern wird nach dem Reinheitsgebot gebraut. Hier bei uns ist Bier ein Lebensmittel.«

»Na, siehst du, da brauchst du keine Angst um deine wohlgepflegte Leber und deine Nierchen zu haben.« Iris lachte noch einmal laut auf. »Wahrscheinlich hast du überhaupt noch nie einen ordentlichen Rausch beieinander gehabt. Was führst du bloß für ein Leben? Aber no front – nichts für ungut! Ist nur Spaß, gell?«

Bevor Thorwald sich zur Wehr setzen und weitere Studien und wissenschaftliche Berichte zum Thema Alkoholgenuss und seinen Folgen heranziehen konnte, setzte Clara ihn wieder auf die Ermittlungsschiene. »Sieh mal zu, ob du die Überwachungsvideos vom Hotel bekommst. Ich habe draußen am Eingang eine Kamera gesehen. Iris und ich fahren zur Familie. Die wohnen nur ein paar Minuten von hier entfernt. Wir treffen uns in einer Stunde im Revier, zur Einsatzbesprechung.«

»Soll ich nicht lieber mit zu den Angehörigen kommen? Iris hat ja ihre Festverkleidung an. Das ist nicht unbedingt so passend für eine Todesnachricht.«

Iris grinste ihn schelmisch an und zog eine weiße Strickjacke aus ihrem mit Makramee-Kordeln verzierten Leinenbeutel. Flink warf sie sich die Jacke über und zog den Reißverschluss hoch. Sofort strahlte sie ein gewisses Maß an Seriosität aus.

Clara deutete auf Thorwalds zerrissenen Hemdärmel, unter dem die beigefarbene Bandage hervorlugte. »Du solltest dir vielleicht zuerst ein neues Hemd beschaffen.«

Sie fasste für Iris den Fall rasch zusammen, während sie durch die Hotelhalle nach draußen gingen. Aus dem Augenwinkel sah Clara jemanden, dem sie unter keinen Umständen über den Weg laufen wollte. Die Journalistin Helga Gerstner – klein und hemmungslos, stets zur Stelle, sobald irgendwo ein Verbrechen passierte. Clara geriet immer mal wieder mit ihr aneinander. Sie nahm sich jedes Mal fest vor, kein Wort mit der Journalistin zu wechseln. Zügig durchschritt sie die Halle und hatte Glück. Helga Gerstner hatte nicht auf sie geachtet, die kleine blonde Frau war zielstrebig zum Empfang durchgestartet. Sie trug ein schreiend gelbes Dirndl unter ihrem dünnen offenen Trenchcoat. Mit durchgedrücktem Rücken, damit jeder ihren Presseausweis am Revers sehen konnte, lief Gerstner durch die Halle, dabei hielt sie ihr Aufnahmegerät wie eine Waffe vor sich. »Hier ist ein Mord passiert! Schildern Sie uns die geheimnisvolle Tat aus Ihrer Sicht – und bitte, vergessen Sie kein noch so kleines blutiges Detail!«

7

Clara atmete auf, als sie es unbehelligt ins Auto geschafft hatten. Es gelang ihr einfach nicht, ruhig zu bleiben bei dem sensationsgeilen Geschnatter und dem niedrigen Wahrheitsgehalt, mit der Gerstner an ihre Berichterstattung ging.

Nach wenigen Minuten waren sie bei der Familie von Rosa Kleinschmidt angekommen. Es hatte es sich kaum gelohnt, dafür ins Auto zu steigen. Das dreistöckige Eckhaus im Neo-Renaissance-Stil lag in der Pettenkoferstraße, nicht weit von der Theresienwiese entfernt. Seine schlichte rotbraune Fassade mit den akkuraten weißen Umrandungen verlieh dem Haus einen klassischen Charme, den die Rundbogenfenster noch unterstrichen. Ein schmaler Streifen Vorgarten umgab das Gebäude, das in seiner gepflegten Schlichtheit einen angenehmen Kontrast zur städtischen Hektik bot. Es war offensichtlich, dass die Familie nicht zu den Ärmsten in München gehörte. Eine Wohnung in so einer Immobilie mitten in der Stadt, egal, ob gemietet oder gekauft, wies schon auf einen gehobenen Lebensstandard hin.

Niemand vermochte vorauszusagen, wie die Hinterbliebenen auf die Nachricht reagieren würden, insbesondere wenn das Leben eines Menschen durch ein Gewaltverbrechen ausgelöscht wurde. Für Clara waren solche Pflichten besonders schwierig, für sie trug jeder Besuch, bei dem sie eine Todesnachricht überbringen musste, den dunklen Schatten ihrer eigenen Vergangenheit.

Familie Rössler wohnte im zweiten Stock. Mit einem Seufzen schüttelte Clara die schmerzlichen Gedanken an ihren Vater ab und drückte auf die Klingel.

Ein junges Mädchen öffnete die Tür, blond und schlaksig, wie Teenager im Wachstum es oft waren. Tabea Rössler, die Enkeltochter von Rosa. Doch schlagartig überkam Clara ein Gefühl von Unbehagen, das sich wie ein kalter Hauch über ihren Rücken legte. Ihr Blick fiel auf das Halstuch des Mädchens. Es war genauso ein Trachtentuch, das sie eben noch um den Hals des Opfers begutachtet hatte. *I mog di*, war darin eingestickt. Das gleiche Souvenir von der Wiesn mit dem Rosa ermordet worden war. Die Situation war so bizarr, dass Clara vergaß, sich vorzustellen.

Tabea sah sie aus wachen Augen an und strich ihr langes Haar nach hinten über die Schulter. »Ja?«

»Hallo, Liebig und Becker von der Kripo, sind deine Eltern da?«, sagte Clara, nachdem sie den Deja-vu-Moment überwunden hatte.

Unbeweglich blieb Tabea in der Tür stehen und weil sie keine Anstalten machte, etwas zu sagen oder jemanden zu holen, setzte Clara noch einmal nach. »Deine Eltern?«

»Wer ist es denn?« Eine Frau in Claras Alter tauchte hinter dem Mädchen auf.

»Die Kriminalpolizei«, flüsterte Tabea, trat zurück und überließ ihrer Mutter den Platz an der Haustür.

»Ist was passiert?« Ilona Rössler hielt ein halbvolles Sektglas in der Hand. Die attraktive blonde Frau um die vierzig trug zu ihrer Designerjeans einen dünnen Strickpullover mit dem charakteristischen regenbogenfarbigen Zick-Zack-Muster der Edelmarke Missoni.

Es war immer die gleiche Frage, die ihnen gestellt wurde, wenn sie sagten, dass sie von der Kripo kamen. Und jedes Mal hatte Clara einen Kloß im Hals, wenn sie die Antwort geben musste. »Dürfen wir vielleicht kurz hereinkommen?«

Die geräumige Wohnung war geschmackvoll und modern eingerichtet. Schränke, Tisch und Stühle waren überwiegend in weißgekreidetem Holz gehalten. Eine riesige Sofalandschaft aus cremefarbenem Leder nahm eine Hälfte des Wohnzimmers ein. Klare Linien, dezente Farbtupfer in Form von bunten Kissen und abstrakten Gemälden an den Wänden schufen eine einladende Atmosphäre. Die hohen Fenster sorgten für ein helles, luftiges Ambiente.

Tabea hatte sich auf die Sofalehne gehockt, direkt neben ihrer Mutter, neugierig und ein bisschen schüchtern sah sie zu Clara und Iris hinüber.

»Ich habe leider keine guten Nachrichten für Sie. Ihre Mutter Rosa Kleinschmidt ist tot in ihrem Hotelzimmer aufgefunden worden.«

Das junge Mädchen stieß einen erstickten Schrei aus, während sich der Gesichtsausdruck von Ilona Rössler nicht veränderte. Bestürzung sah anders aus.

»Oh, das kommt überraschend«, sagte sie mit wenig Anteilnahme in der Stimme. »Meine Tochter meinte vorhin noch, es gehe ihr gut.« Sie sah Tabea an.

Die war plötzlich käseweiß. »Ich war doch heute noch mit ihr auf der Wiesn.« Fassungslos starrte sie Clara an.

»Dein Halstuch«, Clara deutete auf ihren eigenen Hals, »deine Oma hatte auch so eines.«

»Sie hat uns beiden auf der Wiesn das gleiche Tuch gekauft, damit wir im Partnerlook gehen können. Was ist mit Oma passiert?«

»Ich fürchte, deine Oma wurde Opfer eines Gewaltdeliktes. Es tut mir leid!«

Tabea begann nun hemmungslos zu weinen.

Ilona Rössler wollte sie umarmen, doch Tabea stieß sie von sich. Dann sprang sie auf und lief aus dem Wohnzimmer. Am Ende des Flurs hörten sie eine Zimmertür krachend ins Schloss fallen. An eine weitere Vernehmung des Mädchens war nicht zu denken.

»Bitte entschuldigen Sie, aber Tabea hat ihre Oma sehr geliebt.«

»Ja, natürlich. Das ist ein schlimmer Schlag.« Clara konnte es nur zu gut nachfühlen.

»Wie wurde sie denn … ermordet?«

»Unsere bisherigen Erkenntnisse deuten darauf hin, dass Ihre Mutter erdrosselt wurde. Mehr können wir im Moment noch nicht sagen. Wir müssen auf die Ergebnisse der Rechtsmedizin warten.«

Ilona Rössler nickte bedächtig. Sie selbst konnte zur Sache nichts beitragen, da sie ihre Mutter noch gar nicht gesehen hatte, seit sie am Freitagabend, aus Bayreuth angereist war. Sie vereinbarten, dass die Familie nach Möglichkeit am nächsten Tag mit Tabea zu einer genaueren Befragung ins Hotel kommen sollte. Clara dachte, dass es so am einfachsten wäre, so könnte sie Tabea eine Fahrt zur Kripo ersparen. Und sie selbst würde die nächsten Tage vermutlich sowieso mehr Zeit in dem Hotel verbringen als im Revier. Sie brauchten von allen Gästen eine Aussage und es gab keine bessere Möglichkeit, das zuverlässig zu erledigen, als die Befragungen gleich vor Ort durchzuführen.

»Hatte Ihre Mutter Feinde?«

»Feinde ist übertrieben, aber sie hatte auch nicht unbedingt ein Händchen dafür, sich Freunde zu machen.«

»Wie meinen Sie das?« Iris hatte sich neben Ilona Rössler aufs Sofa gesetzt.

»Na ja, sie war ein wenig speziell, eine Geschäftsfrau vom alten Schlag. Der Umgang mit ihr war nicht immer einfach. Sie hat ihr Ding durchgezogen und dabei meist nicht viel Rücksicht auf die Gefühle anderer genommen. Das ist nicht bei allen Leuten gut angekommen.« Ilona Rösslers Blick verlor sich für einen Augenblick in der Ferne. »Aber ich glaube nicht, dass jemand sie deswegen gleich ermorden würde. Oder?«

Clara hatte in ihrem Job genug gesehen, um zu wissen, dass es eine dunkle Seite in der menschlichen Seele gab. Eine, die tiefer war, als man sich vorstellen konnte. Verletzter Stolz war ein mächtiges Motiv. War es das, was den Mörder von Rosa angetrieben hatte?

8

Als Clara und Iris um Punkt neunzehn Uhr im Revier eintrafen, hatten sie wenig neue Erkenntnisse gewonnen. Nur dass Rosa nicht immer die nette alte Dame gewesen war, für die man sie auf den ersten Blick hätte halten können.

Auf dem Gang, wenige Schritte von Claras Büro entfernt, standen Thorwald und Matthias, doch bevor sie die beiden erreichten, kam ihnen von der oberen Treppe ein Mann entgegen. Er hätte mit Leichtigkeit die Hauptrolle in einem Werbefilm spielen können, der eine Mittelmeer-Insel wie Capri oder Elba als paradiesisches Urlaubsziel bewarb. Groß, breitschultrig, sommerlich gekleidet, mit seinem weißen Hemd, das locker in dem Bund seiner Jeans steckte. Die Haare hatte er im Nacken zu einem Bun gebunden und der Dreitagebart vervollständigte sein lässiges Aussehen. Iris schob eilig ihre Locken in Form und schenkte ihm ihr süßestes Lächeln.

»Servus, ich bin Silvano Caruso.« Er ging auf Clara zu und streckte ihr die Hand hin. »Ich wurde eurem Team zur Vertretung zugeteilt, während der Elternzeit von Lisa Traublinger. Ich hoffe, ich kann tatkräftig daran mitwirken, dass eure hohe Aufklärungsquote weiter auf Erfolgskurs bleibt.« Er hielt Claras Hand fest in seiner und lächelte sie gewinnend an. »Auf eine gute Zusammenarbeit!«

»Okay, die Vertretung für Lisa. Perfekt, du kommst gerade zur rechten Zeit, Kollege. Wir haben einen neuen Mordfall und machen gleich die erste Einsatzbesprechung.« Lisa hatte vor wenigen Monaten ihr Baby bekommen. Sie hatte ein Bild gemailt von dem kleinen Buben, der schon erstaunlich viele Haare hatte für ein Neugeborenes.

»Darf ich mal?« Thorwald drängte sich mit entschlossenen Schritten zwischen Clara und Silvano hindurch, sodass die beiden gezwungen waren, ihren Handschlag vorzeitig abzubrechen. »Wir haben viel Arbeit«, setzte er hinzu.

»Hello and Benvenuto!« Iris strahlte Silvano an. »Du bist doch italienischer Herkunft oder?«

»Ich bin ein Münchner Kindl und du?«

»Ja, ich meine ursprünglich.«

»Freilich, ein ursprüngliches Münchner Kindl. Ich bin da geboren.« Er lachte und seine weißen Zähne blitzen. »Hast du damit ein Problem, Kollegin?«

»Oh no, natürlich nicht.« Doch ganz ungewohnt für die selbstbewusste Iris überzogen sich ihre Wangen mit einer leicht rosafarbenen Nuance.

Auch Matthias begrüßte Silvano freundlich, wie es seine Art war, und zeigte dem Neuen gleich den Arbeitsplatz am Schreibtisch von Lisa im Gemeinschaftsbüro. Nur Thorwald gab sich weiter zurückhaltend, beinahe abweisend. Doch Clara dachte nicht lange darüber nach, sie hatten wichtigere Dinge zu tun. Sie mussten einen Mörder fassen.

Auf dem Weg zur Besprechung holte Clara sich eine Tasse Kaffee an der alten Maschine in der Kaffeeküche. Seufzend dachte sie an den Bluebay-Starter, ihr Lieblingskaffee von Balthasar, während sie zusah, wie der dünne Revierküchen-Kaffee in die Tasse floss.

Im Besprechungsraum war das Team schon vollständig um den großen Tisch versammelt. Modernste Technologie und verschiedenste Medien standen ihnen hier zur Verfügung. Die Wände des Raums waren in schlichtem Weiß gehalten, frei von Ablenkungen, um den Fokus vollumfänglich auf die Ermittlungen zu legen und um ausreichend Projektionsflächen zu haben.

Thorwald, der sich ein frisches Hemd übergezogen hatte,

saß vor Kopf am Ende des Tisches, zu seiner Linken hatte der Neue Platz genommen, Silvano Caruso. Iris war meist die Letzte im Besprechungsraum, doch heute hatte sie sich beeilt und sich auf der anderen Seite von Silvano auf den Stuhl gleiten lassen. Wieder schenkte sie ihm ein Lächeln und schaltete per Fernbedienung die Medienanlage ein. Eine helle Lichtfläche baute sich an der Wand auf.

»Ich bin zuständig für Computertechnik und Medien. Ich habe eine Zusatzausbildung in digitaler Forensik und Computeranimation, you know.«

»Cool.« Silvano erwiderte ihr Lächeln, bevor er seinen Blick weiter durch den Raum wandern ließ.

»Danke, dass ihr heut' so schnell da wart, obwohl ihr euch das Wochenende wahrscheinlich anders vorgestellt habts«, eröffnete Matthias die Besprechung. »Wir haben folgende Situation. Silvano, auch für dich noch einmal zusammengefasst, was die Sachlage ist. Heut' am frühen Abend wurde die Leiche der Rosa Kleinschmidt aufgefunden. Nach ersten Erkenntnissen wurde die alte Frau Opfer eines Tötungsdeliktes.«

Iris hantierte mit der Fernbedienung und schon füllte ein Video der kleinen Hotelpension Schöntal die Projektionsfläche an der Wand. In langsamer Fahrt schwenkte die Kamera von links nach rechts, sodass die gesamte Hotelhalle einmal gezeigt wurde.

»Zunächst die bekannten Fakten«, fuhr Matthias fort. »Rosa Kleinschmidt ist gestern aus Bayreuth angereist und hat hier im Hotel Schöntal übernachtet. Ein einfacher Betrieb, ganz nah bei der Wiesn. Unser Opfer ist nach München gekommen, um mit ihrer Enkeltochter Tabea Rössler, die hier lebt, das Oktoberfest zu besuchen. Heute waren sie auf der Wiesn und gegen fünfzehn Uhr ist Frau Kleinschmidt wieder ins Hotel zurück. Das war dann auch das letzte Mal, dass sie lebend gesehen wurde. Am frühen Abend um siebzehn Uhr ist sie von einer Hotelangestellten und einem Handwerker tot aufgefunden worden. Die Zeitspanne, in der das Opfer ermordet wurde, liegt demnach zwischen fünfzehn Uhr und siebzehn Uhr.«

Iris blendete Bilder der Leiche ein. Rosa Kleinschmidt lag auf dem Bett in ihrem hellbraunen Rock und der feinen Strickjacke.

»Bis zum abschließenden Autopsie-Ergebnis gehen wir davon aus, dass sie mit ihrem Halstuch, erdrosselt worden ist.«

Auf der Leinwand wurde das mörderische Wiesn-Souvenir herangezoomt. *I mog di!* Der eingestickte Schriftzug klang wie ein höhnischer Widerspruch in diesem düsteren Szenario. Clara sah Tabea Rössler vor sich mit dem gleichen Tuch um den Hals und dem traurigen Gesichtsausdruck.

»Nach Demircis erster Inaugenscheinnahme müssen wir davon ausgehen, dass der Täter oder die Täterin, eine Körpergröße von mindestens 1,80 Meter haben dürfte«, sagte Matthias.

»Hey, wie groß bist du?« Iris warf Clara einen belustigten Blick zu, doch Clara hatte noch das Bild der trauernden Tabea vor Augen und ging nicht auf Iris' Scherze ein.

»Rosa Kleinschmidt wurde in dem Hotelzimmer Nummer 107 gefunden, das liegt gegenüber von ihrem gebuchten Hotelzimmer mit der Nummer 106«, erklärte Matthias. »Zum jetzigen Zeitpunkt wissen wir nicht, ob sie freiwillig in das fremde Zimmer gegangen ist oder gegen ihren Willen dorthin verbracht wurde.«

Iris ließ einzelne Bilder des tatrelevanten Hotelzimmers an der Projektionswand vorüberziehen. Das schlichte Bad mit der dünnen Holztür und dem Bügel daran, der abgetretene Teppich und die schweren grünen Vorhänge.

»Wir haben diesmal eine ungewöhnliche Konstellation. Gestern Nacht hat Rosa Kleinschmidt behauptet, einen Mord gesehen zu haben. Und jetzt kommts!« Matthias räusperte sich bedeutungsvoll. »Der Mord soll genau in dem Zimmer stattgefunden haben, in dem sie heut' tot aufgefunden wurde. Doch laut der anwesenden Zeugen, unter denen auch die Kollegen Gabler und Stiller sind, hat sich das nicht bestätigen lassen. Es gibt keinen Anhaltspunkt dafür, dass Frau Kleinschmidt wirklich ein Verbrechen beobachtet hat.«

»Trotzdem kann es nicht schaden, neue Vermisstenanzeigen für männliche Personen im Blick zu behalten«, sagte Clara. »Wenn an der Sache doch etwas dran ist, könnte es zu Rosas Tod geführt haben.«

Iris ließ einen neuen Film ablaufen, beginnend auf der Straße vor dem Hotel. Die Kamerafahrt ging an der grauen Fassade der Hauses entlang, anschließend flog der Blick durch die Drehtür und ins Hotel hinein, bis zur steinernen Büste von König Ludwig in der Wandnische. Dann fuhr die Kamera über das Sofa und zum Treppenaufgang hinauf, bis sie virtuell in Rosas Hotelzimmer angelangt war und einen Rundumblick zeigte. Iris klickte den nächsten Film an. Jetzt waren sie in Zimmer 107 und die Kamera zeigte den Tatort von oben. Dann spielte Iris weitere Detailfotos der Toten ein, sodass alle einen guten Eindruck der Auffindesituation erhielten.

»Weil der Tatort quasi ums Eck von der Wiesn liegt, haben wir bei der Haustürbefragung ein bissl das Problem, dass den Anwohnern ein Fremder kaum aufgefallen wäre. Die Stadt ist ja grad' gespickt voll mit auswärtigen Besuchern. Das wird sich zweifellos auch fortsetzen die ganze kommende Woche, bis zum Ende vom Oktoberfest.«

»Und unser Opfer wurde in einem verschlossenen Hotelzimmer aufgefunden. Das macht die Sache noch ein bisschen komplizierter«, sagte Clara nachdenklich.

»Oder einfacher.« Silvano breitete die Hände aus und strahlte in die Runde. »Dann muss es doch einer vom Personal gewesen sein.«

»Könnte man meinen, aber das Hotel ist echt alt. Es hat noch ein Schlüsselbrett am Empfang, mit alten Bartschlüsseln.« Iris ließ die Aufnahme zurücklaufen und zeigte den Empfang in der Hotelhalle. Das Schlüsselbrett prangte hinter der Empfangstheke, manche Schlüssel hingen an ihren Haken, andere fehlten. »Theoretisch könnte everybody sich in einem unbeobachteten Moment einen Abdruck für einen Nachschlüssel gemacht haben.«

»Freilich, des ist doch ein ganz alter Trick. Damit haben Autodiebe früher gearbeitet. Einfach den Schlüssel in eine Abformmasse drücken.« Matthias drückte seinen Daumen in seine hohle Hand, als würde er einen Abdruck machen. »Geht schnell und ist mit Knetgummi und sogar mit einem Kaugummi zu bewerkstelligen. Heut' reicht bei so alten Schlüsseln unter Umständen ein Handyfoto.«

»Und nicht zuletzt könnte ein mittelmäßig begabter Einbrecher ein solches Schloss mit einem altmodischen Sperrhaken öffnen«, meldete Thorwald sich zu Wort.

»Wir suchen also einen unmodernen, mäßig talentierten Einbrecher, der über 1,80 groß ist, einen Dietrich hat und sich unauffällig gibt«, fasste Silvano zusammen und ließ sein Zahnpastalächeln folgen.

Ein kurzes Gelächter ging durch den Raum.

Besonders laut lachte Iris. »Du bringst es auf den Punkt.« Mit leichter Verzückung schaute sie zu Silvano.

»Beide Auffindezeugen haben einen Mann gesehen, der sich vom Tatort kommend rasch entfernt hat.« Matthias scrollte in seinem Handy. »Ein Brite namens Ben Jones, der auch im Hotel wohnt. Aber ob er wirklich vom Tatort gekommen ist oder aus anderen Gründen eilig gewesen ist, können wir bislang nicht sagen. Wir hatten noch nicht die Gelegenheit, mit ihm zu reden.«

»Steht er in einer Beziehung zu Rosa Kleinschmidt?«, fragte Silvano.

»Nach unseren bisherigen Erkenntnissen besteht da kei' Verbindung.«

Auch über die »Tatwaffe«, das bayerische Halstuch, und

über das Modeschmuck-Herz, welches die Tote in der Hand gehalten hatte, wurde spekuliert.

»Wissen wir, ob die Sachen dem Opfer gehörten?« Silvano sah Clara fragend an.

»Nur bei dem Tuch. Rosa Kleinschmidt hat heute auf der Wiesn je eines für sich und ihre Enkelin gekauft. Wo das Herz herkommt, wissen wir noch nicht, aber es kann durchaus sein, dass sie das ebenfalls auf dem Oktoberfest erstanden hat. Sieht aus wie ein billiges Souvenir.«

»Ich glaube, ich habe solche Dinger auf der Wiesn gesehen.« Iris lehnte sich vor und betrachtete das Bild mit dem Herz eingehender. »Aber so ein Modeschmuck passt nicht zum Opfer. Das hat sie bestimmt nicht für sich gekauft. Ihr Outfit ist von Hermès, das ist obere Klasse.«

»Ja, sag a mal, des erkennst du nur vom Hinschauen?« Matthias pfiff durch die Zähne. »Respekt!«

Iris zwinkerte Silvano zu. »Ich habe halt ein Auge für the good things of life.«

»Denk mal nach! Wo hast du das Herz gesehen?« Clara schob ihre Kaffeetasse ein Stück zur Seite. Der Kaffee war bitter, weit entfernt von den köstlichen Kreationen, die Balthasar erschuf. »Wenn es dir nicht einfällt, schick ein Foto an die Kollegen von der Wiesnwache. Sie sollen alle Verkaufsstände mit Souvenirs abklappern. Ich will wissen, wo das Herz herkommt.«

»Mach ich.«

»Okay, von der Familie des Opfers gibt es leider nicht viel zu berichten.« Clara zuckte bedauernd mit den Schultern. »Wir hatten uns mehr erhofft. Aber die Einzige, die schon Kontakt mit dem Opfer hatte, war die Enkelin Tabea. Mit ihr war Rosa heute tagsüber auf dem Oktoberfest.«

Und Iris fügte hinzu: »Ilona Rössler, die Tochter des Opfers, hat eher kühl auf den Tod ihrer Mutter reagiert. Sie hat uns erzählt, dass Rosa eine streitbare alte Frau war. Maybe ein Anhaltspunkt.«

»Wir müssen herausfinden, ob unser Opfer targetiert wurde, also gezielt ins Visier genommen wurde, oder zufällig in etwas hineingeraten ist.« Clara sah Iris an. »Was hat Rosa seit ihrer Ankunft in München gemacht? Kennt sie hier wen außer der Familie? Sammle alles, was du über sie finden kannst.«

Iris gab die Eckdaten von Rosas Reise in ihr Handy ein. »Ich kümmere mich drum.«

Dann wandte Clara sich an die anderen. »Und wir befragen zunächst alle aus dem Hotel, Personal und Gäste. Und vor allem sollten wir mit diesem Ben Jones sprechen. Am einfachsten ist es, wir nutzen das Hotel als Basis.«

»Alles klar, Chefin, ich sehe zu, dass wir einen Raum dort bekommen und unsere Technik aufstellen können.« Matthias zog sein Handy aus der Hosentasche, wählte die Nummer des Hotels und ging mit dem Telefon am Ohr hinaus.

»Außerdem müssen wir das Rätsel um das verschlossene Zimmer lüften«, sprach Clara eindringlich weiter. »Wer hat sich Zugang verschafft? Warum hat der Täter oder die Täterin Rosa Kleinschmidt nicht in ihrem eigenen Zimmer getötet? Oder was kann die alte Frau dazu bewogen haben, ohne Schuhe, in Zimmer 107 zu gehen? Aufgrund des Oktoberfestes haben wir zahlreiche Menschen aus aller Welt in der Stadt, potenzielle Zeugen, die unter Umständen nicht wissen, dass sie etwas Wichtiges gesehen haben und jederzeit abreisen könnten. Auch kann die Erinnerung von alkoholisierten Personen unzuverlässig sein. Die Zeit läuft gegen uns, wir müssen schnell handeln, bevor sich alle Spuren verlieren.«

»Immerhin ist das Zeitfenster, in dem unser Opfer ermordet wurde, relativ klein. Das spielt uns in die Karten«, steuerte Silvano bei.

»Okay, halten wir uns daran, es sei denn, wir bekommen von Demirci eine noch genauere Zeitangabe. Auf geht's!

Klopfen wir die Alibis von Personal und Gästen ab und vergleichen sie mit den Videoaufzeichnungen.«

Thorwald hob die Hand. »Dafür brauche ich die Passfotos von allen Gästen und Angestellten. Dann bekommen wir schnell einen Überblick, wer zur Tatzeit wo gewesen ist.«

Matthias stand in der Tür und teilte ihnen mit, dass Frau Schöntal ihr Personal darum bitte, noch heute Abend zur Aussage ins Hotel zu kommen. »Wir können dort ab halb neun mit den Befragungen beginnen. Sie stellt uns den Frühstücksraum zur Verfügung. Und es gibt sogar schon einen vielversprechenden Verdächtigen. Einen ehemaligen Mitarbeiter, der vor einigen Wochen gekündigt worden ist, weil er Schmuck von den Gästen gestohlen hat. Bodo Tannhöfer, den sollten wir uns mal genauer anschauen. Nachweisen konnte man ihm nichts, aber angeblich hat er Goldringe, Ketten und so weiter eingesackt. Hätte schon ein hübsches Sümmchen eingebracht, so im Vergleich zu seinem Aushilfsgehalt. Und er hatte eine Stinkwut auf Frau Schöntal, als sie ihn rausgeschmissen hat.«

»Aber bei Rosa wurde nichts gestohlen.«

»Naaa, aber vielleicht hat er gegenüber was klauen wollen und die alte Frau hat ihn dabei gesehen. Da hat er sie ermordet und ist in Panik ohne sei' Beute geflohen.«

»Nette Theorie – nur was wollte er in einem unbewohnten Zimmer stehlen?«, sagte Silvano zweifelnd.

»Wir gehen der Sache trotzdem nach.« Clara wollte zu dem frühen Zeitpunkt noch nichts ausschließen.

Iris tippte den Namen Bodo Tannhöfer ein. »Dann ist er unser erster Verdächtiger. Er hat schon einmal geklaut, vielleicht ist Rosa ihm wirklich bei irgendwas in die Quere gekommen. Soll ich den Briten auch drauf schreiben?«

Clara runzelte die Stirn. »Nein, noch nicht. Wir sollten erst mit ihm sprechen.«

»Wie wäre es, wenn wir uns die Telefonnummern von den Gästen geben lassen? Dann können wir sie bitten, zur

Befragung für eine Stunde ins Hotel zu kommen«, brachte Thorwald eine Idee vor.

Doch die anderen lachten nur. Iris schüttelte amüsiert den Kopf. »Du bist echt unerfahren in Sachen Oktoberfest. Wenn die Leute in irgendeinem Zelt abspacen, hören die weder Handy noch sonst was. No way!«

»Du hast es doch bei Ben Jones probiert. Ist der vielleicht rangegangen?«, stimmte Silvano ihr zu.

»Und vermutlich haben die meisten jetzt schon einen ordentlichen Rausch beieinander«, ergänzte Matthias. »Da müssen wir eh schauen, was wir aus denen noch rauskriegen.«

Thorwalds Gesichtsfarbe nahm einen satten Rotton an, ein nervöses Lächeln umspielte seine Lippen und sein Blick ging zu Clara.

Doch die war mit ihren Gedanken schon weiter. »Das Hotelpersonal ist unsere erste Wahl, sie hatten die Möglichkeit, ohne großen Aufwand an den Zimmerschlüssel von 107 zu gelangen. Die Gäste kommen auch in Frage. Für jemanden von außerhalb wäre es sicher schwieriger, aber nicht unmöglich, in einem unbeobachteten Augenblick an das Schlüsselboard zu kommen. Der Empfang ist nicht immer besetzt.«

»Das allerdings muss man wissen, beziehungsweise beobachtet haben«, gab Silvano zu bedenken.

»Okay, stimmt. Wen wir sicher ausschließen können, das sind Benisha Caru und Michaela Schöntal. Benisha war nachweislich am Empfang, bis der Monteur kam und Frau Schöntal war gar nicht im Haus, als der Mord begangen wurde.«

»Die Italiener sind auch vorbeigekommen«, las Thorwald vom Protokoll ab.

»Aber Benisha wusste nicht mehr, ob sie angekommen sind oder weggingen.«

»Sie ist schon ein bissl durcheinander gewesen, die gute Frau«, sagte Matthias.

»Wahrscheinlich findet sie nicht jeden Tag eine Leiche.« Clara zuckte mit den Schultern. »Der Bericht der Spurensicherung wird uns helfen, rauszufinden, ob die Tür nur mit Schlüssel geöffnet wurde oder ob sich Kratzer von einem Werkzeug daran finden. Bis wir das wissen, müssen wir in alle Richtungen ermitteln. Und das Videomaterial von der Sicherheitskamera sollte uns auch weiterbringen.«

»Leider hat Frau Schöntal mich schon vorgewarnt, dass die Videoanlage alt ist und sie immer mal wieder mit Ausfällen zu tun haben«, sagte Thorwald bedauernd. »Ich hoffe also, dass wir überhaupt brauchbares Material vorfinden. Es handelt sich in der Tat um Videos. Die Überwachung wird noch auf alten VHS Kassetten durchgeführt, was die Sichtung natürlich langsamer macht. Doch immerhin ist Frau Schöntal bereit, uns die Bänder ohne Beschluss zur Verfügung zu stellen.«

»Haben wir überhaupt noch ein Abspielgerät für so alte Kassetten?«, feixte Silvano.

»Natürlich, wir sind ja bei der Polizei und nicht in der Steinzeit«, entgegnete Thorwald schnippisch. »Außerdem können wir die Anlage im Hotel nutzen.«

Lachend hob Silvano Thorwald die Hand so fest auf die Schulter, dass der ein wenig zusammenfuhr. »War nur Spaß!«

Iris fiel lauthals in sein Gelächter ein. Doch Thorwald ignorierte die beiden. »Das ganze Hotel ist recht altmodisch, um nicht zu sagen heruntergekommen. Sehr unpassend für eine gepflegte Frau wie Rosa Kleinschmidt.«

»Obwohl Rosa ganz gut dagestanden hat finanziell. Aber ihre Tochter meinte, dass sie sich kurzfristig entschieden hatte und froh war, überhaupt noch ein Zimmer in der Nähe der Wiesn ergattert zu haben«, sagte Clara.

»Deutet im Hotelzimmer etwas auf einen Kampf hin?«

Silvano betrachtete die Hand der Toten, mit dem Herz darin, das immer noch großformatig an der Projektionswand prangte.

Clara schüttelte den Kopf. »Nein, es sah nicht danach aus. Demirci geht von einem Täter über einsachtzig aus, da die Abdrücke der Strangmale nach oben weggehen und sie offenbar im Stehen erdrosselt wurde.«

»Ich werde nur hellhörig, wenn es heißt, das Opfer ist eine alte Frau mit viel Geld. Statistisch gesehen werden an die siebzig Prozent der Tötungsdelikte von einem Menschen mit verwandtschaftlichem Grad begangen, aus immer den gleichen Gründen: Habgier und Streit. Wenn sie ihren Mörder kannte, hätte sie sich nicht sofort gewehrt und als der Täter dann das Tuch zuzog, war es zu spät. Wir sollten auch dafür offen sein.«

Thorwald sah Silvano missbilligend an. »Clara leitet die Ermittlungen, wenn es dir nichts ausmacht.«

Clara warf Thorwald einen überraschten Blick zu und er nickte sie energisch an.

Mit einer entschuldigenden Geste hob Silvano die Hände. »Logo, sorry, ich wollte nur sagen, dass wir die Verwandten nicht außer Acht lassen sollten.«

»Passt schon! Sehr richtiger Ansatz, aber das machen wir sowieso. Iris kümmert sich um Details zu unserem Opfer. Natürlich auch darum, wer von Rosas Tod profitiert. Komplette Opferüberprüfung. So bekommen wir auch alle Angehörigen mit ins Boot.«

Iris stupste Silvano an. »Ich könnte Hilfe dabei gebrauchen.«

»Sicher, warum nicht?«

»Nein, Silvano, wir brauchen dich und Matthias im Hotel für die Befragungen. Da müssen wir zügig durch. Nimm dir das Gästebuch vor und check schon mal, wer morgen abreisen will, die vernehmen wir nach Möglichkeit zuerst.«

»Wird erledigt!«

»Thorwald und ich statten Bodo Tannhöfer einen Besuch ab.« Clara stand auf. Ein ehemaliger Mitarbeiter, der unter dem Verdacht stand etwas gestohlen zu haben und der eine Mordswut auf das Hotel und die Schöntal hat, das klang vielversprechend. Hatte Rosa ihn vielleicht wirklich bei einer Diebestour erwischt? Und war das der alten Frau zum Verhängnis geworden?

9

Bodo Tannhöfer wohnte in der Schillerstraße, direkt neben dem strahlenden Neubau-Komplex, gegen den das schmale Mehrfamilienhaus wie ein vergessenes Relikt vergangener Tage wirkte. Mit seiner verblassten Fassade schien es, als wollte es gar nicht erst gegen die moderne Pracht des neuen Bürogebäudes ankämpfen.

Die Haustür unten stand offen. Am Klingelschild sahen sie, dass Tannhöfer im ersten Stock wohnte.

»Gibt es irgendwie ein Problem zwischen dir und Silvano?«

»Ich finde, er nimmt sich ein bisschen zu wichtig. Und auch sein Erscheinungsbild, mit den langen Haaren und dem offenen Hemdkragen, das ist eher unangemessen. Er muss als Kommissar doch auch auf die Außenwirkung achten.«

»Aber gibt es ein Problem?«

Zögerlich schüttelte Thorwald den Kopf und sie betraten das düstere Treppenhaus, das nur von einer einzigen schwachen Lampe beleuchtet wurde. Es roch nach Staub. Vor der Wohnungstür drückte Clara auf den Klingelknopf, doch drinnen war nichts zu hören. Sie klopfte energisch an die Tür.

»Polizei, bitte machen Sie auf, wir haben ein paar Fragen.«

Nach einigen Augenblicken wurde geöffnet. Der ehemalige Hotelangestellte stand vor ihnen. Groß und mager, einen dunklen Haarkranz auf dem ansonsten kahlen Kopf. In seinen Augen spiegelte sich eine Mischung aus Verbitterung und Zorn.

»Was wollts denn ihr von mir?«, fragte er barsch.

Von seiner Zigarette fiel ein langes Stück Asche auf die Dielen im Gang. Tannhöfer schob es mit dem nackten Fuß beiseite. Er trug nur ein Unterhemd und eine ausgebeulte Trainingshose. Die Tür ließ er offenstehen, als er sich umdrehte und zurück ins Wohnzimmer ging.

»Der ist mit Sicherheit über einsachtzig«, raunte Thorwald Clara zu.

Die Kommissare folgten ihm durch den Gang der erstaunlich großen Altbauwohnung. Trotz der hohen Decken war die Luft stickig. Alles war durchzogen von Zigarettenrauch und Biergeruch. Im Wohnzimmer stand ein Sofa, davor ein niedriger Tisch, auf dem sich Tageszeitungen und Rätselhefte stapelten. Einige Hefte waren heruntergefallen. Der Fernseher, der auf dem Boden stand, lief ohne Ton.

Tannhöfer lehnte sich auf dem Sofa sitzend nach vorne, nahm einen letzten Zug von der fast ausgerauchten Zigarette und warf sie in den Aschenbecher. Er drückte den Knauf des altmodischen Push-und-Turn Aschenbechers herunter und beobachtete, wie die Scheibe sich drehte und der Rauch sich langsam im Raum verteilte.

»Es geht um Ihre ehemalige Arbeitsstelle im Hotel Schöntal.« Thorwald steckte sich unauffällig den neuen Geruchsschutz-Clip an die Nase.

»Schuster hob i gelernt, aber mei' Hand tut nimmer so, wie's soll.« Er zeigte, dass er Daumen und Zeigefinger nicht mehr ganz krümmen konnte. »Mit da Arbeit im Hotel konnt' ich wenigstens noch bissle was dazu verdiena.« Sein Blick verlor sich in der Vergangenheit. »Was solls!«

»Es wurde jemand umgebracht im Hotel«, sagte Clara.

Tannhöfer ließ sich schwerfällig wieder ins Polster zurücksinken. »Was geht's mich an?«

»Sie sind mit Frau Schöntal aneinandergeraten?«, näselte

Thorwald, behindert durch seinen Nasenclip, der nicht richtig saß.

»Aneinandergeraten? Nausgschmissen hats mich, die alte Heigeign!«

»Sie haben sich sicher sehr darüber geärgert?« Clara beobachtete ihn genau.

Er lachte, doch eine Antwort blieb er schuldig.

»Haben Sie von dem Mord im Hotel gehört?«

»I hoff' es hat die Schöntal derwischt. Die hat mir des alles in die Schuh' geschoben. Ich hab' in meinem ganzen Leben no nie was geklaut.« Nachdrücklich schüttelte er den Kopf. »Und vo' dem Mord hab' ich nix gehört. Wem habens denn die Kerzen ausgepustet?«

»Nicht Frau Schöntal«, antwortete Thorwald, der seinen Clip jetzt passend positioniert hatte.

»Des tut mir leid, zu hören.«

»Sie haben Frau Schöntal gedroht. Hat sich Ihre Wut vielleicht gegen das Hotel insgesamt gerichtet?«, fragte Clara weiter.

»Ich hab' der net gedroht. Derf man net sei' Meinung sagen oder wos? Is des jetzt a scho' verboten?«

»Wo waren Sie heute zwischen fünfzehn Uhr und siebzehn Uhr?«

Er griff nach der Zigarettenschachtel. »Schleichts euch einfach! Mir is' nix mehr blieben. Aber mei' Ruh' lass' ich mir net wegnehma.«

»Wir wollen Ihnen die Möglichkeit geben, Ihre Sicht der Dinge darzulegen.«

Bodo Tannhöfer stieß einen tiefen Seufzer aus, bevor er Clara antwortete. »Ich war zwei Jahr' lang ehrlicher Mitarbeiter in der ihrem verdammten Hotel. Und dann werd' ich plötzlich nausgeschmissen, nur weil der Schmuck weg ist. Des war ich net und Beweise hats auch net gegeben. Anzeigen wollts mich, wenn ich den depperten Auflösungsvertrag net unterschreib.« In seinen Augen spiegelten sich Wut und Enttäuschung. »Bei mir is' alles futsch. Mei Arbeit, mei guter Ruf, meine Freunde. Und jetzat kommts ihr daher und wollts mir an Mord anhängen? Naaa, naaa, naaa! I war zu Haus.«

Er war so verbittert und frustriert, dass er Clara fast leidtat. Es gab keine Beweise, die eindeutig belegten, dass er die Diebstähle begangen hatte. Bevor die Kommissare die Wohnung verließen, wandte sie sich noch einmal an ihn. »Falls Ihnen noch etwas einfallen sollte, lassen Sie es uns bitte wissen.« Er wirkte abwesend und es schien, als würde er durch sie hindurchsehen. Clara setzte noch einmal an: »Wir verstehen, dass es für Sie eine schwierige Zeit war, aber wir wollen die Wahrheit herausfinden.«

Jetzt schnaubte der ehemalige Hotelangestellte verächtlich. »Was wollts ihr? Die Wahrheit? Die Wahrheit gehört immer den Geldigen!« Damit zündete er sich eine neue Zigarette an und blies den Rauch in Thorwalds Richtung.

Im Auto ließ Thorwald sich auf den Beifahrersitz plumpsen. »Denkst du, er hat etwas mit dem Mord zu tun?«

»Ich weiß es nicht.« Auf der einen Seite hatte Clara nicht das Gefühl, dass Tannhöfer in seinem Zustand genug Energie aufgebracht hätte, um einen Mord zu begehen und das Ganze raffiniert zu vertuschen. Auf der anderen Seite war der Mann wütend und vom Leben enttäuscht. Und eines wusste sie genau: Menschen in so einem Gemütszustand entwickelten oft die faszinierende Fähigkeit, sich völlig von ihrem gewohnten Verhalten abzuspalten und eine kriminelle Unvorhersehbarkeit an den Tag zu legen. »Wer alles verloren hat, was soll der noch fürchten?«

10

Im Hotel sahen sie als Erstes die Journalistin Helga Gerstner. Wie ein kreisender Habicht, der seine Beute ausforschte, drehte sie ihre Runden in der Eingangshalle. Immer auf der Suche nach unaufmerksamen Opfern, zu denen sie herunterstoßen konnte, um sie informationstechnisch auszuweiden. Es beunruhigte Clara, dass die Frau recht zufrieden aussah. Sicher hatte sie schon Interviews im Hotel geführt. Leider konnte sie ihr das nicht verbieten. Sie hoffte nur, dass niemand ihr relevante Informationen zugespielt hatte, die in den Medien noch nichts zu suchen hatten. Und schon nahm der Habicht sie ins Visier.

»Die Kommissarin Liebig, da schau her!«

»Kein Kommentar.« Diesmal würde sie cool bleiben und sich nicht von der Trutschn provozieren lassen.

»Ich habe doch noch gar nichts gefragt.« Mit gespielter Amüsiertheit betrachtete Gerstner sie. »Ich nehme an, Sie sind wie immer in Eile?«

»Genau, keine Zeit für Interviews.« Clara wollte es gar nicht erst zu einem Gespräch kommen lassen. Sie zeigte auf ihre Smartwatch und hob abwehrend die Hände, dann versuchte sie, in Richtung Frühstücksraum zu flüchten.

»Ja, ja, die Kommissarin, so fleißig und beschäftigt, nicht wahr? Aber die Öffentlichkeit hat ein Recht darauf, die Wahrheit über das Phantom zu erfahren.«

Abrupt blieb Clara stehen »Phantom? Was für ein Schmarrn soll das denn sein?«

»Naja, es wandelt durch verschlossene Türen, hinterlässt

keine Spuren und macht unheimliche Dinge«, sagte Gerstner, während sie mit den Händen in der Luft herumfuchtelte. »Wie würden Sie das sonst nennen? Klären Sie mich auf, wenn sie einen besseren Namen haben.«

»Es gibt kein Phantom und auch noch keine Antworten auf Ihre Fragen. Wir stehen am Anfang der Ermittlungen und jetzt…« Clara versuchte, sich an Gerstner vorbei zu drängen, doch geschickt stellte sich die kleine Journalistin in den Weg. »Sie wollen also wieder mal nichts rausrücken und das, obwohl wir alle in tödlicher Gefahr schweben?«

»Was?«

»Menschen aus der ganzen Welt sind zur Wiesnzeit hier in unserem schönen München. Sie wollen feiern, bayerisches Bier trinken und auf den Tischen tanzen. Doch in Wirklichkeit hängt ein tödlicher Schatten über uns. Jeder kann das nächste Opfer des Phantoms werden. Oder liege ich da falsch?«

»Wenden Sie sich an die Pressestelle.« Claras Kiefer verkrampften sich, diese Frau war einfach bescheuert. Phantom, Wiesn, nächste Opfer. Sie musste all ihre Selbstbeherrschung aufbringen, um die Journalistin nicht beiseite zu stoßen. Sie schlüpfte an ihr vorbei und hatte die Hand schon auf der Türklinke des Frühstücksraums.

Doch eine Journalistin vom Kaliber der Gerstner ließ sich nicht so leicht abschütteln, wenn sie ihre Beute ins Visier genommen hatte. Rasch stellte sie sich wie ein Poller in die Tür. »Oh, ich verstehe. Die Pressestelle. Wie immer. Bloß wissen die noch weniger als Sie, auch wenn das kaum möglich ist.« Gerstner lachte schrill und unecht. »Aber egal, ich habe genug Material, um die Phantom-Story groß rauszubringen. Und Sie werden keine gute Figur dabei machen. Ich gebe Ihnen die Möglichkeit, jetzt noch etwas dazu zu sagen.«

Da platzte Clara der Kragen. Matthias, der darauf aufmerksam geworden war und von innen die Tür geöffnet hatte, versuchte, Clara in den Frühstücksraum zu zerren. Doch Helga Gerstner stand im Weg und es war sowieso zu spät.

»Verdammt noch mal, es ist mir scheißegal, was Sie über meine Figur schreiben und es gibt weder ein Wiesnphantom noch eine Story für Sie. Ein Mensch ist gestorben und wir versuchen herauszufinden, was passiert ist.«

»Ende Gelände!«, sagte Thorwald nachdrücklich und mit rotangelaufenen Ohren.

Doch Gerstner achtete gar nicht auf Thorwald, begeistert funkelte sie Clara an. »Das Wiesnphantom – genialer Name. Danke sehr!«, rief sie Clara hinterher. »Wiesnphantom narrt Polizei! Besucher aus aller Welt in Angst und Schrecken. Wer wird als Nächster dran glauben müssen?«, hörte Clara die Journalistin noch laut formulieren.

Matthias hatte es geschafft, Clara in den Frühstücksraum zu ziehen. »Warum redest du überhaupt mit der?«

»Ich weiß nicht, die bringt mich jedes Mal so auf die Palme.«

Silvano grinste Thorwald an. »Ende Gelände? Dein Ernst? Ein bisschen uncool, oder? Ich meine, wie wäre es mit Gotcha? Oder Done oder erledigt? Ich glaube, du kannst in Sachen Coolness noch einiges von mir lernen, Kumpel.«

Thorwald warf ihm nur einen genervten Blick zu und ließ ihn an der Tür stehen. »Ich beginne mit den Videobändern. Ich bin im Serverraum.« Damit drehte er sich auf dem Absatz um und stapfte hinaus. »Falls mich jemand sucht«, setzte er beleidigt hinzu.

»Nicht bös' gemeint!«, rief Silvano ihm hinterher. Dabei hob er beide Hände wie ein Fußballspieler nach einem Foul, um anzuzeigen, dass er nichts angestellt hatte. »Ich meine stimmt doch, oder?«

»Du solltest dich nicht über ihn lustig machen, auch wenn er ein bissle nerdig rüberkommt, ist er ein verdammt guter Ermittler«, sagte Matthias in beschwichtigendem Ton.

Matthias hatte mit Michaela Schöntal im Hotel alles

prächtig arrangiert. Sie konnten gleich mit den Befragungen starten.

»Okay, haben wir schon den Auszug aus der Gästeliste?«

»Ja, hier. Ich habe alle markiert, die morgen abreisen.« Silvano reichte ihr ein Blatt Papier hinüber.

Es waren nur drei Personen, die am nächsten Tag nach Hause fahren wollten. Die jungen Männer aus Düsseldorf mit den witzigen Wiesn-T-Shirts.

Nun überflog Clara die Personal-Liste. Es fiel auf, dass Schöntal fast ausschließlich mit Aushilfen arbeitete. Benisha Caru und der Frühstückskoch waren die Einzigen, die jeden Tag da waren, wobei die Arbeitszeit des Kochs sich auf eine Stunde zwischen sechs und sieben Uhr früh beschränkte.

Mit Benisha hatten sie schon gesprochen. Ihre Aussage war vorerst ausreichend. Außerdem war sie täglich im Hotel, sodass sie sie, wenn nötig, noch einmal befragen konnten. Die anderen Mitarbeiter waren dem Aufruf ihrer Chefin Michaela Schöntal gefolgt und warteten in der Halle. »Ich habe ein fantastisches Team, Frau Kommissarin. Vom Koch bis zum Reinigungspersonal. Ich würde für jeden Einzelnen meine Hand ins Feuer legen.«

»Nicht für Bodo Tannhöfer, oder?«

»Naja, das ist eine andere Geschichte, aber ansonsten sind meine Leut' zuverlässig und fleißig. Benisha ist meine rechte Hand. Ich wüsste gar nicht, was ich ohne sie tun sollte. So eine Angestellte findet man nicht jeden Tag. Ein wahrer Schatz.«

Clara studierte die Namensliste. Peter Feinlein war der Koch. Es gab eine Annelie Gödenhof, Hotelfachfrau von Beruf, doch sie arbeitete genauso zur Aushilfe wie die Reinigungskraft Jackie Merklinger. Bodo Tannhöfer stand ebenfalls auf der Liste. Das waren schon alle Angestellte, die hier beschäftigt waren. Vermutlich machte Schöntal das meiste selbst. Außerhalb der Wiesnzeit schien das Hotel nicht besonders zu laufen, sodass sie mit den wenigen Mitarbeitern auskam. »Bodo Tannhöfer steht noch auf Ihrer Liste.«

Michaela Schöntal legte den Kopf schief. »Ja, ich hatte viel Arbeit in den letzten Wochen. Ich bin bisher gar nicht dazu gekommen, ihn überall aus dem System zu löschen.«

»Sie sagten zu meinem Kollegen, dass er Schmuck gestohlen habe.«

»Es ist eine grässliche Erfahrung, wenn das Vertrauen missbraucht wird. Ich musste Bodo kündigen. Er hat Perlenketten und Goldringe aus verschiedenen Zimmern gestohlen. So jemand kann ich nicht behalten, da bin ich rigoros. Wer mag schon wo übernachten, wo ihm die Sachen geklaut werden?«

»Er bestreitet, die Diebstähle begangen zu haben.«

»Natürlich, aber außer ihm war niemand auch nur in der Nähe der Zimmer.«

»Es konnte ihm nichts nachgewiesen werden«, sagte Clara.

»Nein, aber er war es. Es ist sonst keiner da gewesen und die Zimmertüren waren alle verschlossen. Er ist völlig ausgeflippt, als ich ihn drauf angesprochen habe.«

»Und der Schmuck blieb verschwunden?«

»Ja, die Polizei hat den Schmuck auch nicht wieder finden können. Deswegen habens den Bodo auch nicht verhaftet.«

»Hm, verstehe.«

»Außerdem hat er mir gedroht, dass ich schon noch kriege, was ich verdiene. Alles recht unschön. Der Bodo hat mir schon irgendwie leidgetan, aber die Sicherheit meiner Gäste und ihrer Besitztümer haben für mich höchste Priorität.«

Michaela Schöntal hatte ihnen die Tische und das Buffet für die Befragungen freigeräumt. Die Salz- und Pfefferstreuer hatte sie in die hinterste Ecke des Buffets verbannt und sogar einen Tisch hergerichtet mit einigen Wasserflaschen und Gläsern.

Zuerst betrat Annelie Gödenhof den Raum. Eine vierzigjährige, schmale Frau, gelernte Hotelfachkraft, die jetzt aushilfsweise als Zimmermädchen arbeitete. Sie verwies darauf, dass die Zeit des Mordes nicht in ihre Arbeitszeit falle und sie deswegen nicht im Hotel war und folglich nichts zu sagen habe.

Jackie Merklinger, deren richtiger Name Jaqueline lautete, die aber auf keinen Fall so genannt werden wollte, war die Nächste. Die korpulente Frau war 56 Jahre alt. Silberne Streifen durchzogen ihr aschblondes Haar, das Gesicht blass und unter den Augen schimmerten dunkle Schatten, wie sie bei langjährigen Schichtarbeitern häufig vorkamen. Die Frau jobbte nebenbei im Hotel, um sich ihr Gehalt als Verkäuferin am U-Bahn-Kiosk Sendlinger Tor etwas aufzubessern. Schwer ließ sie sich auf den Stuhl fallen. Sie hatte am heutigen Vormittag Dienst gehabt und war allgemein gesprächiger als das Zimmermädchen zuvor.

»Sagens ruhig Jackie zu mir, alle nennen mich so. Ich bin halt die Jackie vom Kiosk, gell.« Sie lachte so breit, dass sich unter ihr Doppelkinn noch eine weitere Falte legte.

»Okay, Jackie, wann haben sie heute Morgen angefangen zu arbeiten?«

»Acht Uhr dreißig. Wie immer, Samstag und Mittwoch. Wenn ich im Hotel bin, macht meine Tochter den Kiosk, gell? Wenn ich ankomm', mache ich die erste Runde. Bei denen, wo der Schlüssel unten hängt, richte ich die Betten frisch her und häng' neue Handtücher ins Bad und so. Heute früh waren die meisten noch in ihre' Zimmer. Am Wochenende schlafens alle gerne aus. Grad, wenn sie am Abend zuvor auf der Wiesn eine Gaudi gehabt haben. Dafür legens mir oft ein großzügiges Trinkgeld hin. Das freut mich dann natürlich, stamm' ja auch net grad vom Krösus ab, gell?«

»Okay, also, Sie waren auf Ihrer Runde?«

»Genau, und wissens, was ich da beobachtet hab'?«

Clara war geneigt zu sagen, nein, deswegen sitzen wir

hier, doch sie wollte die Frau nicht aus dem Konzept bringen. So deutete sie nur ein Kopfschütteln an.

»Ich war im ersten Stock, weil die 103 hatte ihren Schlüssel unten am Board hängen. Also bin ich nauf, ums Zimmer zu machen. Da sehe ich doch plötzlich den Engländer, wie er sich an der Zimmertür von 106 zu schaffen macht, da wo die alte Frau gewohnt hat, also bevor sie gestorben ist, also wissens scho', gell?« Jackie beugte sich auf dem Stuhl vor, der unter ihrem Gewicht knarzte. »Ja, so ein Hallodri habe ich gedacht. Will der vielleicht was klauen, habe ich gedacht. Einen Schmuck oder ein Geld oder was die Leut' halt sonst noch so an Wertgegenstände' haben. Handy vielleicht, gell? Dacht' ich.«

Clara wurde beinahe schwindlig, ob der vielen Schleifen, die Jackie vor sich hindachte. Sie überlegte schon etwas zu sagen, um das Erzähltempo voranzutreiben, da schaltete sich Silvano ein. »Und was hat der Hallodri da gemacht an der Zimmertür von der Rosa Kleinschmidt?« Er setzte ein einnehmendes Lächeln auf.

»So genau habe ich's net gesehen. Er stand mit'n Rücken zu mir. Irgendwas rumgemacht hat er an der Türe.« Sie hob ihre kräftigen Arme und hielt die Hände wie Lauschmuscheln ans Ohr. »Als wenn er hinlauschen wollte, habe ich gedacht. Als ob er ausspionieren würd', ob's drin ist, die alte Frau.«

»Ah und dann?« Silvano nickte aufmunternd.

»Ja, gerufen habe ich natürlich. Hallo, Sie, habe ich gerufen, was machens denn da? Na, hat der gar net lang gefackelt und ist geflitzt. Depp habe ich mir gedacht. Aber jetzt, wo ich weiß, dass die alte Frau tot ist, da kommt es mir verdächtig vor. Verstehens? Am End ist der später wieder gekommen und hat sie abgemurkst. Da habe ich mir gedacht, das sag' ich Ihne' mal besser, gell?«

»Das war sehr gut, Jackie«, lobte Silvano.

»Mei, da hab ich vielleicht den Mörder gesehen?«, sagte Jackie aufgewühlt.

»Schon möglich.« Clara sprach mehr zu sich selbst, als zu Jackie, die sich über Silvanos Anerkennung freute und der jetzt vor lauter Aufregung die Röte in die Wangen stieg. Dieser Engländer, Ben Jones, tauchte schon zum zweiten Mal im Zusammenhang mit Rosa auf. Erst hatten Benisha und der Monteur ihn gesehen, als er das Hotel fluchtartig verlassen hatte, kurz bevor die beiden die Leiche gefunden hatten. Und nun stellte sich raus, dass er sich schon an Rosas Zimmertür zu schaffen gemacht hatte.

»Ja, mei, schrecklich, gell?«, fügte Jackie hinzu, lächelte aber immer noch ganz selig in Silvanos Richtung.

»Herzlichen Dank für Ihre Aussage.« Silvano machte eine kurze, bedeutungsvolle Pause, die er dazu nutzte, um aufzustehen. »Jackie, es war sehr wichtig, dass Sie Ihre Beobachtung mit uns geteilt haben.«

»Hat der Schlüssel von Herrn Jones unten am Board gehangen?«, fragte Clara.

Jackie sah weiterhin Silvano an und überlegte. »Naaa, der hing nicht unten. Aber, der hat eh des Schild an der Tür gehabt: ›Bitte nicht stören.‹«

»Eine letzte Frage noch, was halten Sie von ihrem ehemaligen Kollegen Bodo Tannhöfer?«

11

Jackie konnte Tannhöfer nicht ausstehen. Sie war sicher, dass die Schmuck-Diebstähle auf sein Konto gingen. Einige Wochen vor seiner Kündigung hatte er handgefertigte Lederschuhe an den Füßen, berichtete Jackie. »Wo soll unsereiner denn so viel Geld hernehmen? Und ich habe gehört, wie er die Chefin beschimpft hat. Ein grausliger alter Depp. Gut, dass die Chefin ihn gekündigt hat.« Sonst wusste Jackie nichts mehr zur Sache. Doch sie versprach Silvano drei- bis vierkinnfaltig lächelnd, dass sie sich melden würde, falls ihr noch etwas einfiele.

Als Jackie weg war, schenkte Silvano Clara und sich ein Glas Wasser ein. Ganz im Gegensatz zur auskunftsfreudigen Jackie, konnte der nächste Mitarbeiter, der Koch Peter Feinlein, eher wenig zu der ganzen Angelegenheit aussagen. Er war jeden Morgen eine Stunde da. Zwar hatte er auch heute in der Früh in der beengten Küche neben dem Frühstücksraum gearbeitet, doch sein Wissen beschränkte sich auf knusprigen Speck und die Verarbeitung von Tüten mit Volleipulver, aus denen er das Rührei zubereitete.

Nur wenn es um den chronischen Platzmangel in der Küche ging, wurde er gesprächig. »Ja, früher, da wurden die Köche noch geschätzt«, schwärmte er. »Als die Chefin noch gar nicht geboren war und ihre Eltern, Gott hab sie selig, das Hotel geleitet haben, das waren die guten Zeiten. Da hatte der Maître Delaron, mein Lehrmeister, einen ganzen Saal im Untergeschoss gehabt. Da haben hier die Geldigeren logiert. Heutzutage muss ich mit dem ehemaligen Vorbereitungsraum vorliebnehmen. Weil unten haben sie ja die hässliche Tiefgarage eingebaut. Seit die junge Frau Schöntal das Hotel führt, naja.« Er senkte die Stimme. »Ich will ja nichts Schlechtes über meine Chefin sagen, aber es lässt sich kaum verbergen, dass es jeden Tag weiter bergab geht.« Und im Übrigen interessierte er sich nicht großartig für die sonstigen Geschehnisse und Abläufe im Hotel. Er machte Eier mit Speck und damit hatte es sich.

Es war spät geworden, sie waren mit der Vernehmung des Kochs fertig, als Benisha hereinstürmte. Sie hatte versprochen, sofort Bescheid zu geben, wenn Mister Jones zurückkommen würde und sie war aufmerksamer als jeder Polizeihund. Atemlos stieß sie hervor: »Er ist da! Jones. Er ist eben hereingekommen. Denken Sie, er war es?« Mit großen Augen sah sie Matthias an. »Wollen Sie ihn gleich verhaften?«

»Wir täten ihn erst einmal befragen.« Matthias folgte ihr hinaus. Nur wenige Minuten später kam er mit einem großen, schlanken Mann hinter sich zurück. Ben Jones war an die einsneunzig. Das würde zum Täterprofil passen, ging es Clara sofort durch den Kopf. Er bewegte sich leicht schwankend auf sie zu. Und es war unübersehbar, dass er alkoholisiert war. Mit seinen dunklen Haaren, die ungezähmt und wild in alle Richtungen standen, dem unsteten Blick und der breiten Nase wirkte er beinahe unheimlich. Die knielange bayerische Krachlederne passte nicht ins Bild und verlieh ihm zusätzlich ein schräges Aussehen.

»Mr. Jones, richtig?«, begann Clara, nachdem er und Matthias sich zu ihnen gesetzt hatten. Der Mann hockte mit leicht nach vorn gebeugtem Rücken auf dem Stuhl und nestelte mit den Fingern an seinem Hosenträger. Mit halb gesenktem Kopf beobachtete er seinen eigenen wippenden Fuß.

Clara hatte sofort registriert, dass seine Augen rot und seine Pupillen unnatürlich geweitet waren. Auch Silvano hatte es bemerkt, er nickte ihr verstohlen zu. Der Mann vor ihnen war nicht nur alkoholisiert, er hatte mit Sicherheit zusätzlich Betäubungsmittel eingenommen.

»Mr. Jones, verstehen Sie mich?«

»Ja, ich verstehe«, antwortete er in rauem englischen Akzent und eine ordentliche Bierfahne schlug Clara entgegen.

»Kannten Sie Rosa Kleinschmidt?«

Er wippte so heftig mit seinem Fuß, dass der ganze Stuhl wackelte. »Nein, ich kenne nicht jemanden hier. Ich will nur meine Spaß auf die Oktoberfest.« Er kramte eine zerknitterte Schachtel englische Zigaretten aus der Hosentasche hervor und steckte sich eine in den Mund.

»Naaa, tut mir leid, Rauchen ist hier verboten«, schritt Matthias sofort ein.

Jones rollte mit den Augen, doch er zog die Zigarette wieder aus dem Mundwinkel.

»Sie wurden gesehen, wie Sie sich heute Morgen an der Zimmertür von Frau Rosa Kleinschmidt zu schaffen gemacht haben. Zimmer 106. Was wollten Sie dort?«

Eben noch gleichgültig, blitzte Jones sie nun erregt an. »Ich war an keine Tür. Ich kenne nicht diese Frau. Wer soll sie sein?« Er drückte die Zigarette zwischen seinen Fingern, bis sie zerbrach. Tabakbrösel fielen zu Boden, doch es kümmerte ihn nicht. Ganz im Gegensatz zu Matthias, der erst missbilligend auf die Sauerei vor seinen Füßen sah und dann zu Jones. »Dann sagen Sie uns doch einfach, warum Sie an Frau Kleinschmidts Tür waren. Wir sind alle müde und wollen schlafen gehen. Es gibt vielleicht eine ganz harmlose Erklärung dafür. Haben Sie sich in der Tür geirrt?«

Clara warf Matthias einen verwunderten Blick zu, normalerweise spielten sie Verdächtigen oder Zeugen keinen Ball zu. Doch Jones griff gar nicht danach. Er sprang auf, pfefferte die Zigarette mit einer dramatischen Geste durch den Raum und atmete so heftig, als hätte er gerade einen Hundertmeterlauf hinter sich gebracht. »Ich war niemals an diese Tür! Was wollen Sie mir anhängen?«

Silvano und Matthias waren ebenfalls aufgestanden, bereit, ihn zu packen, falls er mehr machen würde, als sich aufzuregen. Doch er maulte nur weiter herum, beschrieb große Gesten mit den Händen und sah noch wirrer aus als zu Beginn der Befragung. Das Weiß seiner Augen war von einer intensiven Röte durchzogen und Clara fühlte sich nur bestätigt in ihrem Verdacht, dass sie bei einem Bluttest noch andere Substanzen außer bayerischem Bier in seinen Adern finden würden.

»Beruhigen Sie sich bitte!« Silvano drückte ihn mit sanfter Gewalt zurück auf den Stuhl, was nicht allzu schwierig gewesen war, da er in seinem Zustand das Gleichgewicht kaum hatte halten können. Jetzt lachte Jones aufgedreht und wippte wieder heftig mit dem Fuß.

»Okay, dann lassen Sie uns über heute Abend reden. Sie haben das Hotel kurz nach siebzehn Uhr fluchtartig verlassen.«

»Fluktartig?« Wieder entfuhr ihm ein hektisches Lachen.

»Eilig, urgent«, warf Silvano erklärend dazwischen.

»Oh no, das war nicht, wie Sie sagen fluktartig. Ich hatte ein Verabredung. Daher musste ich schneller los. Das war die Grund.«

»Und mit wem waren Sie verabredet?«

»Ich glaube, es geht nicht Sie an.«

Doch dem sonst so geduldigen Matthias ging allmählich die Hutschnur hoch. »Besser Sie sagen uns, wo Sie waren, es geht hier um Mord, verstehen Sie das?«

Jones schien einen Moment zu überlegen. »Wenn es so ist, ich sage nichts mehr. British Embassy!«

»Sie können natürlich Ihre Botschaft kontaktieren, aber Sie werden vorerst nicht als Beschuldigter befragt, sondern nur als Zeuge«, versuchte Silvano ihn zu besänftigen.

»British Embassy!«, wiederholte Jones und sein Fuß wippte so kräftig gegen das Tischbein, dass das Wasser in den Gläsern überschwappte.

Jones' Vernehmung war damit vorerst beendet. Sie konnten ihn nicht zwingen, mit ihnen zu reden, und sie konnten ihn nicht festhalten, nur weil er zur Tatzeit in der Nähe gewesen war. Er verließ den Raum und Clara hörte, bevor die Tür des Frühstücksraums ins Schloss fiel, wie Michaela Schöntal ihn ansprach und bat, endlich das Anmeldeformular ordnungsgemäß zu unterschreiben.

»Ich versuche gleich morgen früh, jemanden bei der Botschaft zu erreichen.« Matthias seufzte. »Hoffen wir mal, dass von denen einer auftaucht, bevor Jones abreisen will.«

Da kam Thorwald herein. »Dieser Jones, mit dem stimmt etwas nicht.«

»Den Eindruck hatten wir auch«, sagte Clara und Silvano nickte bekräftigend.

»Aber ich meinte mit seinen Bewegungen. Ich habe gesehen, dass er Schwierigkeiten mit seiner Unterschrift hatte.« Doch Thorwald kam nicht dazu, seine Gedanken weiter auszuführen, denn als Nächstes trudelten die beiden italienischen Männer ein und Benisha leitete sie in den Frühstücksraum um. Fröhlich torkelten sie herein. Der Einfluss des Starkbiers war unübersehbar. Sie sangen ein Prosit auf die Gemütlichkeit, laut und falsch. Für eine Befragung waren sie zu betrunken, aber immerhin waren sie bester Stimmung. Sie wollten offenbar erst übermorgen gegen elf Uhr abreisen. Bis dahin würden sie die beiden sicherlich auch mal nüchtern antreffen, dachte Clara. Sie konnten dann immer noch herausfinden, ob sie etwas beobachtet hatten.

Silvano überlegte. »Wie war es eigentlich bei Tannhöfer? Als ehemaliger Mitarbeiter könnte er noch Schlüssel besitzen oder sich welche nachgemacht haben. Vielleicht hat Rosa ihn wirklich beim Klauen erwischt?«

»Schon möglich. Aber dann wären wir wieder beim Thema, was er in einem leeren Zimmer hätte stehlen sollen. Wie dem auch sei, das werden wir heute Nacht nicht mehr klären können.« Clara gähnte und sah auf die Uhr, es war bald Mitternacht.

»Na sauber«, sagte Matthias und hielt Clara sein Handy hin. Helga Gerstner hatte keine Zeit verstreichen lassen. Groß und in fettgedruckten Buchstaben hatte der Münchner Tagblitz den Artikel bereits ins Netz gestellt:

Mörderisches Wiesnphantom! Die Spur führt aufs Oktoberfest!
Wer wird das nächste Opfer?
Laut Hauptkommissarin Clara Liebig geht ein mörderisches Wiesnphantom um und die Polizei ist ratlos. Das Phantom wandelt durch verschlossene Türen, ohne Spuren zu hinterlassen. Rosa K. wurde brutal ermordet. Nur ein Wiesnherz lag in der Hand des Opfers. Eine Warnung an uns alle? Nach Kommissarin Liebigs Aussage weiß keiner, wo das Phantom das nächste Mal zuschlägt. Aus der Wiesn-Gaudi kann schnell das Wiesn-Grauen werden. Nehmen Sie sich in Acht, liebe Leser!

Großartig, nichts an diesem Text war nützlich. Reine Panikmache, doch sie sah schon bildlich vor sich, wie sie Reitmayer, ihrem unliebsamen Vorgesetzten, diese Schlagzeile würde erklären müssen. Und recht unglücklich kam hinzu, dass sie diesen depperten Namen faktisch selbst geprägt hatte. Wiesnphantom, das war ihr so rausgerutscht. Zwar in einem anderen Kontext, aber das bei Reitmayer zu beweisen, würde sich schwierig bis unmöglich gestalten. Als hätten sie nicht schon genug Probleme mit dieser ganzen undurchsichtigen Mordsache.

»Aber fällt denn dir an dem Text nix auf?«

»Keine Ahnung, sie gendert nicht?« Clara war zu müde für Ratespielchen.

»Das auch.« Matthias gab ein kurzes, amüsiertes Schnauben von sich. »Sie hat des Herz erwähnt. Des ist nix, was in der Presseerklärung kam. Der Kreis der Leute, die davon wissen, ist net groß. Es sollte sich rausfinden lassen, wer sie mit Details versorgt hat.«

Doch Clara hatte schon eine Ahnung. Sie sah Gerstner auf den Empfang losstapfen und auf die hilfsbereite Benisha zugehen. Sie würde Benisha bitten, keine ermittlungsrelevanten Fakten mehr an Journalisten weiterzugeben.

Matthias steckte sein Handy wieder ein. »Leut', i bins für heut'. Ohne ein bisschen Schlaf hat es sich für mich ausermittelt.«

Auch Clara und Silvano machten Schluss, sie waren zwar noch nicht dazu gekommen, alle Ergebnisse der Befragungen auszuwerten, aber sie waren inzwischen zu erschöpft. In Anbetracht der Tatsache, dass sie bislang im Dunkeln tappten, was den gesamten Vorfall betraf, entschied Clara, dass die Polizei über Nacht vor Ort Präsenz zeigen sollte. Gabler und Stiller meldeten sich freiwillig für die erste Schicht. Die beiden hatten ein schlechtes Gewissen, weil sie die alte Frau und ihre Mordgeschichte nicht ernster genommen hatten. Vor allem Gabler sorgte sich, dass sie etwas übersehen hatte, das Rosa das Leben gekostet haben könnte. Die beiden Beamten richteten ihren Wachposten mit zwei Stühlen in der Halle ein.

»Gute Nacht!«, rief Gabler Clara und Silvano hinterher, die auf die Drehtür zusteuerten. Und Stiller schloss sich mit einem tiefgebrummten *Hmhm* an.

»Dieses verschlossene Zimmer ist schon merkwürdig«, sagte Silvano im Auto. »Es ergibt wenig Sinn, in ein leeres Zimmer einzubrechen, jemanden zu ermorden und dann wieder abzusperren. Und warum gibt es keinerlei Spuren?«

»Glaubst du jetzt auch ans Wiesnphantom?«

»Sicher nicht, aber trotzdem! Für einen Außenstehenden wäre der Aufwand doch recht hoch. Für jemanden innerhalb des Hotels ließe es sich leichter durchführen, doch vom Personal hat ja jeder ein Alibi.«

»Ich glaube, alles hängt irgendwie mit der Geschichte von

gestern Nacht zusammen. Aber frag mich nicht wie. Noch nicht!«

Sie setzte Silvano vor seiner Haustür ab. In Gedanken verfolgte sie weiter, was er gesagt hatte. Warum sollte jemand den Aufwand betreiben, einen Schlüssel nachzumachen, wenn das Ziel ein leeres Zimmer war? Und trotz ihrer ungeheuren Müdigkeit und der aufsteigenden Kopfschmerzen blitzte die Neugier in ihr auf wie ein Funke im Dunkeln.

Clara wälzte sich im Bett. Sie hatte zuerst nach ihrer Tochter gesehen. Doch Miriam hatte schon tief und fest geschlafen. Wieder einmal war ihre Tochter mit Klamotten ins Bett gegangen. Als Clara sie angesprochen hatte, hatte sie nur etwas davon genuschelt, dass ihr nicht kalt sei, und hatte sich wie eine Katze zusammengerollt.

Clara hob die Decke auf, die Miriam weggestrampelt hatte und legte sie wieder über den schmalen Körper ihrer Tochter. Eines der Dinge, das sich vermutlich nie ändern würde, war das schlechte Gewissen, dass sie durch den Job zu wenig Zeit für ihre Tochter aufbrachte.

Auch die Schlaflosigkeit begleitete sie schon seit Ewigkeiten. Doch sie wusste, warum ihre Dämonen sie verfolgten. Clara dachte an ihren Vater, der vor so vielen Jahren im Dienst erschossen worden war. Manchmal träumte sie zuversichtlich von ihm, dass er da wäre und ihr Tipps geben würde. Doch meistens trat ihr beim Hinübergleiten in den Schlaf die traumatische Szene von damals in den Sinn. Keine zehn Jahre war sie alt gewesen. Mitunter traf die Erinnerung sie auch im Wachzustand wie ein Flashback oder schlich sich in einen Albtraum, der sie aus dem leichten Schlaf wieder hochriss. Der düstere Augenblick, als der Kollege des Vaters der Mutter die Todesnachricht überbracht hatte, erschossen im Dienst. Ihr Vater war ein stattlicher Mann gewesen, ein aufrechter Polizist. Das zumindest hatte sie immer geglaubt, bis ihre Mutter letztes Weihnachten Andeutungen gemacht hatte, er habe sich Schmiergeld zustecken lassen. Das belastete sie zusätzlich. Trug sie ein so falsches Bild von ihrem Vater in sich, all die Jahre? Wegen ihres Vaters war sie Polizistin geworden, immer auf der Jagd nach der Wahrheit, immer auf der Seite der Opfer und immer mit dem winzigen Funken Hoffnung in sich, den Mord an ihm eines Tages aufzuklären. Da wog es umso schwerer, dass ihr Vater ein korrupter Polizist gewesen sein sollte. Sie hatte seine Akte rauf- und runterstudiert und keinen Anhaltspunkt gefunden, wer ihn ermordet haben könnte. Sein Tod war das ungelöste Rätsel ihres Lebens. Der Grund, aus dem sie ihre Fälle mit einer solch rauen Verbissenheit verfolgte. Denn wenn sie es nicht schaffte, einen Mordfall aufzuklären, würde es immer Angehörige geben, die den Rest ihres Lebens darüber rätselten, was passiert war. Gegen halb drei Uhr zwang die Erschöpfung sie in einen unruhigen Schlaf.

Nur anderthalb Stunden später, um vier Uhr in der Früh, brummte ihr Diensthandy auf dem Nachttisch. Clara war mit einem Schlag hellwach.

Thorwald war dran. Am anderen Ende der Leitung überschlug sich seine Stimme vor Entsetzen: »Du musst sofort zum Hotel kommen. Es ist etwas Schreckliches passiert.«

12

Das Blut hatte sich in einem glänzend roten Muster im gesamten Foyer verteilt. In Schlieren zog es sich über die Steinplatten und die verschmierten Fußabdrücke zeugten von Panik.

Polizeimeisterin Gabler stand mittendrin und sah Clara verstört an. »Ich habe uns nur schnell was zu essen geholt am Bahnhof.« Neben ihrem Fuß lagen aufgerissene Verpackungen von Verbänden und – eine Polizeimütze. Die Dienstmütze ihres Kollegen Stiller. Claras Magen verkrampfte sich, ein unangenehmes Rauschen legte sich wie ein Schleier über ihre Ohren.

Auch auf Thorwalds Gesicht spiegelte sich die pure Fassungslosigkeit. Er eilte ihr entgegen. An seiner Kleidung und seinen Händen haftete ebenfalls Blut. »Oh mein Gott! Es ist furchtbar.«

»Was ist mit Stiller?«, rief Clara. In aller Eile hatte sie ihre Jeans und ein weißes Sweatshirt übergestreift. Das Haar hing ihr ungekämmt über die Schultern und sie war ohne Socken in die Sneakers geschlüpft.

»Ich weiß es nicht«, presste Thorwald kläglich hervor.

Silvano trat auf sie zu. »Ich habe gerade mit dem Krankenhaus telefoniert. Er wird in diesem Moment für eine Notoperation vorbereitet.« Silvano sah wie aus dem Ei gepellt aus. Sein Haar frisch nach hinten gegelt, und in seinem Lächeln schwang Besorgnis mit. »Die Kopfwunde ist tief, er schwebt in Lebensgefahr.«

»Und ich saß hier hinten in diesem dummen Serverraum

und habe es zuerst gar nicht mitbekommen.« Thorwalds Augen waren von dunklen Rändern umschattet. »Erst als ich die Schreie gehört habe, bin ich hochgeschreckt und in die Halle gelaufen. Da habe ich den Kollegen Stiller am Boden liegen sehen.« Für einen Augenblick geriet er ins Stocken, er musste nach Luft schnappen, bevor er weiterreden konnte. »Frau Schöntal hat ihm ein Tuch auf den Kopf gedrückt, um die Blutung zu stoppen.«

Die Hotelmanagerin saß vor sich hin stierend auf einem der Stühle, die Gabler und Stiller sich hergerichtet hatten. Das Handtuch, das sie auf die Wunde gedrückt hatte, hielt sie noch auf ihrem Schoß.

»Frau Schöntal?«, sprach Clara sie an.

»Dieses verdammte Hotel. Womit habe ich das verdient? Was passiert hier denn noch alles?«

Clara setzte sich neben sie. »Frau Schöntal, was ist genau geschehen?«

»Was geschehen ist? Das Hotel ist verflucht. Vom ersten Tag an, seit ich es übernommen habe, lief es nicht richtig. Und dann diese Sache mit den Diebstählen und der Mord und das Phantom und jetzt dieser Überfall. Ich kann nicht mehr.«

»Trotzdem, es ist wichtig, dass Sie sich erinnern. Was haben Sie gesehen?«

»Ich war im Personalraum. Hatte mich ein bisschen hingelegt und plötzlich hörte ich Gerumpel, die Treppe herunterkommen. Und dann rief jemand *Stehenbleiben*! Es krachte und rumste.« Michaela Schöntal schüttelte langsam den Kopf. »Dann bin ich in die Halle gelaufen. Da lag Ihr Kollege am Boden, überall Blut und die Büste von König Ludwig daneben.«

Claras Blick wanderte zu der Skulptur. Jemand hatte sie aus der Nische genommen und Stiller damit brutal niedergeschlagen.

Mit Unbehagen betrachtete Schöntal den steinernen König. »Das schwere Ding. Warum habe ich ihn nur hier unten stehen lassen? Ich wollte den elenden Staubfänger wegschmeißen. Blumen wollte ich reinstellen, was Frisches in diesen alten Kasten hier.« Mit einer weitausholenden Geste schleuderte sie das blutige Handtuch in der Gegend herum, sodass sich noch mehr davon auf dem Boden verteilte. »Aber Benisha meinte, er würde die bayerische Atmosphäre so königlich unterstreichen.« Schöntal sprach zunehmend lallend und wog dabei ihren Körper rhythmisch hin und her.

»Sie hat eine Beruhigungsspritze bekommen«, sagte Thorwald leise. »Was für ein Glück, dass sie da war, sonst wäre Stiller wahrscheinlich verblutet.«

Die Experten der Spurensicherung trafen ein. In ihre Anzüge gehüllt, traten sie umsichtig zwischen die Beweismittel und Blutflecken und begannen mit ihrer Arbeit. Einer von ihnen zog behutsam das Handtuch aus Michaela Schöntals Umklammerung. Die saß inzwischen wie belämmert auf dem Stuhl und fing an zu grinsen.

»Ich glaube, es hat keinen Sinn mehr, sie zu befragen. Saublöd, dass du nichts gesehen hast«, sagte Clara zu Thorwald.

»Ja.« Thorwalds Stimme klang merkwürdig verhalten. Seine Mundwinkel zuckten und seine normalerweise adrette Erscheinung wirkte heute so müde und abgespannt wie sein Blick. Kein Wunder bei dem gewalttätigen Angriff, der hier stattgefunden hatte. Und das Opfer war ein Polizist, eine schmerzliche Erinnerung daran, dass es jeden von ihnen hätte treffen können. Einmal mehr wurden sie, mit der gefährlichen Realität ihres Berufs konfrontiert.

»Die Kollegen sollen an alle Zimmertüren klopfen, ob jemand etwas mitbekommen hat. Außerdem muss der Täter erhebliche Blutanhaftungen an sich haben. Den Fußspuren nach, ist der Angreifer raus gelaufen. Wir müssen die Videos sichten.« Clara wandte sich an Thorwald. »Zieh dich aus!«

»Was?«

»Klamotten! Runter damit! Wir haben keine Zeit zu verlieren.«

Thorwald glotzte sie erschrocken an. Doch da tauchte schon einer der Kriminaltechniker auf. »Grüß Sie, Herr von Weidecke, ich muss Sie um Ihre Kleidung bitten.« Er hielt einen Plastikmüllsack in der Hand und deutete darauf. »Tut mir leid, aber Ihre Sachen sind voller Spuren. Das müssen wir dokumentieren. Hemd und Hose!« Er sah an Thorwald hinunter. »Schuhe, am besten auch die Socken.«

»Oh. Ach so«, stammelte Thorwald. »Ich habe es gar nicht gemerkt.« Er sah an sich herunter, auf sein blutverschmiertes Hemd und die besprenkelte Anzughose.

»Ganz normal«, sagte der Kriminaltechniker mit verständnisvoller Stimme. »Sie haben wahrscheinlich Erste Hilfe geleistet. Da passiert so was. Aber wir brauchen jedes Teil, wo Blut dran ist. Sie müssen die Sachen jetzt ausziehen.« Er hielt den geöffneten Müllbeutel vor Thorwalds Brust.

»Ja, natürlich.« Thorwald zögerte. »Aber, was soll ich anziehen? Ich möchte ungern in Unterhose hier stehen. Es ist ein wenig entwürdigend, denke ich.« Verlegen sah er sich um.

»Keine Sorge, ich habe hier einen Sportanzug der Polizei, den Sie vorübergehend tragen können. Er drückte Thorwald einen in Folie verpackten Anzug in die Hand. Die sind ziemlich bequem, die Dinger. Er nickte freundlich, hob dabei jedoch den Plastiksack bestimmt vor Thorwalds Nase.«

»Danke, das hört sich gut an. Es ist nur etwas eigenartig.« Thorwald senkte die Stimme. »Soll ich hier?«

»Wenn es Ihnen unangenehm ist, können wir auch einen Platz suchen, wo Sie unbeobachtet sind. Andererseits sind wir doch unter uns.«

Thorwald schaute zu Clara und sie drehte sich um. Frau Schöntal war sowieso hinüber und summte mit geschlossenen Augen Perfect von Ed Sheeran vor sich hin. Thorwald seufzte und knöpfte sein Hemd auf. Es folgten seine eleganten Oxford Schuhe, Socken und die Hose, alles plumpste in den Müllsack.

»Dankeschön. Sie bekommen Ihr Zeug natürlich zurück, sobald wir fertig sind.«

»Das ist beruhigend zu wissen, sehr nett, vielen Dank!«

Doch der Techniker hatte sich schon mit dem Sack und der ergatterten Kleidung davon gemacht.

Clara drehte sich wieder um, Thorwald stand vor ihr, in einem Jogginganzug, der ihm an Armen und Beinen zu kurz war, dafür an Hüfte und Schultern zu weit. Barfuß.

»Immerhin, er hat gesagt, ich bekomme alles zurück.«

»Freu dich nicht zu früh, sie schneiden sicher Löcher rein.«

»Wie bitte?«

»Jetzt komm! Wir müssen arbeiten.«

Silvano steuerte auf sie zu. In der Hand hielt er ein Paar Turnschuhe. »Hier, Mann.« Er drückte sie Thorwald in den Arm. Die hat mir einer von den Technikern für dich gegeben.

»Oh, danke – keine Socken?«

Silvano klopfte Thorwald auf die Schulter und wandte sich dann an Schöntal. Er bot ihr an, sie in ihre Wohnung zu begleiten, die sich im Dachgeschoss des Hotels befand. Auch sie musste ihre Anziehsachen abgeben. Doch die Frau kicherte wie betrunken, die Wirkung des Beruhigungsmittels hatte sich voll entfaltet.

»Ich soll mich für Sie ausziehen? Aber was denken Sie von mir?«, kokettierte sie. »Ich bin eine Dame und ich nehme Sie ganz sicher nicht mit nach oben.« Sie einigten sich darauf, dass eine Technikerin mitgehen und vor der Tür warten sollte, bis Michaela Schöntal sich umgezogen hatte, um dann ihre Sachen zu sichern.

Matthias kam ihnen entgegen und sah in die erschöpften Gesichter. »Tja, für uns ist die Nacht wohl vorbei, ein Kaffee wird uns auf die Sprünge helfen.« Er klatschte in die Hände und ging in Richtung der Miniküche davon.

»Und wir zwei schauen uns jetzt die Videos an, mit etwas Glück ist der Angreifer darauf zu sehen, wie er das Hotel verlässt«, sagte Clara zu Thorwald.

Im Jogginganzug sah er eigenartig unbekannt aus. Sogar ein bisschen attraktiv, obwohl der Anzug ihm nicht wirklich passte. Clara konnte sich nicht erinnern, ihn schon einmal in Sportsachen gesehen zu haben.

Sie saßen dicht aneinandergedrängt in dem winzigen Serverraum, der für zwei Personen viel zu klein war, und blickten aufmerksam zum Monitor. Das Hotel lag in der Stille der Nacht da, um zwanzig vor vier Uhr kam Gabler aus der Drehtür. Dann passierte eine Weile nichts. Thorwald spulte langsam vor. Während er die Regler bediente, sprach er an die Tastatur gewandt. »Ich hätte früher bei Stiller sein können.« Eine zarte Röte überzog sein Gesicht. Da kam Matthias hinzu und Thorwald verstummte, starr blickte er auf die Videosequenz. Matthias reichte Clara eine Tasse Kaffee und für Thorwald hatte er einen Tee mitgebracht. Für zwei, drei Minuten blieb er im Türrahmen stehen und schaute auf den Bildschirm. Dann summte sein Handy und er verließ den Serverraum.

Thorwald setzte noch einmal an, etwas zu sagen, als sich die Drehtür auf dem Monitor ein weiteres Mal bewegte.

13

Claras Adrenalinspiegel war am Zerbersten.

»Ich bin eingeschlafen…«, sagte Thorwald.

»Stopp!«, rief Clara.

Auf dem Bildschirm war jemand durch die Drehtür auf die Straße herausgekommen. Thorwald tippte auf Pause. Beide schauten in das Gesicht des Mannes. Es gab keinen Zweifel. Das war Ben Jones, der verdächtige Brite aus Zimmer 101. Auf dem Standbild war gut zu erkennen, dass seine Hände blutverschmiert waren.

Thorwald ließ das Video weiterlaufen. Jones hatte die Drehtür so heftig angestoßen, dass der Flügel der nach ihm kommenden Tür ihm gegen den Rücken fuhr. Wie ein gehetztes Tier sah er sich um, dann rannte er davon, in die entgegengesetzte Richtung, in die Polizeimeisterin Gabler kurz zuvor gegangen war. Schon war Jones aus dem Sichtfeld der Kamera verschwunden.

Clara gab sofort eine Fahndung nach ihm durch. »Und wir brauchen die Bilder der Verkehrskameras in der näheren Umgebung.« Sie wollte den Raum schon verlassen, da drehte sie sich noch einmal zu Thorwald um. »Vielleicht gehst du am besten nach Hause. Du solltest mal ein bisschen schlafen. Dann sieht die Welt schon wieder anders aus«, sagte sie, doch sie kannte dieses schale Gefühl selbst. Das Gefühl, einen Fehler gemacht zu haben, an dem jetzt das Leben eines Menschen hing. Wenn Stiller starb, würde Thorwald es sich für den Rest seines Lebens nicht verzeihen können, dass ihm vor Müdigkeit die Augen zugefallen waren.

»Ich gehe nirgendwo hin, mein Platz ist jetzt genau hier«, sagte er mit fester Stimme. Etwas kleinlauter fügte er hinzu. »Geschlafen habe ich ja schon vorhin auf der Tastatur.«

»Na dann, schnappen wir uns den Mistkerl!«

Die Polizeimaschinerie lief an, mit allem, was sie zu bieten hatte. In der Münchner Innenstadt brach eine gigantische Suchaktion los. Hubschrauber und Drohnen wurden beantragt. Polizeiautos mit Blaulicht rasten durch das Viertel und hielten Ausschau nach dem Verdächtigen. Uniformierte zu Fuß durchkämmten die Seitenstraßen in der Umgebung des Hotels.

Matthias übernahm die Koordination für die Suche auf den Münchner Straßen. »Sofort alle verfügbaren Streifenwagen mobilisieren und im näheren Umkreis die Gegend absuchen«, rief er in sein Telefon. »Er darf auf keinen Fall entkommen!« Die Karte wurde in Quadranten aufgeteilt, für die es jeweils einen Verantwortlichen draußen auf der Straße gab. »Ihr seid unsere Augen und Ohren. Wir müssen diesen Typen aufhalten.«

Es war inzwischen halb fünf Uhr. Die Straßen in der sonntäglichen Innenstadt leuchteten flackernd im Blaulicht der Polizeifahrzeuge, die vermischt mit dem schwachen Licht der Laternen vor dem Hotel anzeigten, dass hier etwas im Gange war. Sie hatten einen Namen, ein Gesicht, sie konnten alles daran setzen, den Angreifer dingfest zu machen. Doch er hatte einen Vorsprung.

Clara, Matthias, Thorwald und Silvano hatten im Frühstücksraum Posten bezogen. Hier konnten sie die Live Bilder der Straßenverkehrsüberwachung auf den Bildschirmen verfolgen. Die Atmosphäre war wie elektrisiert, voller Anspannung und Konzentration verfolgten sie die Geschehnisse draußen. Kollegen überprüften von After-Wiesn-Partys übergebliebene Fußgänger, die sich noch auf der Straße herumtrieben. Vereinzelt fuhren Autos, die von Polizisten gestoppt und durchsucht wurden, jedes Mal hielten sie im

Frühstücksraum den Atem an. Doch bisher gab es keine Spur von Jones.

Thorwalds Finger flogen wie ein Wirbelsturm über die Tasten, je nach Geschehen wählte er einen anderen Monitor an, um die Bilder zu vergrößern und eventuell versteckte Details zu entdecken. Claras Herzschlag beschleunigte sich, wann immer eine Meldung kam. In jeder Faser ihres Körpers spürte sie die brennende Aufregung im Wettlauf gegen die Zeit. Jegliche Kleinigkeit konnte den entscheidenden Hinweis liefern, um Jones aufzuspüren.

Wachsam lauschte Silvano dem Funkgerät, das in ständiger Kommunikation zu den einzelnen Dienstwägen draußen stand. Die Spannung war überall spürbar und zeigte sich auch in den Stimmen der Polizisten und Polizistinnen, die Vorfälle meldeten. Fest umklammert hielt Matthias das Funkgerät in der Hand und verfolgte die eingehenden Hinweise, bereit, jederzeit Anweisungen zu erteilen, falls der Verdächtige irgendwo auftauchte.

Die Geräuschkulisse im Raum war geprägt von ständigem Knacken, blechernen Stimmen und schnellen Tastaturanschlägen. Für Clara war das einer der schwierigsten Momente jeder Fahndung. Warten.

Wieder kam eine Meldung rein. Silvano bedeutete Matthias den Lautsprecher einzuschalten. »Verdächtiges Fahrzeug Autobahnauffahrt A9. Fahrer fährt mit stark überhöhter Geschwindigkeit. Wir überprüfen ihn jetzt«, gab einer der Beamten durch.

In gespannter Erwartung beobachtete Clara über die Dashcam der Kollegen, wie das Fahrzeug nach der Aufforderung rechts ran fuhr. Ein Mann stieg aus, doch er war klein und glatzköpfig.

»Leider nicht unser Verdächtiger«, gab der Streifenpolizist durch. »Ein Andreas Schäfer, dessen Tochter angerufen hat und sofort von einer Feier abgeholt werden will, drum war er zu schnell unterwegs. Wir lassen ihn mit einer Verwarnung weiterfahren, wenn ihr eben das Führerscheinbild checkt.« Er hielt das Foto in die Kamera. Ein rundes Gesicht schaute ihnen aus dem Monitor entgegen. Der Mann hatte nicht die geringste Ähnlichkeit mit Jones.

»Danke, Kollegen für die Rückversicherung, das ist nicht der Gesuchte.« Matthias ließ seinen Blick über die anderen Kontrollbildschirme gleiten.

»Kreizkruzefix! Der kann doch net vom Erdboden verschluckt sein.«

Und kurze Zeit später sahen sie ihn. Es war Thorwald, mit seinen Super-Recognizer-Fähigkeiten, dem das Gesicht von Jones auf einer der umliegenden Verkehrsüberwachungskameras aufgefallen war. In einem weißen Van brauste er in Richtung Leopoldstraße davon. Die Halterabfrage ergab, dass der Transporter Francesco Rossi gehörte, einem der beiden italienischen Landsmänner, die im Hotel nächtigten. Sie konnten Benisha erreichen, die wusste, dass der Transporter seit der Ankunft der beiden Italiener in der Hotelgarage parkte. Für Gäste war die Garage nur von der Straße um die Ecke aus erreichbar.

Francesco Rossi war kaum wach zubekommen, selbst als sie sein Zimmer betraten und Silvano ihm erklärte, dass sein Auto gestohlen worden war, sah er sie nur kurz an und fiel rückwärts wieder ins Bett. Clara glaubte nicht, dass die beiden mit Jones in Verbindung standen. Sie ging davon aus, dass Jones den Wagen aus der Hotelgarage gestohlen hatte.

Die Polizeipräsenz in München war wegen des Oktoberfestes überwältigend hoch und der Wiesndienst hatte noch nicht begonnen. Da gab es keinen unter ihnen, die sich nicht freiwillig an der Fahndung beteiligen wollten. Ein 038 an PVB hatte die Funkmeldung geheißen. Eine Nachricht, die jeden Polizeibeamten in München sofort aufmerksam werden ließ. Ein Polizist war überfallen worden. Jeder Kollege, jede Kollegin – egal ob aus München oder aus den umliegenden Bundesländern, die extra zum Oktoberfest zusammengezogen worden waren – alle waren auf der Suche.

Bis auf eine. Iris war nach der Nachricht auf ihr Handy nicht aufgetaucht. Im Laufe der letzten Stunde hatte Matthias mehrfach erfolglos versucht, sie zu erreichen. Clara hörte Silvano mit der Leitstelle telefonieren, um einen nächtlichen Hubschraubereinsatz der Münchner Staffel für die Suche in der Innenstadt zu erreichen. Erst letztes Jahr hatte das Land Bayern neue Airbus Helicopter bekommen vom Typ H145, hochmodern, schnell, wendig und mit einer erhöhten Reichweite.

Thorwald sichtete immer noch die Überwachungskameras der Innenstadt, er war voller Adrenalin und wollte unbedingt weitere Hinweise auf das Fluchtfahrzeug finden, um seinen »Fehler« wieder gutzumachen.

»Iris, wir durchsuchen ... Wo ist Iris?«

»Wenn ich des wüsst', sie hat auf die Meldung nicht reagiert. Ich hab' auch bei ihr am Handy angerufen, aber – nichts. Entweder sie schläft tiefer als tief oder ihr Akku ist leer.« Matthias zuckte mit den Schultern. »Ich versuchs nachher noch einmal. Wir brauchen jeden Kopf.«

»Verdammt, lass es. Wir haben keine Zeit, für Iris den Babysitter zu spielen«, sagte Clara.

Matthias dirigierte die Bodeneinheiten zu den wahrscheinlichsten Fluchtwegen aus der Stadt hinaus, während er am Monitor überprüfte, ob der Gesuchte irgendwo gesichtet worden war. Die ersten Bilder des Hubschraubers trafen ein. Die Fahrspuren in der Innenstadt waren verändert durch Umleitungen und Baustellen und von unzähligen Einbahnstraßen und Fußgängerbereichen durchzogen. Jones gegenüber hatten sie den Vorteil, dass sie alle aktuellen Hindernisse und Unwegsamkeiten ab sofort von oben sehen konnten.

Währenddessen machte Clara sich mit Silvano auf den Weg in Jones' Zimmer. Sie hofften, bei der Durchsuchung einen Anhaltspunkt zu finden. An seiner Zimmertür hing das Schild »Bitte nicht stören.« Benisha sperrte auf. Der Gestank kalten Rauchs schlug ihnen entgegen.

»Das ist ja unverschämt«, schimpfte Benisha. »Das ist ein Nichtraucherzimmer. Und wie sieht es denn hier aus?« Sie trat einen Schritt in den Raum hinein. »Michaela hat gleich gesagt, dass es nur Ärger gibt mit diesem Engländer.«

Clara fürchtete schon, sie würde anfangen aufzuräumen. Doch Silvano reagierte schnell und hielt Benisha sachte zurück. »Herzlichen Dank, ich glaube, wir kommen jetzt allein zurecht. Polizeiarbeit, Sie wissen schon.« Mit seinem verbindlichen Lächeln schob er sie in den Gang.

Durch einen Spalt zwischen den zugezogenen Vorhängen fiel dämmerig das Licht der Straßenlaternen herein. Clara zog die Latexhandschuhe über und schaltete die Deckenbeleuchtung an. Jetzt wurde das ganze Ausmaß des Chaos sichtbar. Jones hatte das Hotelzimmer wie ein Schlachtfeld zurückgelassen. Die Bettdecke hing halb vom Bett herunter, die Kissen lagen auf dem Boden und Kleidungsstücke fanden sich überall im Zimmer auf kleinen Haufen. Auf dem Nachttisch standen Trinkgläser, die zum Teil als Aschenbecher gedient hatten. Eine leere Flasche Scotch lag daneben. Die Kippen schwammen auf den Resten von Bier und schottischem Whiskey. Ein geöffneter Koffer lag da, in dem ein ähnlicher Wirrwarr herrschte.

Silvano verzog die Mundwinkel. »Du liebe Güte, hier weiß man nicht, ob das Zimmer durchwühlt wurde oder ob der Jones ein Saubär ist.«

»Letzteres würde ich sagen, es sieht aus, als hätte er selbst etwas gesucht.« Clara steckte die behandschuhte Hand in die Seitentasche des Koffers. »Die Klamotten würden sonst nicht auf so viele kleinen Haufen verteilt sein. Einbrecher arbeiten schnell und effizient, die Sachen würden eher neben dem Koffer auf einem großen Berg liegen oder ganz verstreut, wie geworfen.« Sie fühlte einen bauchigen, kalten

Gegenstand und zog ihn aus der Koffertasche heraus. Ein Herzanhänger, klein und hässlich. Das gleiche Wiesnherz aus Kunststoff, das in der Hand der Toten gelegen hatte.

»Es war Jones, er hat Rosa ermordet«, schlussfolgerte Silvano, »heute Nacht wollte er sich aus dem Staub machen. Stiller hat sich ihm in den Weg gestellt, deswegen hat Jones ihn brutal niedergeschlagen.«

Im Badezimmer machte er einen weiteren wichtigen Fund. Ein Taschenspiegel mit Resten von weißen Krümeln daran – Kokain. Auf dem Nachttisch lag ein kleines Metallröhrchen, kaum länger als ein Streichholz und auch vom Durchmesser her winzig. Clara nahm an, dass es sein Schnupfröhrchen war, auch wenn solche Röhrchen üblicherweise ein bisschen größer waren. Einen Hinweis darauf, wohin er geflüchtet sein konnte, fanden sie allerdings nicht.

Endlich, nach einer quälend langen dreiviertel Stunde, in der die Anspannung des Teams ins Unermessliche gewachsen war, kam die Meldung durch, dass der weiße Transporter gesichtet worden war. Er war kreuz und quer durch die Stadt gefahren und war nun im Stadtteil Bogenhausen Richtung Zentrum unterwegs. Wenn sie ihm sofort entgegenfuhren, geleitet von den Angaben des Hubschraubers, würden sie ihn direkt abfangen können. Clara und Silvano rannten los und sprangen in den Dienstwagen.

Clara setzte das Blaulicht aufs Dach, sie machte sich nicht die Mühe, das Fenster wieder zu schließen. Mit Vollgas jagte sie über den Altstadtring. Die hereinströmende, kühle Luft und das Adrenalin, das durch ihre Adern floss, gaben ihr einen zusätzlichen Energieschub. Hinter ihnen folgten zwei Polizeiwagen und ein weiterer schloss sich unterwegs an. Sirenentosend rasten sie in der zusammengewürfelten Kolonne Richtung Prinzregentenstraße, mit der aufsteigenden Sonne im Rücken dem golden strahlenden Friedensengel entgegen.

Doch sie hatten keine Zeit für stimmungsvolle Momente.

Mit grimmiger Entschlossenheit hielt Clara auf die Luitpoldbrücke zu, konzentriert auf die Funkdurchsagen des Hubschraubers. Der Transporter war nur noch wenige Minuten von ihnen entfernt. Sie preschte in den weiten Bogen um den Friedensengel. Über Funk gab sie durch, dass die Gegenspur abgesperrt werden sollte. Falls sie es nicht schaffen würden, ihn am Friedensengel zu stellen, müsste Jones auf der anderen Seite hinunterfahren. Spätestens dann würde er durch die Straßensperre aufgehalten.

Clara hörte das Rattern der Rotorblätter. Der Hubschrauber. Sie waren ganz nah an ihm dran, doch sie musste langsamer werden, um die Kurve zu nehmen. Der Hubschrauber war nun direkt über ihnen. Die Bäume und Sträucher am Fuße des Wegrandes flogen an ihr vorbei. Jones konnte nur noch wenige Meter entfernt sein. Claras Herz klopfte wie wild, als sie das Gaspedal wieder bis zum Anschlag durchtrat. Hochkonzentriert beobachtete sie die Straße vor sich, während sie weiter den Stimmen aus dem Hubschrauber lauschte.

»Oh nein!«, tönte es rauschend aus dem Funkgerät. Abwechselnd sprachen Pilot und Co-Pilot. »Was macht er denn jetzt?«

»Er rast auf den Baustellenzaun zu.«

»Zefix, das geht schief!«

»Unfallgeschehen!«

»Der Transporter hat ein parkendes Auto gerammt. Er ist von der Straße abgekommen. Jetzt geht es auf die Baustelle am Friedensdenkmal zu und…«

Sie waren schon in Sichtweite des Bretterzauns, der um den zweistufigen, steinernen Sockel mit dem Tempel am Fuße des Friedensengels aufgestellt war, als sie das Scheppern und Krachen durchs offene Fenster laut und nah bei sich hörte. Die Stimmen aus dem Funkgerät waren nicht mehr zu verstehen. Dumpfe Schläge, Klirren, Knirschen. Clara versuchte, sich zu orientieren, von wo kamen die Unfallgeräusche? Sie verlangsamte die Fahrt. Horchte nach draußen. Silvano schaltete die heulende Sirene aus, die Begleitfahrzeuge taten es ihm gleich und plötzlich war es still, selbst der Hubschrauber war nur noch von der Ferne zu hören. Er war höher gestiegen, um nicht zwischen die Bäume zu geraten.

Eine seltsame Unruhe erfasste Clara und breitete sich von ihrem Bauch in den ganzen Körper aus. Es war, als hätte ein Tsunami sich aufs Meer zurückgezogen, um im nächsten Moment mit unbändiger Gewalt eine Flutwelle zurück zur Küste zu schicken, der jeder zum Opfer fiel, der nicht rechtzeitig floh.

14

»Achtung!« Silvano duckte sich tief in den Beifahrersitz. Über den zerberstenden Lattenzaun der Baustelle hinweg schoss der Kleintransporter ihnen wie eine Rakete entgegen. Clara sah in diesem atemlosen Moment alles wie in Zeitlupe ablaufen, scheinbar schwerelos schwebte der Kleinbus durch die Luft auf sie zu. Mit extremer Geschwindigkeit musste er durch die Baustelle hinter dem Friedensengel gebrochen sein, über etwas hinweg gefahren, das ihn wie eine Rampe in die Luft katapultiert hatte.

Lang gezogen klangen die Stimmen aus dem Funkgerät. Claras Gedanken überschlugen sich in das Zeitlupengefühl hinein. Puzzleteile flitzten an ihr vorüber. Die Straße. Der Bus. Ein Aufschlag. Alles spielte sich in Sekundenbruchteilen ab. Nach hinten gab es kein Entkommen, die nachfolgenden Polizeiwagen waren dicht an ihr dran. Wie ein Paukenschlag stieß ihr das Puzzleteil mit dem Gaspedal entgegen. Instinktiv trat sie mit voller Kraft aufs Gas. Sie hielt auf den Transporter zu, der von schräg oben auf sie zu segelte.

»Was machst du?«, brüllte Silvano in höchster Verzweiflung.

»Uns nicht zur Zielscheibe.« Clara sprach völlig ruhig, auch wenn das Adrenalin in ihr am Anschlag war. Sie fixierte die Straße. Um Haaresbreite glitten sie unter dem Kleinbus durch. Und obwohl sie es schafften, nicht frontal getroffen zu werden, streifte der Transporter metallisch knirschend das Heck ihres Autos, als er zu Boden krachte. Der BMW schlingerte und verlor die Spur. Die Sirene flog Clara um die Ohren. Der Gurtstraffer arretierte. Ruckartig prallte sie in den Sitz zurück. Die Vorderräder schlugen heftig gegen den Bordstein, gleichzeitig löste eine Airbag-Explosion nach der anderen knallend aus. Claras Hände wurden durch den Luftsack, der sich unmittelbar aufblies, mit Gewalt vom Lenkrad geschlagen. Schon tauchte ihr Gesicht in die Hitze des Stoffes, der ihren Kopf auffing und zurückwarf. Mit ungeheurer Wucht drückte es sie gegen den Gurt, ihr Herz hämmerte. Für einen kurzen, chaotischen Moment fühlte sie sich wie in einem Autoscooter, der von allen Seiten gleichzeitig angerumst wurde, ohne die Möglichkeit einzugreifen oder dagegen zu halten. Ein Durcheinander aus Metall, Stoff und splitternde Geräuschen stürzte auf sie ein. Mit einem lauten Schlag brach das Kunststoffteil des Seitenairbags und schob ihren Kopf weg vom harten Stahl der B-Säule. Durch den abrupten Stopp der Vorderräder wurde der Wagen hinten hochgebockt, sprang mit dem Heck in die Höhe, schlug wippend zurück auf die Straße. Und endlich blieben sie stehen.

»Bist du okay?« Clara fasste Silvano am Arm. Es roch schwefelig und nach angekokeltem Stoff. Er hustete und wedelte den Qualm, der durch die Airbagexplosionen im Innenraum entstanden war, beiseite. Rufe hallten durch das Funkgerät. Silvanos Gesicht war puterrot von dem Aufschlag auf den Airbag, doch er hob den Daumen und nickte. »Ich bin okay. Aber zur Hölle, das nächste Mal fahre ich.«

Claras Brust schmerzte da, wo der Sicherheitsgurt gesessen hatte, ihre Ohren dröhnten, doch sie hatte nur einen Gedanken: Jones! Sie schaute in den Rückspiegel. Der Bus lag auf der Fahrerseite. Das Sicherheitsglas in ihrem Außenspiegel war kaputt. Wie ein Spinnennetz hatten sich die Risse über den Spiegel ausgebreitet. Mit aller Kraft warf sie sich mit der Schulter gegen die klemmende Fahrertür, bis der Türverschluss scheppernd nachgab. Ihre Hände brannten von den Schürfwunden.

Clara zog die Waffe und marschierte auf der Straße zurück zum Kleinbus. Durch den Absturz waren alle Scheiben geborsten. Sie zielte auf die Überreste der Frontscheibe, die nur noch durch die Sicherheitsfolie zusammengehalten wurde. Mit großen Schritten ging sie näher ran.

Jones saß hinterm Steuer, ein Rinnsal Blut lief ihm über die Stirn, doch er bewegte sich. Drei Uniformierte kamen an ihre Seite gelaufen, ebenfalls mit gezogenen Waffen. Feiner Rauch drang durch den breiten Schlitz an der stark verformten Motorhaube des Busses. Der erste Streifenwagen, der hinter Clara gefahren war, hatte wenige Zentimeter vor dem Kleinbus abbremsen können. Die anderen waren links und rechts dahinter ausgewichen. Erstaunlich flink und behände kletterte Jones unter den Rufen der Polizisten aus dem Fenster des Kleintransporters heraus.

»Motherfucker! Mich kriegt ihr nicht!«, schrie er aufgekratzt und offenbar völlig unbeeindruckt von den Waffen, die auf ihn gerichtet waren. Mit irrem Blick sah er Clara an, sein Haar klebte in dem Blut auf der Stirn. Er stand wacklig auf seinen langen Beinen und holte Luft, um ihnen noch einmal etwas zuzurufen, da riss eine junge Streifenpolizistin ihn von hinten zu Boden. Sofort stürmten zwei Kollegen zu Hilfe. Gemeinsam legten sie ihm Handschellen an. Clara stand immer noch schussbereit vor dem Trümmerhaufen des Kleintransporters und Jones fluchte wüst. Doch seine körperliche Gegenwehr fiel sehr viel gemäßigter aus, als sein Geschrei es hätte vermuten lassen. Sie hatte das Gefühl, der eine oder andere Kollege bedauerte, dass er sich nicht mehr gewehrt hatte.

Mit unsicheren Schritten kam Silvano auf sie zu. »Wow, das ist ja total verrückt.« Fassungslos besah er sich den Bus. »Der wäre geradewegs von oben auf uns draufgedonnert, wenn du nicht Gas gegeben hättest.« Er begann leicht hysterisch zu giggeln. »Du hast uns das Leben gerettet mit deiner krassen Aktion!«

Erst jetzt wurde Clara bewusst, dass er recht hatte. Hätte sie nicht Vollgas gegeben, lägen sie nun unter zwei Tonnen Stahl und Metall begraben.

»Sapperlot! Welcher Tag ist heute? Den können wir in Zukunft als zweiten Geburtstag feiern.« Silvano stützte sich mit den Armen auf den Knien ab und lachte. »Halleluja!«

Schmerzende Handballen, brennende Schürfwunden und ein Dröhnen im Ohr, als wäre sie mit einem Flugzeug gestartet. Doch sie hatten den Täter erwischt. Insgesamt eine gute Bilanz der frühmorgendlichen Verfolgungsjagd um den Friedensengel.

Sie hatte sieben verpasste Anrufe auf ihrem Diensthandy. Alle von ihrem Vorgesetzten Wolfram Reitmayer. Er hatte vermutlich den Artikel der Gerstner gelesen und wollte sich persönlich bei Clara darüber beschweren. Wieder summte ihr Telefon und wieder war es Reitmayer. Sie drückte ihn weg. Das Letzte, was sie jetzt brauchen konnte, war eine Strafpredigt von ihrem Vorgesetzten.

Nach einer kurzen Begutachtung durch den Rettungsdienst brachte ein Streifenwagen Clara und Silvano zurück in ihre Einsatzzentrale im Hotel.

Silvano erzählte in begeistertem Ton immer wieder und jedem, den sie trafen, dass Claras Bauchgefühl ihnen das Leben gerettet hatte. Die Stimmung, in der er war, euphorisch und überdreht, ließ sich auf das Schockadrenalin zurückführen, das sich noch nicht wieder abgebaut hatte. Sie selbst spürte es auch bis in die Fingerspitzen pulsieren.

»Vielleicht gehst du besser nach Hause und ruhst dich aus?«

»Und das Beste verpassen, spinnst du?« Silvano lachte übermütig.

Jones war nicht vernehmungsfähig, er hatte über zwei Promille Alkohol im Blut, das Ergebnis des Drogentests stand noch aus. Clara war sicher, dass er von dem Kokain geschnupft hatte, von dem sie die Reste in seinem Badezimmer gefunden hatten. Keine gute Mischung. Doch das erklärte sein paranoides Auftreten und die überselbstbewusste Haltung im Angesicht der Waffen, mit denen sie auf ihn gezielt hatten. Auch dass er trotz des Unfalls und der blutenden Wunde keine Schmerzreaktion gezeigt hatte, passte zu der Annahme, dass er auf Kokain war. Ansonsten hatte der Mann Glück im Unglück gehabt. Er schien nicht schwerwiegend verletzt worden zu sein. Der Schnitt auf der Stirn und einige Prellungen waren alles, wie sie von dem behandelnden Arzt aus dem Krankenhaus hörten. Im Gegensatz zu Stiller, der immer noch im OP um sein Leben kämpfte.

Nach einer kurzen Weile hatte sich die Aufregung bei Clara ein wenig gelegt. Nur das Hoffen und Bangen um Stillers Leben lastete schwer auf ihren Gemütern. Matthias und Thorwald, die den Unfall über die verwackelten Bilder der Hubschrauberkamera verfolgt hatten, waren froh, dass die Kollegen unversehrt zurückgekehrt waren.

Clara überlegte, ob sie die Technik im Hotel schon abbauen lassen oder ob sie ihren Standort hier noch halten sollte, bis alle Hotelgäste befragt und die Beweise gegen Jones festgezurrt wären. Sie entschloss sich, die Ermittlungen wieder ins Büro zu verlagern. Sie hatten den Täter, es brachte keinen Vorteil mehr, vor Ort zu arbeiten.

Da stürmte Iris durch die Glastür in den Frühstücksraum. »Was ist passiert?« Die roten Locken hingen ihr schlaff um den Kopf und sie sah blass aus. Das Dirndl hatte sie gegen ein grünes oversized Sweatshirt und eine Jeans getauscht.

»Ja, mei, wo kommst denn du jetzt her? Aus'm Bierlazarett?« Matthias lachte, doch diesmal hatte die schlagfertige Iris keine passende Entgegnung parat. Er brachte sie auf den neuesten Stand. Selbst auf seine beharrliche Nachfrage hin, wo sie während der Großfahndung der gesamten Münchner Polizei gewesen war, erwiderte sie nichts. Stattdessen warf sie Clara einen verstohlenen Blick zu.

»Alles okay?«, fragte Clara.

Iris hob an, etwas zu sagen, da klingelte Silvanos Handy. Schrill ertönte der Refrain von »Brenna tuats guat«, einem auf der Wiesn beliebten Hit. Er schaute auf sein Display. »Das ist Gabler aus dem Krankenhaus«, rief er und bedeutete den anderen, leise zu sein. Schlagartig war es still in ihrer provisorischen Zentrale. Iris und die Frage nach ihrem Aufenthaltsort waren vergessen. Alle Blicke wanderten zu Silvano.

Er lauschte einen Moment, nickte dann und legte auf. »Stiller hat die Not-OP gut überstanden«, sagte er und lachte befreit. »Sein Zustand ist stabil.« Ein Jubelsturm brach los im Frühstücksraum. »Er hat es der schnellen Hilfe von Michaela Schöntal zu verdanken, dass er noch am Leben ist.«

Gute Nachrichten. Endlich entspannte Clara sich ein wenig. Auch, wenn Silvano anfügte, dass Stiller keineswegs über den Berg sei. Das Wichtigste sei erst einmal, dass er die Operation gut überstanden habe. Den Rest müsse man sehen.

Sie schaute zu Thorwald hinüber, sicher war er am meisten erleichtert, dass Stiller überlebt hatte. Thorwald saß in sich gekehrt vor dem Computer. Sie wusste, dass es ihm zu schaffen machte, dass nicht er Stiller geholfen hatte. Es war eine Zivilistin, die eingegriffen hatte, während er eingeschlafen war. Er würde eine Zeit brauchen, bis er das verdaut hätte. Sie würde mit ihm reden, in ein paar Tagen. Jetzt aber mussten sie die Beweise zusammentragen und den Fall für die Staatsanwaltschaft hieb- und stichfest machen. Unvermittelt fuhr Thorwald hoch und verließ eilig den Raum.

15

Thorwald stand an der Anmeldung gegenüber von Michaela Schöntal, die jetzt wieder ein wenig frischer aussah und sich freute, dass es Stiller besser ging. »Der arme Mann hat ja auch nur seinen Job gemacht.«

»Ich habe gehört, wie Sie Herrn Jones gebeten haben, das Anmeldeformular zu unterschreiben. Könnte ich das Formular einmal ansehen?«

»Selbstverständlich.« Sie holte ein Blatt Papier aus einem ihrer grauen Aktenordner und schob es Thorwald hin. »Da hat er unterschrieben, es muss ja alles ordnungsgemäß dokumentiert werden, gell?«

Eingehend studierte Thorwald das Dokument. Mit dem Blick folgte er der ungelenken Linienführung. *Ben Jones* stand da auf der Vorderseite in dem dafür vorgesehenen Feld. Was er sah, bestätigte ihn in seinem Verdacht. Die Kopie von Jones' Pass, die er eben im Computer angesehen hatte, war mit den gleichen unrunden Buchstaben versehen. Die Echtheit des Passes ließ sich nicht anzweifeln. Auch wurden diese Unterschriften mit an Sicherheit grenzender Wahrscheinlichkeit von ein und derselben Person geleistet.

Dennoch, Thorwald fuhr mit dem Finger über die Buchstaben, die an manchen Stellen tiefe Eindrücke im Papier hinterlassen hatten, als hätte der Schreiber dort gestoppt und den Stift fest aufgedrückt. Es war nicht die Unterschrift an sich, die Fragen aufwarf, sondern die Umstände, unter denen sie zustande gekommen war.

»Ich hoffe, es hilft Ihnen weiter«, sagte Michaela Schöntal, als er ihr das Formular zurückgab.

»Sie wissen gar nicht, wie sehr.« Thorwald war erfreut, auf seine Beobachtungsgabe war immerhin noch Verlass.

Clara sah zu ihm hinüber, als er den Frühstücksraum wieder betrat. Gutgelaunt hockte Thorwald sich an seinen Rechner zurück. Die Nachricht von Stillers Überleben hatte ihn augenscheinlich in eine positive Gemütsverfassung versetzt, dachte sie.

Nach einer kurzen Weile drehte Thorwald sich mit seinem Stuhl zu ihr um. »Jones ist nicht Jones!«, stieß er zufrieden hervor.

»Was meinst du damit?«, fragte Clara. Auch die anderen sahen nur verwirrt zu ihm hin.

»Ich habe gesehen, wie er an der Rezeption das Anmeldeformular unterschrieben hat. Da ist mir aufgefallen, dass etwas nicht stimmt. Ich hatte es euch ja auch schon gesagt, nur war ich selbst noch nicht ganz sicher, woran es lag. Aber jetzt weiß ich es: Jones musste nachdenken, wie er heißt.«

»Kein Wunder, der war hackedicht!«, sagte Silvano.

»Unbenommen, aber das macht normalerweise nichts aus. Seinen Namen kann man immer schreiben.«

»Aber nicht, wenn man so knülle ist wie dieser Jones.« Silvano grinste.

»Das ist ein Irrtum.« Thorwald hatte den Zeigefinger erhoben.

»Wieso?«, fragte Silvano nichts ahnend, was jetzt folgen würde. Denn Thorwald gab auf so eine offene Frage stets einen ausführlichen Monolog zum Besten, gespickt mit Fachausdrücken und Quellenangaben. Um das zu vermeiden, war es notwendig, ihm gezielte Fragen stellen, doch es war zu spät. Clara und Matthias sahen sich vielsagend an und der Vortrag folgte auf dem Fuß.

»Gewohnheitsmäßige Tätigkeiten, die ein Mensch Jahrzehnte lang ausführt, werden auch im beeinträchtigten Zustand relativ sicher abgerufen. Das ist das sogenannte Muskelgedächtnis. So werden Handlungen bezeichnet, die automatisiert ablaufen. Sie basieren auf neuronaler Plastizität. Das Gehirn verstärkt diese Verbindungen durch häufige Wiederholung. Das hat zur Folge, dass diese Aktionen im Laufe der Zeit reflexartig ablaufen. Sie erfordern keine bewusste Kontrolle mehr. Jeder kennt die Situation, wenn man eine bekannte Pin eingibt. Nichts worüber man groß nachdenken muss. Ein automatischer Vorgang.«

»Aber wenn man so besoffen ist, dass man nicht mehr schreiben kann?«

Doch Thorwald ließ sich von Silvanos neuerlichem Einwurf nicht irritieren. »Eine völlig andere Frage ist, wie die Unterschrift hinterher aussieht. Möglicherweise sogar unleserlich. Das spielt für meine Beobachtung aber keine Rolle. Fakt ist, dass selbst der betrunkenste Mensch – sofern er nicht im Alkoholkoma liegt und noch einen Stift halten kann, selbstsicher daran gehen wird, eine solch automatisierte Handlung auszuführen. Jones hingegen musste ganz offensichtlich in seinem Gedächtnis nach dem eigenen Namen kramen.«

Noch einmal wollte Silvano eine Zwischenfrage stellen. Doch diesmal ließ Thorwald sich gar nicht erst unterbrechen. »Eine so dramatische Erinnerungsschwäche, bei der Menschen ihren eigenen Namen nicht mehr wissen oder gar ihre komplette Identität vergessen, kommt äußerst selten vor. Entweder bei einer mechanischen Beeinträchtigung, wie einem Schlag auf den Kopf zum Beispiel, der zu einer starken Gehirnerschütterung führt oder durch ein traumatisierendes Erlebnis. Das könnte im Gehirn zu einer Reaktion führen, die eine bestimmte Form der Amnesie hervorruft.« Thorwald sah mit Genugtuung in die Runde.

Clara zuckte mit den Schultern. »Okay, komm einfach zum Punkt!«

»Der Mann benutzt einen falschen Namen.«

»Sein Pass ist gefälscht?«, fragte Clara.

»Keineswegs. Das ist ja das Ausgefuchste.«

»Bist du sicher?«. Silvano sah ihn skeptisch an.

Thorwald strafte ihn dafür mit einem herablassenden Blick »Aber natürlich bin ich sicher. Dieser Herr reist inkognito.«

»Und wer ist er in Wirklichkeit?«

Mit glänzendem Blick und freudiger Stimme eröffnete Thorwald seine Entdeckung: »Der, den wir für Ben Jones gehalten haben, ist niemand Geringeres als der hoffnungslos missratene Sohn eines Dukes. Und nicht irgendeines Dukes, sondern jemand, der für die britische Regierung tätig ist. Er führt eine Art diplomatischen Tanz auf und genießt dabei sogar Immunität. Darf ich vorstellen…«. Mit einer theatralischen Geste drehte Thorwald seinen Monitor zu den Kollegen um. Ein großformatiges Porträt von Jones war darauf zu sehen. »Tadaaa! Lord Andrew Sheperton, das skandalumwobene, schwarze Schaf einer Diplomaten-Familie, die hier in München für die britische Botschaft als adeliges Aushängeschild fungiert.«

»Dann hat er ganz offiziell einen falschen Pass?« Clara war verwirrt.

»Seine Ausweisdokumente sind echt, nur der Name nicht.«

»Aber was soll das?« Silvano verstand gar nichts mehr.

»Unter seinem richtigen Namen Lord Andrew Sheperton hat er sich schon einiges zu Schulden kommen lassen in München. Trunkenheitsfahrten, Körperverletzung, Drogenbesitz und Sachbeschädigung. Eine Bestrafung blieb ihm erspart, aufgrund des diplomatischen Status, den er durch seine Familie genießt. Zwar wurden die wiederholten Vorfälle bereits an die britische Regierung gemeldet, doch in England werden sie seiner selbst nicht Herr. Es gibt massenhaft Schlagzeilen über den Sohn des Dukes. Alkohol, Drogen und zuletzt«, Thorwald lief um die Ohren herum leicht rosa an, »Nacktheit am Trafalgar Square.«

»Und wozu jetzt der Pass mit dem falschen Namen?«

»Dafür gibt es eine logische Erklärung. Der werte Herr Sheperton bekommt von unserer Seite keine Einreisegenehmigung mehr.« Thorwald blickte sich Beifall heischend um. »Mein Kontakt im bayerischen Landtag hat mir inoffiziell bestätigt, dass Sheperton bereits vor zwei Jahren in Deutschland zur Persona non grata erklärt wurde. Er dürfte er gar nicht hier sein und sich auf der Wiesen verlustieren.«

»Ist er dann trotzdem durch diplomatische Immunität geschützt?« Clara schwante Übles: Im schlechtesten Fall konnten sie ihn weder für den Angriff auf Stiller noch für den Mord an Rosa belangen.

»Bedauerlicherweise ja. Wir können ihn nicht zur Rechenschaft ziehen. Sogar die Überwachung vor seinem Krankenzimmer ist ab sofort illegal und muss beendet werden. Es sei denn, die britische Regierung enthebt ihn aus dem Diplomatenstatus. Meines Wissens ist das bis heute jedoch noch nie vorgekommen zwischen England und Deutschland. Aber rein theoretisch ist es möglich.«

»Wie?«

»Wir müssten Beweise für ein schwerwiegendes Verbrechen erbringen. Am besten zu einem sicherheitsrelevanten Thema. Terrorismus, Massenmord. Etwas in der Art.«

»Verdammt!« Das war genau das, was sie jetzt nicht brauchen konnte. Sollte dieser Jones, besser gesagt Sheperton, mit allem ungestraft davonkommen? »Wir müssen dafür sorgen, dass wir die Vorwürfe gegen diesen Sheperton schnell mit Beweisen untermauern. Bevor wir nicht mehr ermitteln dürfen.«

»Aber das dürfen wir ab sofort nicht mehr. Wir wissen ja jetzt, um seinen Status. Mit Sicherheit haben wir in Nullkommanichts jemanden von der Botschaft auf dem Hals«, sagte Thorwald bedauernd.

»Aber bei Mord muss Diplomatische Immunität doch aufhören.« Iris war entrüstet.

»Leider nicht. Wir können nur versuchen, das Aufhebungsverfahren anzustrengen. Und dann entscheiden die Engländer, ob sie seine Immunität aufheben oder eben nicht.«

»Und wenn nicht, macht der Typ sich ungeschoren auf den Heimweg und dann weiter mit La Dolce Vita ohne Konsequenzen«, fasste Clara zusammen. Sie war sicher, dass Sheperton, alias Jones auch für den Mord an Rosa Kleinschmidt verantwortlich war, vor allem, nachdem sie das Herz gefunden hatten. »Hilft es uns denn gar nicht, dass er als Persona non grata eingereist ist?«

»Wir können eine offizielle Rüge erteilen und ihn abschieben lassen, seine Verbrechen ahnden können wir jedoch nur, wenn sein Diplomatenstatus aufgehoben wird. Wir dürfen ihn ab sofort weder befragen, noch gegen ihn ermitteln. Und auch seine Sachen dürfen wir nicht weiter sichten.«

»Stopp! Für uns ist er immer noch Mister Jones. Sein Pass ist echt, das hast du selbst gesagt.« In Claras Kopf ratterte es, sie mussten zumindest alle Beweise sammeln und auswerten, bevor sie offiziell erfuhren, dass Jones nicht Jones war. »Außer uns weiß noch niemand, dass wir Bescheid wissen und das soll erst mal auch so bleiben. Die Observierung vor seinem Krankenzimmer ziehe ich nicht ab, bis wir dazu gezwungen werden.«

»Ich glaube nicht, dass das korrekt ist.« Thorwalds Stimme hatte einen leicht gequälten Unterton.

»Die Initiative ging von ihm aus. Er ist als Mister Jones eingereist und wir behandeln ihn so, wie jeden anderen Mister Jones auch. Du bereitest schon einmal alles für das Enthebungsverfahren vor. Sobald die Botschaft auf uns zukommt, reichen wir den Antrag ein.«

Thorwald seufzte. »Wir sollten das wenigstens mit Reitmayer abstimmen.«

Clara konnte Reitmayer nicht ausstehen. Sein ganzes Gehabe mit der fett nach hinten gegelten König-Ludwig-Frisur und dem stinkenden Moschusochsen-Aftershave nervte sie. Und sie war überzeugt, dass er nur durch Beziehungen auf seinen Posten gekommen war. Doch andererseits konnten sich genau diese Beziehungen jetzt für ihre Ermittlungen als nützlich erweisen. Sicher würde er nur allzu gern seine einflussreichen Freunde anrufen, wenn er sich dabei wichtigmachen konnte. »Natürlich, du hast recht.« Clara lächelte versonnen und zeigte einen Daumen nach oben. Sie mussten sich beeilen. Sobald sie offiziell informiert wurden, dass Jones ein Lord mit Diplomatenstatus war, wären ihnen die Hände gebunden.

Clara fand es ein bisschen schade, dass sie den Standort im Hotel aufgeben würden, denn sie waren dann nicht mehr in der Nähe von Balthasar. Und bisher hatte sie es noch kein einziges Mal geschafft, sich auf der Wiesn eine seiner köstlichen Kaffeekreationen zu gönnen. Als Erstes musste sie die spurentechnische Untersuchung von Jones' Hotelzimmer in die Wege leiten. Sie rief Weidmann an. Es dauerte nicht lange, bis der Leiter der Spurensicherung mit seinem riesigen Koffer und seinen Mitarbeitern ankam und das Zimmer von Jones komplett für sich beanspruchte.

Das gab Clara ein bisschen Zeit, um endlich bei Balthasar vorbeizuschauen. Er konnte sicher Unterstützung brauchen, es würden nicht so viele Leute auf der Wiesn Kaffee to Go trinken statt Bier. Sie schob den Stuhl zurück, stützte die Hände auf den Oberschenkeln ab und atmete tief durch. Das Gurthämatom schmerzte. Einen guten Kaffee konnte sie jetzt weiß Gott gebrauchen. Da steuerte Iris auf sie zu.

»Ich komme mit«, rief Thorwald, der Claras Gedanken erraten hatte, als sie aufgestanden war. Er zog seinen dünnen grauen Übergangsmantel von der Stuhllehne und wendete

Silvano, der jetzt ebenfalls aufmerksam geworden war, rasch und deutlich den Rücken zu. Auch Iris blieb stehen, schüttelte kaum wahrnehmbar den Kopf und kehrte schweigend um.

16

Der kurze Spaziergang von der Mozartstraße bis zum Eingang der Wiesn tat Clara gut. Vereinzelt huschten frühe Wiesnbesucher in Tracht an ihnen vorbei, um sich vor den Zugängen in die Gruppe der Wartenden einzureihen. Thorwald trottete neben Clara her. »Ich habe die Unterlagen für den Antrag zusammen. Aber wir brauchen zuerst echte Beweise gegen Sheperton, dann können wir alles weiterleiten.« An der Absperrung wartete trotz der frühen Stunde am Sonntag schon eine beachtliche Menge Menschen in Lederhosen und Dirndl.

»Verzeihung, dürfen wir mal durch?« Thorwald hielt seinen Dienstausweis in die Höhe, doch die Trachtenmasse ließ sich aus Angst, den Startplatz zu verlieren, nur zäh auseinander bewegen. Vorne wurden Clara und Thorwald von den Ordnern auf das Festgelände eingelassen. Die Theresienwiese in ihrer ganzen bunt geschmückten Pracht lag an diesem Sonntag noch besucherleer vor ihnen.

Die sanften Strahlen der Morgensonne brachen sich in funkelnden Reflexen auf den Oberflächen von Karussells, Fensterscheiben und zahlreichen Spiegeln der umliegenden Fahrgeschäfte. Das warme Licht umhüllte den ganzen Festplatz, dem wieder ein Tag voller Leben, Freude und Vergnügen bevorstand. Die mächtige Riesenradkonstruktion mit ihren mehr als zwanzigtausend Lichtern hob sich strahlend vom klaren bayerischen Himmel ab und der achtzig Meter große Skyfall Tower ragte mit seinem schlanken Körper weit in die Höhe.

»Findest du, dass Silvano sich angemessen verhält?« Thorwald schlenderte neben ihr her, schien aber keinen Sinn für die Fahrgeschäfte oder Schmankerlkioske zu haben.

Clara gähnte. »Er hat eine gute Vernehmungstechnik.«

»Aber kein gutes Benehmen, wenn ich das mal bemerken darf.«

»Hm.« Sie hatte ja schon gemerkt, dass Thorwald nicht so recht warm wurde mit dem neuen Kollegen. Aber sie hoffte, dass sich das im Laufe der nächsten Wochen von allein geben würde.

Eine leichte Brise trug ferne Stimmen und hämmernde Geräusche von Fahrzeugprüfungen zu ihnen herüber, welche die Schausteller jeden Morgen aufs Neue durchführten. Clara genoss die frische Luft und die angenehme Atmosphäre, die hier in der Früh vorherrschte. Kurz hinter dem Eingang Goetheplatz erhob sich der zwanzig Meter hohe Turm des Toboggans. Das Gerüst leuchtete ihnen in einem satten Rot mit gelbem und grünem Strebenaufbau entgegen. Um den Turm herum führte die altgediente Holzrutsche, die seit 1933 zum festen Bestandteil der Wiesn gehörte. Der Reiz daran war, dass man sich auf einem automatischen Laufband einen Teil des Anstiegs nach oben ziehen lassen konnte. Dann kletterte man die drei Treppenleitern hinauf zur Spitze und durfte zur Belohnung die extra lange Rutschfahrt genießen.

Nach Einbruch der Dunkelheit war die Erheiterung der unten stehenden Zuschauer in aller Regel noch größer als das Rutschvergnügen der Mitfahrer. Dann fühlten sich viele Betrunkene herausgefordert, die Fahrt auf dem Laufband stehend zu schaffen. Regelmäßig purzelten sie dabei unter dem Gejohle der Zuschauer auf dem Band umher. Dank der Hilfe der reaktionsschnellen Mitarbeiter, die beherzt und routiniert zupackten, war noch jeder oben angekommen, wenn auch geschoben, gezogen oder sonst wie hoch bugsiert.

Clara und Thorwald bogen in die Wirtsbudenstraße ein, dort herrschte eine andere Stimmung, in eiliger Betriebsamkeit wurden die letzten Waren ausgelegt, Tische abgewischt und Servietten aufgefüllt. Balthasars silberblitzender Airstream stach zwischen den urigen Verkaufsständen und Buden heraus. Er hatte ihn selbst zum Kaffee-Foodtruck umgebaut. Mit Liebe zum Detail und einem amerikanischen Touch hatte der ehemalige Kriminalkommissar den Wagen ausgestaltet. Sein Markenzeichen, ein überdimensioniertes Hirschgeweih, thronte auf der riesigen Siebträger-Kaffeemaschine. *Zum Rollenden Hirsch* stand in großen Lettern über dem Thekenfenster. Und fürs Oktoberfest hatte das Geweih, das auf seinem Käppi eingestickt war, eine Brezen an einer der Gabeln hängen.

»Guten Morgen!« Clara lehnte sich an den Tresen des Airstreams und strahlte Balthasar an.

»Clara, Thorwald – das ist ja pfundig, dass ihr mich da besucht. Ich mach eigentlich erst um neun Uhr auf, aber bei uns ist es ja schon Tradition, dass ich die Kaffeemaschine für dich eine halbe Stunde früher anschmeiße.« Er grinste Clara freundschaftlich zu und hantierte an der Maschine. »Habt ihr das Wiesnphantom schon geschnappt?« Er schob mit der einen Hand den Münchner Tagblitz über die Theke, die Printausgabe des Blättchens für das Helga Gerstner ihre Fantasiegeschichten schrieb. Mit der anderen Hand spannte er den Siebträger ein. »Wusste gar nicht, dass du seit Neuestem mit der Gerstner so persönlich bist«, sagte er mit einem unüberhörbaren ironischen Unterton.

Clara stöhnte, ob mehr über die Schlagzeile oder über das Hämatom auf ihrer Brust, wusste sie selbst nicht so genau. Balthasar beschattete seine Augen mit der Hand und sah Clara an. Die Rötungen und Abschürfungen fielen ihm jetzt erst auf. »Oha, hast du an Autounfall gehabt?« Er deutete auf ihr Gesicht. »Airbag-Brand?«

»Dafür ist das depperte Wiesnphantom von der Straße.«

Sie grinste matt und schob die Zeitung zurück. »Wir haben unseren Mörder. Und wie laufen die Geschäfte bei dir?«

»Pfundig!« Balthasar stellte den Kaffeebecher neben die Maschine und prüfte die Temperatur. »Ich habe mir schon gedacht, dass die Leute verrückt nach meinem Kaffee sein werden.« Er rührte in einem silbernen Metallkännchen farbigen Milchschaum an. »Aber sie reißens mir förmlich aus der Hand.«

Clara überflog die Tafel mit den Kaffeespezialitäten. Ihr geliebter Bluebay-Starter mit der blauen Schaumkrone stand in geschwungener Kreideschrift darauf, genauso wie der Hot-Chilli-Boom, den Balthasar letzten Winter in sein Sortiment aufgenommen hatte. Für die Wiesn hatte er Fotos all seiner Kreationen ausgehängt und sogar einen extra Bavarian-Double-Shot erfunden. Ein milder Arabica Kaffee mit blau-weiß durchzogenem Milchschaum, der ganze fünf Zentimeter über den Rand des Bechers hinausragte. Als Topping waren blaue und weiße Schokostreusel drauf. Auch Zuckerbrezen am Stiel mit Liebesperlen verziert, lagen in der Vitrine. Was für einen Aufwand Balthasar betrieben hatte.

»Dann gib mir doch mal so einen Bavarian-Double-Shot, und von den süßen Brezn nehme ich zwei.«

Balthasar holte eine Schachtel von unter der Theke hervor, von den Brezen hatte er eine riesige Menge zum Nachlegen.

»Wow, du hast aber ordentlich viel dabei.«

»Freilich, ich sag ja, wenn der Ansturm kommt.«

Clara nickte, doch insgeheim dachte sie, dass er sicher übertreiben würde. Natürlich war sein Kaffee etwas Besonderes, aber auf der Wiesn gings um Bier und Gaudi. Soweit sie sich erinnerte, waren die Kaffeezelte immer eher stiefkindlich besetzt. Doch sie wollte es ihm nicht madig machen.

»Hast du Thorwälders Teacup nicht im Sortiment?« Thorwald suchte konzentriert auf der Schiefertafel an der hinteren Wand des Trucks, doch er konnte den Tee, zu dem er höchstpersönlich Balthasar inspiriert hatte, nicht darauf finden.

»Ach, Thorwald, sei mir nicht bös', aber Tee läuft halt so gar net auf der Wiesn.«

»Dann ein Zitronenkracherl und eine Butterbreze«, sagte Thorwald enttäuscht und grub in seinen Manteltaschen nach ein paar Münzen, während er auf der Schiefertafel den Preis las. »Sechs Euro für eine kleine Flasche Limo? Das kann unmöglich dein Ernst sein, verstößt das nicht gegen irgendeine Ethik?« Er sah Balthasar entrüstet an.

»Willkommen auf der Wiesn, mein Freund.« Balthasar lachte laut und unbekümmert. »Wenn es dir zu teuer ist, da hinten gibts a kostenlose Trinkwasserstelle.«

Clara fühlte sich bestätigt, wenn der ehemalige Kollege solche Preise fordern musste, war das Geschäft sicher eher mau. Die Standplatzgebühren kosteten bestimmt schon ein kleines Vermögen. Aber was hatte er erwartet? Über sechseinhalb Millionen Liter Bier waren letztes Jahr auf der Wiesn ausgeschenkt worden. Da war nicht mehr viel Platz für Kaffee. »Passt schon Partner, geht auf mich.« Sie nickte Thorwald zu. Auch der Kaffee kostete das Doppelte wie auf Balthasars üblichem Standort auf dem Gehsteig vor der Kripo. Die Butterbreze sogar das Dreifache. Es war Clara egal, für Balthasar zahlte sie gern ein paar Euro mehr.

Allerdings hätten sie für den Preis in der Innenstadt auch fürstlich frühstücken gehen können. Sie hielt ihre Smartwatch an das Bezahlgerät. Balthasar hatte es hier richtig gemütlich hergerichtet, seine Tischtonnen hatte er neben dem Truck aufgestellt. Und auf der anderen Seite lehnte ein Klapptisch an seinem Wagen, mit einem Schild dran, auf dem in Sprühfarbe *VIP* geschrieben stand. Der Bereich um den Tisch war mit einer Absperrung aus rot-weißem Kettenband umzäunt. Ein Stück weiter stand der leicht erhöhte Fotopoint, den Balthasar auf einem Holzpodest eingerichtet hatte. Darauf steckte ein Holzpfahl mit Hirschgeweih. Wer sich davor stellte, konnte ein Selfie machen, quasi mit Geweih auf dem Kopf und wer es geschickt anstellte, konnte sogar einen Teil des Riesenrads mit aufs Foto bekommen. Schräg hinter Balthasars Foodtruck stand ein unscheinbarer Holzverschlag, höchstens einen Meter breit. Clara hätte ihn fast übersehen. Der Händler dort hatte wohl schon aufgegeben. Zumindest hing eine Verwarnung vom Ordnungsamt an dem geschlossenen grünen Fensterladen. Die Minihütte sollte innerhalb von zwei Tagen den Platz räumen. Das Teil wirkte wacklig, mit morschen Holzbrettern zusammengezimmert und schief geschnittener Dachpappe belegt. Ein armseliger Versuch, eine urige, bayerische Hütte nachzubilden. Ein unschöner Gegensatz zu den festlichen Bierzelten, den lebhaften Buden und den fröhlichen Fahrgeschäften. »Was ist das für ein Stand da?«, wandte sie sich an Balthasar.

»Ach, hör mir auf mit dem, das war ein komischer Kauz. Hat nix verstanden und nicht einmal Standgebühren entrichtet. Der wollt' da so einen hässlichen, selbstgebastelten Kram verkaufen. Hat allen Ernstes gemeint, er kann sich einfach auf der kleinen Freifläche breitmachen und absahnen. Gestern hat er dann schnell zusammengepackt und ist abgehauen, kurz bevor das Ordnungsamt sich den hat vorknöpfen können.«

Balthasar stellte den Kaffee vor sie hin, besser gesagt die Kaffeeschönheit. In einem durchsichtigen Becher mit gewölbtem Deckel leuchtete der hellbraune Kaffee heraus, der sie mit seinem köstlichen Duft begrüßte. Oben drauf, dick aufgeschäumt, Milchschaum mit blauen und weißen Tupfen und als Topping Schokostreusel. Der Becher sah traumhaft aus. Clara hob ihn gegen den bayerischen, leicht bewölkten Himmel und bekam eine Idee davon, wozu Balthasar den Fotopoint eingerichtet hatte.

»Bisher ist der nicht zurückgekommen. Es würde mich

nicht wundern, wenn der den Stand hier einfach stehen lässt.« Er reichte ihr die Tüte mit den süßen Brezen. »Investiert hat der nicht viel. Des sieht man ja.«

Clara steckte den Strohhalm in den Becher und nahm einen kräftigen Schluck Kaffee. Er war heiß und gut und erfüllte ihren ganzen Körper mit einer behaglichen Wärme.

Auf dem Rückweg schlenderten sie in einem weiten Bogen zurück über das Festgelände, um die Atmosphäre der frühen Morgenstunde ein wenig auszukosten. Die Luft trug eine Mischung aus geschäftiger Gelassenheit und beginnender Spannung mit sich, als wäre das Oktoberfest ein schlafender Riese, der langsam erwacht und seine Glieder reckt. Die Biervorräte waren bereit, wieder reichlich durch die Pipeline zu fließen. In der Nacht waren die Lager der Wirtszelte von riesigen Biertankern aufgefüllt worden, von denen jeder locker über hunderttausend Liter fasste. Da musste kein Maßkrug trocken bleiben. Einzig beim Augustiner wurde noch aus den original Hirschen, den alten handgemachten Eichenholzfässern, gezapft. Da wurden nachts die Zweihundert-Liter-Fässer fast wie früher mit Muskelkraft in die Kühlung gebracht.

Ein einzelner Bäckereilieferwagen zuckelte in Richtung Ausgang, gefolgt von den blinkenden orangefarbenen Lichtern eines letzten Müllwagens, der beladen mit Hinterlassenschaften des vorhergehenden Tages vom Gelände fuhr.

Ob Wirtsstraße, Schaustellerstraße oder die Querstraßen, welche die beiden Hauptadern miteinander verbanden, überall strahlten die breiten Laufwege wieder sauber und einladend. Und jedes Jahr zur Wiesnzeit rückte die Bavaria, die mächtige fast zwanzig Meter hohe Bronzestatue, mit Schwert und dem gewaltigen Löwen an ihrer Seite in den Mittelpunkt des riesigen Festplatzes.

Clara genoss die kleine Verschnaufpause, in weniger als einer viertel Stunde würde es hier ganz anders aussehen. Die Eingänge würden geöffnet werden und die Menschenmasse würde auf die Festwiese fließen und alles in ein freudiges Chaos stürzen. Das größte Volksfest der Welt! Clara nahm noch einen Schluck Kaffee, warm und süß rann er ihr die Kehle herunter. Zeit, zurück ins Hotel zu gehen.

Kaum hatten sie das Gelände verlassen, wurden die Eingänge geöffnet. Wie ein Sturzbach ergoss sich die Menge, die aus überwiegend jüngeren Menschen in Trachten bestand, auf die Wiesn. Innerhalb kürzester Zeit war der Platz voller rennender Leute, die versuchten, als Erste an den Zelteingängen zu sein, vor denen die nächste Warteschlacht begann. Jetzt ging es um die begehrten Tische in einem der großen Bierzelte wie Paulaner, Augustiner und Löwenbräu.

»Du liebes bisschen, ist das hier jeden Tag so?«

»An den Wochenenden schon. Ist aber nichts dagegen, wie sie am ersten Tag rennen.«

Thorwald schaute dem Wettlauf irritiert zu. »Geht das nicht kultivierter?«

»Nicht, wenn du einen Platz im Zelt magst. Beim frei verfügbaren Kontingent musst du schnell sein. Und wenn du mit mehreren da bist, wirft der Erste, der im Zelt ist, sich auf einen der freien Tische. Erst dann hast es geschafft.« Nach einem weiteren Schluck Kaffee erfasste Clara ein solches Wohlgefühl, dass sie für einen Moment den Unfall, den Mord und Jones völlig vergaß. Für diesen kurzen Augenblick genoss sie einfach die wärmenden Sonnenstrahlen auf der Haut und das gute Gefühl in ihrem Bauch.

Thorwald öffnete mit einem zischenden Geräusch seine Limoflasche und wurde, von dem stark kohlensäurehaltigen Getränk übersprudelt. Die teure Limonade ergoss sich über seine Hände und auf den Boden. »Oh nein, das kostbare Nass. Mit einem Tee wäre das nicht passiert«, schimpfte er und stellte die Flasche auf dem unebenen Asphalt ab. Frustriert schüttelte er seine Hände aus. »Dass Tee auf der Wiese nicht gut geht, verstehe ich nicht.« Er zog ein sorgfältig gefaltetes Stofftaschentuch aus einer seiner Manteltaschen und trocknete sich damit ab.

»Na, dann Partner, lass uns weiterarbeiten.«

»Ich komme ja schon.« Er ging los und stieß mit dem Fuß gegen die Flasche, sodass sie umkippte und das, was von der Limo noch übrig gewesen war, ergoss sich fast zur Gänze auf den Weg. Mit sauertöpfischer Miene hob Thorwald die Flasche auf. Ein winziger Rest war noch darin. »Das fängt ja gut an.«

Claras Handy brummte. Eine neue Nachricht. Sie war von Matthias. *Obacht! Unwillkommener Gast im Hotel.*

17

Im Foyer ging Clara mit ihrem Kaffee in der Hand Richtung Frühstücksraum. Sie war neugierig, wer der Gast war, vor dem Matthias sie gewarnt hatte. Doch Matthias eilte vom Empfang kommend schon auf sie zu und deutete auf einen distinguierten Glatzkopf, der in einiger Entfernung in der Halle stand und sie mit scharfem Blick musterte. In seiner Rechten hielt er eine dunkle Aktenmappe vor sich, die andere Hand hatte er tief in der Tasche seines dunkelblauen Crombies, einem eleganten schottischen Mantel, verborgen.

»Das ist Mister Pierce Pembroke von der britischen Botschaft.« Matthias verzog den Mund, ohne dass Pembroke es sehen konnte.

»Erfreut«, sagte der Mann, der mit seinen eisigen Gesichtszügen alles andere als erfreut aussah.

Verdammt, sie hatte nicht damit gerechnet, dass die Botschaft so schnell reagieren würde. Dann blieb ihnen nur, das Enthebungsverfahren mit aller Macht voranzutreiben. Gemeinsam gingen sie in den Frühstücksraum, der immer noch als Kommandozentrale diente.

Matthias zeigte Clara unauffällig seinen Handybildschirm. Jones Bluttest war positiv auf Kokain ausgefallen.

»Well, ich bin hier, wegen des britischen Staatsangehörigen Ben Jones.«

»Okay und was wollen Sie? Händchenhalten?«, pokerte Clara, die genau wusste, was der hochnäsige Kerl hier wollte.

»Sie haben Humor, das gefällt mir.« Seine Mundwinkel

hoben sich für den Bruchteil einer Sekunde zu einem angedeuteten Lächeln. »Sie haben Mister Jones mit ihren Häschern durch die Stadt gejagt und in einen Unfall gehetzt.«

»Oha«, sagte Matthias und warf Pembroke einen erbosten Blick zu.

»Sie meinen, nachdem Ihr britischer Staatsangehöriger volltrunken und, wie ich eben erfahren habe, unter dem Einfluss von Kokain einen schwerwiegenden Unfall verursacht hat?«, antwortete Clara äußerlich gelassen.

»Well, Sie halten einen britischen Staatsbürger gegen seinen Willen fest und das dürfen Sie nicht.«

»Festhalten ist relativ, bisher liegt er noch im Krankenhaus.«

»Aber Sie haben zwei Agents vor seiner Tür postiert.«

»Das stimmt, denn wir haben Mister Jones verhaftet. Sobald er wieder gerade stehen kann, holen wir ihn ab. Da wartet eine hübsche U-Haft-Zelle auf ihn«, sagte Clara, wohlwissend, dass nichts davon eintreffen würde.

»Mister Jones besitzt diplomatische Immunität.«

»Ach, da schau her!«

»Und Sie hätten nicht einmal einen Bluttest durchführen lassen dürfen.«

»Soweit wir wissen, besitzt Mister Jones keinerlei diplomatischen Status.«

»Oh, Sie wussten es nicht.«

Clara sah ihn an und wartete auf die Enthüllung, die sie natürlich bereits kannte.

»Mister Jones ist inkognito hier. Sein wahrer Name ist Lord Andrew Sheperton.«

»Ein Diplomat inkognito. Na, wenn das so ist, halten wir uns natürlich an die Vorgaben«, sagte Clara zynisch. »Wenn wir das früher gewusst hätten, nie hätten wir uns erlaubt, einen Bluttest anzuordnen.«

»Fein, damit wäre das geklärt. Und ein bisschen Alkohol und Kokain rechtfertigen wohl kaum diesen ganzen Aufstand hier. Bitte lassen Sie die Aufpasser von dem Krankenhausbett des Lord Andrew Sheperton entfernen«, sagte Pembroke in wichtigtuerischem Tonfall.

»Der Alkoholkonsum ist mir wurscht und mich persönlich interessiert es kein bisschen, wenn ihr Lord Wie-auch-immer sich mit Drogen vollpumpt. Wäre da nicht die Kleinigkeit eines versuchten Totschlags an einem unserer Kollegen, der gerade in einer anderen Klinik um sein Leben kämpft. Und der Mord an Rosa Kleinschmidt. Das ist es auch schon, was wir Ihrem Lord zur Last legen. Habe ich was vergessen?« Sie sah Matthias an, der freundlich lächelnd den Kopf schüttelte.

»Ich bitte Sie! Versuchter Totschlag? Mord? Ein Gerangel mit einer unglücklichen Kopfwunde. Und mit dem Tod der alten Dame hat Lord Sheperton nicht das Geringste zu tun. Ich habe vorhin mit ihm gesprochen.«

»Egal, was er sagt, wir haben genug gegen ihn in der Hand, um seine Immunität aufheben zu lassen.« Das war zumindest das, was Clara hoffte.

Matthias nickte eifrig. »Zumal Ihr Mister Jones als Persona non grata eingereist ist.«

Ein Lapsus. Im gleichen Moment hatte Matthias es selbst gemerkt. Er hatte Claras Verteidigungsstrategie des Nichtwissens auffliegen lassen.

Pembroke lächelte kalt. Ihm war nun klar, dass sie schon vorher gewusst hatte, wer Jones in Wirklichkeit war. Einen Moment lang schien er zu überlegen, ob er dies zu seinem Vorteil nutzen könnte. Doch er verriet nichts. »Hören Sie, ich will nicht leugnen, dass Lord Sheperton gestern Nacht einen Fehler gemacht hat. Und wir alle sind in Gedanken bei dem verletzten Polizisten. Froh und dankbar waren wir zu hören, dass Mister Stiller diesen *Vorfall* überleben wird.«

»Mit Vorfall meinen Sie den versuchten Totschlag an einem Polizeibeamten? Wir haben Aufnahmen, die Andrew Sheperton zeigen, wie er mit Blut an seinen Händen aus dem

Hotel herauskommt. Er hatte es sogar noch an den Händen, als wir ihn festgenommen haben. Stillers Blut!«

»Es ist wahr, dass er Ihren Kollegen geschlagen hat, aber nur, weil der ihn am Verlassen des Hotels hindern wollte. Und versuchter Totschlag oder Notwehr, darüber können die Anwälte streiten. Lord Sheperton wird morgen das Land verlassen und damit ist die Sache für uns erledigt.«

In Clara kroch die Wut hoch. Sie wusste selbst, dass es unwahrscheinlich war, dass sie Jones aufhalten könnten. Nur mit viel Glück und Beziehungen würden sie es schaffen, den Diplomatenstatus aufheben zu lassen.

»Und selbst wenn ich das gar nicht muss, kann ich beweisen, dass die Mordvorwürfe an der alten Dame aus der Luft gegriffen sind«, setzte Pembroke hinzu.

»Wir haben eine Zeugin, die beobachtet hat, wie Mister Jones…«

»Lord Sheperton.«

»Mir egal! Dass Ihr Schützling sich an der Tür unseres Mordopfers zu schaffen gemacht hat. Und wir haben zwei Zeugen, die gesehen haben, wie Sheperton unmittelbar nach dem Mord an Rosa Kleinschmidt in großer Eile aus dem Hotel gerannt ist. Außerdem haben wir in seinem Zimmer genauso ein Herz gefunden, wie es die Tote in der Hand hielt. Und last but not least, er hat bei seiner Flucht beinahe einen Polizeikollegen getötet.« Ihre Augen funkelten zornig.

»Ich durchkreuze Ihre Theorien nur ungern, aber Lord Sheperton kann Ihre alte Dame nicht ermordet haben.«

»Wir werden sehen.« Sie verkniff sich den Hinweis, dass das Hotelzimmer von Sheperton gerade von der Spurensicherung auf den Kopf gestellt worden war. So konnte sie noch auswerten, was Weidmann gesammelt hatte, ohne dass dieser Botschaftsdepp sie daran hindern würde.

»Er hat ein Alibi.«

Damit hatte Clara nicht gerechnet. Und in der Tat nahm es ihr den Wind aus den Segeln. Sie sah Pembroke an, ihre

Nase juckte und spannte von dem Aufprall in den Airbag, doch sie wollte souverän wirken und sich nicht vor Pembroke die Nase schubbern.

»Was für eins?«, fragte Matthias aufgebracht dazwischen.

»Er war mit einer Dame zusammen.«

»Wir haben Aufnahmen von Herrn Sheperton, auf denen er das Hotel alleine verlässt und alleine zurückkehrt. Er war definitiv nicht mit einer Dame unterwegs«, sagte Thorwald.

»Sie sollten besser zuhören, mein unerfahrener junger Freund. Ich sagte nicht, dass er mit jemandem unterwegs war. Meine Worte waren, er war mit einer Dame zusammen.«

»Okay, und mit wem war er zusammen? Wenn sie ihm ein Alibi für den Mord geben kann, dann sollte sie das jetzt schleunigst tun«, verdeutlichte Clara ihren Standpunkt mit leicht zusammengekniffenen Augen.

Was trieb Pembroke hier für Spielchen? Woher hatte er plötzlich ein Alibi für Sheperton aus dem Hut gezaubert? Hatte er die Frau erfunden, um das Diplomatenbübchen aus der Schusslinie zu bringen? Nein, so weit würde selbst ein Ausputzer wie Pembroke nicht gehen.

»Diese Frau wird bestätigen, dass sie zur Tatzeit mit Sheperton zusammen war. Es gibt nur, sagen wir mal«, er lächelte hintersinnig, »eine kleine Komplikation.«

»Ach was!« Clara drohte vor Ungeduld zu explodieren. »Und verraten Sie uns vielleicht auch, wer die Frau ist und was das für eine Komplikation sein soll?«

»Sie war mit Lord Sheperton zusammen, während er unter Umständen illegale Substanzen konsumiert hat. Sagen wir mal Kokain und sagen wir, auch die Frau hat sich dem Konsum hingegeben.«

Bei aller Mühe gelang es Clara jetzt nicht mehr, sich zu beherrschen. »Der bloße Konsum von Kokain ist nicht strafbar. Was soll das Rumgekasper? Haben Sie eine Zeugin oder nicht?«

»Ja! Aber sagen wir mal, sie hätte ein bisschen von dem Kokain für sich gekauft und sagen wir weiter, sie wäre eine bekannte Influencerin, die Werbung macht für Babynahrung. Sie verstehen sicher, dass es sich negativ auf ihr Business auswirken würde, wenn sie mit Kokain in Verbindung gebracht werden würde.«

Allmählich war Clara auf zweihundert und die gnädig herablassenden Worte von Pembroke machten es nicht besser. »Name der Frau!«

Wieder setzte er sein falsches Lächeln auf. »Es handelt sich bei der Zeugin um Luna MiniStar.«

Clara stutzte. »Die Mama-Influencerin?« Sie hatte bei den Befragungen selbst mit ihr gesprochen. Im echten Leben hieß sie Susan Schulze. »Da muss ich Sie enttäuschen, Frau Schulze hat ausgesagt, dass sie zum Zeitpunkt der Tat allein in ihrem Hotelzimmer war und geschlafen hat.«

»Eine Schutzbehauptung.« Das Lächeln in Pembrokes Gesicht war so unangenehm wie sein Kinn spitz. »Ich versichere Ihnen, sie wird bestätigen, dass sie mit Lord Sheperton zusammen war, wenn Sie«, er zögerte für einen vielsagenden Moment, »im Gegenzug von einer Anzeige wegen Drogenbesitzes absehen.«

»Wir sind hier nicht im Märchenland, wo ich die Herzkönigin spiele. Ich bin Polizistin und kann mir nicht aussuchen, was ich zur Anzeige bringe und was nicht.«

»Sie haben doch einen gewissen Spielraum.«

»Und der sagt mir, dass Sheperton ins Gefängnis gehört. Und jetzt hören Sie mal gut zu! Wir haben eine Aussage von Susan Schulze, dass sie sich zum fraglichen Zeitpunkt allein in ihrem Zimmer aufgehalten hat. Und so lange sie das nicht widerruft, ist Ihr Mr. Sheperton unser Hauptverdächtiger. Diplomatische Immunität hin oder her.«

»Dann lassen Sie es mich klarer ausdrücken für Sie: Wir, und damit meine ich das gesamte britische Königreich und ich, sind daran interessiert, dass der Name Sheperton aus den Medien herausgehalten wird. Das Bild, das wir in der Öffentlichkeit präsentieren möchten, steht dieser ganzen unangenehmen Verwicklung in hohem Maße entgegen. Gerade seit dem Brexit stehen wir noch mehr auf dem Prüfstand. Sie wollen doch keinen diplomatischen Zwischenfall provozieren?«

»Ich provoziere gar nichts, ich kläre Mordfälle.«

»Besser, Sie halten sich da raus.« Pembrokes Lächeln war nun ganz aus seinem Gesicht verschwunden.

»Das haben nicht Sie zu entscheiden.« Clara stand auf, sie hatte die Faxen dicke. Dieser Depp ging ihr gehörig auf den Zeiger mit seiner Einschüchterungsmasche. Auch wenn er recht hatte und sie nicht viel ausrichten würde können, kampflos würde sie nicht aufgeben. »Guten Tag!«, sagte sie, obwohl sie ihm den auf keinen Fall wünschte.

Sie drehte sich in Richtung Matthias um und Pembroke verschwand ohne ein weiteres Wort aus dem Frühstücksraum.

Doch als er gegangen war, sprach Matthias aus, was Clara dachte.

»Wenn des mit dem Alibi stimmt, dann sind wir fei wieder ganz am Anfang mit unserer Mordermittlung.«

Ihre Puzzleteilchen flogen Clara um den Kopf herum. Jones mit dem irren Blick, der Autounfall, Stiller im Krankenhaus. »Wenn er unschuldig ist, warum hat er dann Stiller niedergeschlagen und ist wie ein Wahnsinniger durch die Stadt geflohen?«

Matthias und Thorwald zuckten beinahe gleichzeitig mit den Schultern.

»Warte mal«, sagte Clara zu dem IT-Techniker, den sie noch vor wenigen Stunden damit beauftragt hatte, die ganzen Computer und die Medienanlage wieder ins Revier zurückzubringen. »Möglicherweise verlängern wir unseren Aufenthalt hier im Hotel.« Und an Thorwald und Matthias gewandt. »Wir können nur hoffen, dass Weidmann etwas gefunden hat. Möglicherweise erreichen wir so, dass Sheperton morgen nicht einfach abreisen darf. Selbst wenn er nicht unser Mörder ist, er hat Stiller schwer verletzt. Und er ist eine tickende Zeitbombe.«

»Wir dürfen die Sachen, die Weidmann gefunden hat, gar nicht mehr auswerten. Wir wissen jetzt, dass Sheperton diplomatische Immunität genießt.«

Clara sah Thorwald müde an. »Wir müssen alles ausgraben, was es über den Mann zu wissen gibt. Wir haben nur eine sehr kleine Chance, seinen Sonderstatus aufheben zu lassen und die werden wir nutzen. Auf geht's! An die Arbeit! Matthias?«

Doch er kam Clara zuvor. »Schon klar, ich sehe zu, ob ich Luna MiniStar auftreiben kann. Aber wahrscheinlich ist sie auf der Wiesn, wie fast alle.« Er machte sich auf den Weg.

Schweren Herzens griff Clara zum Telefon. Sie musste die Kollegen vor Shepertons Krankenzimmer abziehen. »Grüß dich, Werner, wie ist die Lage bei euch?«

»Alles ruhig. Jones ist auf dem Weg der Besserung. Er shakert hier schon mit der Ärztin rum.«

»Wir müssen die Bewachung leider beenden. Sein Botschaftsvertreter hat uns informiert, dass er diplomatische Immunität besitzt. Mit sofortiger Wirkung seid ihr von dem Auftrag abgezogen.«

»Ernsthaft?«

»Tut mir leid, ich hätte ihn auch gerne hinter Gittern gesehen. Doch er ist nicht Mister Jones, sondern ein Lord Sheperton mit diplomatischer Immunität.«

Sie legte auf und es fühlte sich an, als würde sie das letzte Blatt einer Geschichte mit offenem Ende umblättern. Ihr waren die Hände gebunden. Sie durften nicht mehr gegen Sheperton ermitteln. Der Bereich, auf dem sie sich überhaupt noch bewegen konnten, war so klein wie die Hoffnung eines zarten Pflänzchens, gegen einen Sandsturm in der Wüste zu bestehen.

Gerechtigkeit war das, wofür sie kämpfte, nicht Vetternwirtschaft. Ihr Blick fiel auf das Banner, dass als Bildschirmschoner an ihrem PC eingerichtet war. *Garant für Gerechtigkeit und Sicherheit – die bayerische Polizei.* Wie Hohn kam ihr der Spruch jetzt vor. Sollte so ein gefährlicher Gewalttäter ungeschoren davonkommen, weil es den Briten peinlich war, Zwischenfälle zu produzieren? Dieser verdammte Pembroke und seine Diplomatenbande – sollten sie doch alle miteinander in der Hölle schmoren!

18

Der Bericht der Spurensicherung war eingetroffen, brachte aber keine nützlichen Erkenntnisse. Es gab am Schloss von Zimmer 107 weder Kratzspuren noch sonstige Anzeichen, die darauf hindeuteten, dass sich jemand mit einem Werkzeug Zugang zum Zimmer verschafft hatte. Diese Tür war ausschließlich mit einem Schlüssel geöffnet worden.

Auch die Hoffnung, dass das Tuch, mit dem Rosa Kleinschmidt erdrosselt worden war, sie weiterbrachte, zerschlug sich. Es befanden sich laut Bericht zwar ein ganzer Haufen Spuren daran, doch die DNA von Sheperton konnte nicht nachgewiesen werden. Weidmann hatte es mit dessen Haarbürste abgeglichen, noch bevor Clara gezwungen war, öffentlich zu machen, dass er diplomatische Immunität besaß. Ab sofort mussten alle weiteren Ermittlungen, die direkt gegen den Mann gingen oder die an seinem Hab und Gut durchgeführt werden sollten, unterbleiben.

»Wenn jetzt auch noch sein Alibi standhält, dann stimmt es wahrscheinlich, dass er Rosa nicht ermordet hat.« Ratlos schloss Clara den E-Mail-Anhang von Weidmann. »Weißt du, wo Iris ist?«

Thorwald schüttelte den Kopf. »Ich schaue mir die Videos weiter an und vervollständige die Liste, wer zur Tatzeit ins Hotel oder rausgegangen ist.«

Claras Gesicht juckte. Und so unbeobachtet, wie sie jetzt war, rubbelte sie ungeniert über ihre Nase, die sich ständig so anfühlte, als müsste sie niesen. Es würde ihr nichts anderes übrigbleiben, als mit Reitmayer zu sprechen. Vielleicht fand er eine Möglichkeit, den Diplomatenstatus von Sheperton aufheben zu lassen. Der Typ sollte für den Angriff auf Stiller nicht einfach davonkommen. Und was mindestens genauso dringend war, sie mussten die Ermittlungen in Rosas Mordfall in eine neue Richtung lenken. Dafür brauchten sie die Informationen, die Iris über das Opfer zusammengetragen hatte.

Als Clara sich zur Tür umdrehte, stieß sie beinahe mit Ilona Rössler zusammen. Bei der ganzen Aufregung der letzten Stunden hatte sie völlig vergessen, dass sie die Rösslers herbestellt hatte. Neben Frau Rössler stand ihre Tochter Tabea und ein Mann, der deutlich erkennbar der Vater des Mädchens war.

»Sie sagten ja, wir sollen im Hotel vorbeikommen, sobald es Tabea besser geht.« Ilona Rössler schob ihre Tochter weiter in den Frühstücksraum hinein.

Sie setzten sich zusammen an den Tisch neben dem Buffet. Tabea hatte stark gerötete Augen und ihr Blick war traurig. Sie trug eine weite Jeans mit Designer-Rissen an den Knien und ein lockeres blaues Sweatshirt darüber. Das dunkelblonde Haar hatte sie zu einem Pferdeschwanz gebunden und ihre Füße steckten in teuren Sneakers einer angesagten Marke.

Clara fand nicht, dass Tabea wesentlich besser aussah als am Vortag, jedoch hegte sie die Hoffnung, dass die Aussage des Mädchens einen neuen Ansatz für die Ermittlungen bringen würde.

Frau Rössler war kräftig geschminkt und sah noch jünger aus als am gestrigen Tag in der Wohnung. Ihr Outfit war schick, aber konservativ, weiße Bluse, darüber ein grauer Kaschmirpullover. Sie machte weiterhin einen gefassten Eindruck.

Den Vater hatte Clara noch nicht kennengelernt, nun hockte er im Frühstücksraum neben seiner Frau und schaute unbeteiligt drein. Ein Mann in seinen späten Vierzigern mit stellenweise schütter gewordenem Haar, hoher Stirn und grauen Schläfen, gekleidet in Designerjeans und einen teuer aussehenden Strickpullover. Ein unsympathischer Typ schoss es Clara durch den Kopf.

Silvano setzte sich zu ihnen.

Bis vor einer halben Stunde hatte Clara geglaubt, der Mordfall Rosa Kleinschmidt wäre aufgeklärt. Jetzt galt es, den Frust darüber abzuschütteln, dass sie falschgelegen hatten und den Fall neu aufrollen mussten.

»Ich möchte helfen«, sagte Tabea mit überraschend fester Stimme und holte Clara aus ihrer Lethargie zurück in den Frühstücksraum.

»Okay, dann erzähl mal, darf ich du sagen?«

Tabea nickte. »Es war ein mega schöner Tag gestern. Ich war so um zwölf Uhr bei Oma im Hotel und wir sind gleich losgezogen. Auf der Wiesn war es super voll, aber die meisten wollten in die Zelte. Ich darf ja noch keinen Alkohol trinken und die Oma verträgt das Starkbier nicht.« Bestürzt schaute sie zu Clara. Und sie sah dem Mädchen an, dass es das Unbegreifliche noch nicht verinnerlicht hatte. Leise setzte Tabea hinzu. »Vertrug.«

Silvano schenkte ein Glas Wasser ein und schob es vor Tabea hin. Er sah die Eltern an.

»Sie auch?« Doch die schüttelten den Kopf und der Vater nutzte die Gelegenheit, um durch ein Stöhnen kundzutun, wie genervt er war, bevor er weiter gelangweilt vor sich hinschaute.

Tabea nahm einen Schluck Wasser. Clara ließ ihr Zeit. Bis auf den gedämpften Straßenlärm von draußen war es still im Raum. Das Sonnenlicht, das spärlich durch die Vorhänge hineinschien, verbreitete eine angenehme Atmosphäre. Aus der kleinen Küche nebenan roch es noch immer nach gebratenem Speck und Kaffee, obwohl der Koch schon lange fertig und zu seinem nächsten Job aufgebrochen war.

»Okay, ihr wart gestern auf der Wiesn?«, brachte Clara die Befragung wieder in Gang.

»Ja.« Tabea schniefte.

Silvano nickte ihr aufmunternd zu. »Es tut uns ehrlich leid, dass du deine Oma verloren hast. Offenbar hattet ihr eine tolle Beziehung zueinander. Sie ist nur wegen dir nach München gekommen?«

»Oma war für mich da und es war immer toll, wenn sie uns besucht hat.« Jetzt kullerten dem Mädchen die Tränen über die Wangen. Mit einer fließenden Bewegung tat Silvano, als hätte er ein Papiertaschentuch hervorgezaubert und reichte es ihr.

Tabea lächelte ein wenig und nahm es dankbar an. »Sie ist extra wegen mir gekommen, weil es mir nicht so gut ging. Mama und Papa streiten ja immer.«

»Tabea!« Die Mutter sah sie mit einem tadelnden Blick an. »Immer ist ja wohl ein bisschen übertrieben. Es ist ganz normal, dass …«

Ihr Mann stieß erneut einen lautstarken Seufzer aus und besah sich seine Fingernägel, als würde er im Wartezimmer eines Arztes darauf warten, dass er aufgerufen wird.

»Sie sind nicht hier, um die Aussage Ihrer Tochter zu beeinflussen«, stoppte Clara die Rechtfertigungsversuche der Mutter, »sondern um ihr beizustehen und darauf zu achten, dass ihre Rechte nicht verletzt werden. Wenn das ein Problem ist, dann können wir auch jemanden vom Jugendamt zur Befragung hinzuziehen.«

»Ich glaube, das brauchen wir nicht.« Silvano lächelte Ilona Rössler freundlich an. »Auch Sie haben einen Verlust erlitten und jeder verarbeitet das anders. Aber jetzt möchten wir uns erst mal alles aus der Sicht von Tabea anhören.«

Ilona Rössler faltete wie betend ihre Hände im Schoß und nickte. »Natürlich, Entschuldigung, es ist nur – mein Mann und ich.« Sie sah ihren Mann an, doch der war noch nicht fertig damit, seine Fingernägel zu betrachten. »Wir haben vielleicht mal Probleme, das stimmt. Aber das hat nichts mit der Sache hier zu tun.«

Clara war beeindruckt, wie gut Silvano die Frau im Griff hatte. Die Mutter wie auch die Tochter ließen sich auf ihn ein und folgten ihm. Sie hätte die Frau und ihren Ehemann am liebsten vor die Tür gesetzt. Clara nickte Silvano zu, er sollte weitermachen und er verstand.

»Gut, dann mal der Reihe nach. Die Oma ist vorgestern, am Freitag um achtzehn Uhr in München angekommen?«

»Genau und ich habe Oma vom Bahnhof abgeholt. Nachdem sie im Hotel eingecheckt hatte, sind wir was essen gegangen. In dem Imbiss gegenüber. Und dann war Oma erst mal K. O. Wir haben uns für den nächsten Tag um zwölf Uhr mittags verabredet. Oma braucht in der Früh immer etwas Zeit, um in die Gänge zu kommen.« Traurig fügte sie hinzu »Brauchte.« Sie atmete schwer seufzend aus, bevor sie weitersprach. »Genau um zwölf Uhr war ich da. Oma mochte es nicht, wenn man zu spät kam.«

Die Mutter schnaubte. »Ja, Pünktlichkeit, da hat sie Wert drauf gelegt.«

»Mensch Mama, lass endlich, reicht es dir nicht, dass Oma tot ist?«

»Es tut mir leid, Kleines, erzähl weiter.« Sie warf einen entschuldigenden Blick zu Silvano. »Ich sage jetzt nichts mehr.«

»Dann sind wir auf die Wiesn und es war voll schön. Wir sind sogar Geisterbahn gefahren, obwohl Oma da nicht so drauf steht. Sie meinte, wenn sie einen Herzinfarkt bekommt, soll ich sie einfach in der Geisterbahn lassen.« Tabeas Gesicht hellte sich ein wenig auf. »Dann würde sie die anderen Besucher erschrecken. Wir haben so viel gelacht an dem Tag.« Das Mädchen schwieg kurz und zupfte an dem Papiertaschentuch in ihrer Hand herum.

Ilona Rössler setzte an, etwas zu sagen, doch Tabea ließ sie nicht zu Wort kommen. Ermutigt von Silvano fuhr sie fort. »Oma hat uns eine riesige Zuckerwatte gekauft und dann sind wir wieder zu den Fahrgeschäften geschlendert. Es war echt voll, aber Oma hat es nichts ausgemacht. Sie meinte, die Hauptsache ist, dass ich Spaß habe.«

»Es geht im Leben nicht immer nur um Spaß«, konnte die Mutter sich nicht verkneifen.

Genervt verdrehte Tabea die Augen.

»Bitte!« Silvano sprach entschieden, warf der Mutter dabei jedoch einen nachsichtigen Blick zu.

»Schon gut, schon gut!« Sie tat so, als würde sie ihren Mund versiegeln und Clara bedauerte, dass es nur gespielt war.

»Bei der Achterbahn haben wir zugeschaut, sind aber nicht gefahren. Oma meinte, sie wolle schließlich nicht ihr Gebiss verlieren.« Tabea ließ ein leises Lachen vernehmen »Und beim Toboggan war es auch lustig. Einige von den Typen, die rauf wollten, sind gleich nach dem Draufspringen umgefallen. Dann wurden sie am Fuß gepackt und nach oben geschoben. Oma und ich haben voll viel gelacht. Und das Wetter war auch perfekt. Dann durfte ich sogar am Schießstand…«

»Du hattest ein Gewehr in der Hand?« Entrüstet schnaubte die Mutter.

»Frau Rössler, wir waren uns doch einig«, sagte Silvano ein wenig nachdrücklicher.

»Ja, ja, ja. Es ist nur, wir lehnen Waffen aus Prinzip ab und meine Mutter wusste das.« Sie stieß ihren Mann mit dem Ellenbogen an und er bequemte sich dazu, einen Grunzlaut von sich zu geben, der als eine Art Zustimmung gewertet werden konnte.

»Das war doch nur zum Spaß, ich habe nicht mal was getroffen. Es war ein perfekter Tag. Seit Langem ist es mir nicht mehr so gut gegangen wie gestern mit Oma auf dem Oktoberfest.«

»Schießen tut man nicht zum Spaß und du hast nie gesagt, dass du die Wiesn so magst.«

»Mensch, Mama, es geht doch nicht um die Wiesn. Ich mag es, wenn jemand von euch Zeit mit mir verbringt. Aber du hast einfach null Ahnung von mir. Egal!« Tabea winkte ab und sah wieder zu Silvano. »Bei der Todeswand gabs dann ein bisschen Stress. Oma hat sich aufgeregt, weil der Kassierer ihr zu langsam war. Sie hat ihn angemeckert, ob er vielleicht mal schneller machen kann oder ob er sich beim Gehen auch die Schuhe besohlen lässt. Da hat er ihr einfach das Geld zurückgegeben und gesagt, wer so großspurig daherkommt, macht nur ein schlechtes Karma an der Rennwand und sie soll sich schleichen.«

»Das Gemecker hört sich ganz nach deiner Oma an.«

Tabea warf ihrer Mutter einen bösen Blick zu und Silvano beeilte sich, die Wogen mit einem Lächeln und aufmunterndem Nicken zu glätten. »Vielleicht einigen wir uns jetzt noch einmal darauf, dass Tabea erst mal erzählt. Ich verstehe, dass Sie aufgebracht sind. Die Beziehung zu den eigenen Eltern verläuft nicht immer ohne Reibung. Aber in schwierigen Zeiten ist es halt auch wertvoll, wenn die Großeltern das ein bisschen abfedern.«

Ilona Rössler hob hilflos die Schultern. Nach Unterstützung heischend sah sie ihren Mann an, doch der schaute angestrengt aus dem schmalen Streifen Fenster, das die Vorhänge freiließen, als könnte er nicht schnell genug wieder nach draußen gelangen.

»Okay, du hast gesagt, der Kartenverkäufer hat euch von der Teilnahme ausgeschlossen und dann?« Claras Interesse war geweckt. Ein Streit war ein guter Anfang, manchmal entwickelte sich aus den nichtigsten Kleinigkeiten ein handfestes Mordmotiv.

»Ja, das war ein bisschen peinlich, weil Oma so gemeckert hat und auch die Leute hinter uns, haben den Kopf geschüttelt über sie. Aber sie war alt, hatte eben nicht mehr so viel Geduld.«

»Wie sah der Mann an der Kasse aus?«

»Ich weiß nicht mehr genau, dünn war er und hatte nur noch wenig Haare.« Das Mädchen überlegte angestrengt. »Und er hatte eine knubbelige rote Nase, fast wie der Weihnachtsmann.«

Silvano schmunzelte. »Und danach war die Stimmung von der Oma verändert?«

»Zuerst nicht, sie meinte, dass der Typ nicht ewig da hocken kann und wir es noch einmal versuchen, wenn jemand anders an der Kasse sitzt. Schließlich ist die Todeswand was Besonderes. Ein Traditionsgeschäft, älter als Oma und sie war früher immer drin, wenn sie auf der Wiesn war. Die Fahrer sind Künstler, meinte sie. Die zeigen auf alten amerikanischen Polizeimotorrädern die tollsten Tricks.« Ihr Blick wurde ganz warm, als sie von den Erinnerungen der Oma erzählte. »Und dann wollten wir uns noch was Süßes kaufen.«

Clara sah, dass Ilona Rössler die Augenbrauen anhob und ihr etwas auf der Zunge lag. Sicher waren Süßigkeiten bei ihr ähnlich verpönt wie Gewehre, doch mit einem Blick auf Silvanos freundliches Gesicht klappte sie den Mund wieder zu.

Diesmal hatte Tabea den Versuch ihrer Mutter gar nicht bemerkt und erzählte weiter. »Wir waren auf dem Weg zu einem der Stände mit kandierten Früchten und so. Und plötzlich war Oma wie ausgewechselt. Als hätte sie ein Gespenst gesehen.«

»Einfach so? War sonst nichts mehr vorgefallen?«, fragte Clara sich wundernd dazwischen.

»Ich habe nichts bemerkt. Wir hatten total Lust auf einen kandierten Apfel und plötzlich hat sie gesagt, es tut ihr leid, sie muss sofort ins Hotel zurück. Ich habe das gar nicht gleich kapiert und dachte, wir könnten noch schnell einen

Apfel kaufen. Aber sie wollte einfach nur weg. Sie sah auch total blass aus. Ich hab gefragt, ob es ihr schlecht geht oder so, aber sie meinte, es geht ihr gut, sie muss nur sofort zurück ins Hotel. Sie hat versprochen, dass wir dann eben morgen einen kandierten Apfel essen.«

»Hat sie vielleicht eine Nachricht bekommen oder habt ihr etwas gesehen?«

Tabeas Augen verloren sich in der Ferne, als suchte sie einen Anhaltspunkt, doch schließlich schüttelte sie überzeugt den Kopf. »Nein, absolut keine Ahnung. Sie hat nicht gesagt, was los ist. Sie wollte nur zurück ins Hotel. Ich habe sie begleitet bis zum Eingang. Dann hat sie gemeint, ich soll nach Hause gehen und sie schreibt mir später eine WhatsApp.«

»Weißt du noch, wann das war?«

»Das muss so um 15 Uhr gewesen sein, glaub' ich. Aber ich bin nicht gleich nach Hause gegangen, sondern ein bisschen in der Stadt rum gebummelt.«

»Was? Bei den vielen Fremden, die zur Wiesnzeit hier sind? Warum bist du nicht nach Hause gekommen?« Die Mutter setzte eine beleidigte Miene auf.

»Da war doch eh niemand«, stieß Tabea missmutig hervor. »So nach anderthalb Stunden bin ich noch mal am Hotel vorbei geschlendert, aber Oma hatte noch nicht geschrieben, deswegen bin ich dann nach Hause gegangen.«

Der Vater sah seine Tochter mit einem schwer zu deutenden Ausdruck im Gesicht an. Tabea hielt seinem Blick stand. Da war etwas zwischen den beiden, das Clara nicht einordnen konnte. Auch Silvano hatte es bemerkt. »Möchtest du noch etwas hinzufügen?«, fragte er.

Doch das Mädchen schüttelte den Kopf, ohne den Blick von ihrem Vater abzuwenden. Die Mutter, die von diesem merkwürdigen Intermezzo nichts mitbekommen hatte, ergriff das Wort. »Tja, mein Mann und ich können nicht viel dazu beitragen. Leonhart hatte kaum Kontakt zu meiner

Mutter und ich muss ehrlicherweise sagen, dass unser Verhältnis nicht gerade unbelastet war. Wir haben nie so wirklich einen Draht zueinandergefunden. Wenn wir eine Sahnetorte wären, dann wäre ich der Boden und meine Mutter die Kirsche auf dem Sahnehäubchen. Da war zu viel zwischen uns.«

»Du hast sie gehasst.« Tabea hielt die Arme vor der Brust verschränkt.

»Schmarrn, gehasst, was erzählst du denn da? Aber wir waren eben nicht sehr eng miteinander.« Peinlich berührt lachte sie auf. »Kinder! Manchmal reden sie einfach so daher.« Das Wiesnherz kannte keiner von ihnen.

»Sind wir jetzt fertig?« Leonhart Rössler stand auf.

Clara nickte gedankenverloren, doch dann sagte sie: »Wo waren Sie beide eigentlich zwischen fünfzehn und siebzehn Uhr gestern Nachmittag?« Und ein Puzzleteil, auf dem der eigenartige Blick des Vaters zu sehen war, mit dem er Tabea gemustert hatte, hing vor ihr in der Luft.

»Was soll das, verdächtigen Sie uns etwa?« Die Mutter sah empört aus.

»Es ist eine reine Routinefrage.« Silvano wirkte wohltuend gelassen. »Sie haben doch sicher nichts zu verbergen.«

Ilona Rössler lächelte verlegen. »Natürlich nicht, ich habe eine Freundin besucht.«

»Und ich habe ein Elektronikfachgeschäft zu leiten. Selbstverständlich war ich dort.«

Der kurze Moment, in dem die Tochter ihren Vater angesehen hatte, ging Clara nicht aus dem Kopf. Silvano hatte einen guten Draht zu Tabea gehabt, doch mit dem Blick zum Vater hatte es einen Bruch gegeben. Als hätte sich ein geheimnisvoller Nebel zwischen sie geschoben, den Clara nicht durchblicken konnte.

Das Mädchen verschwieg ihnen etwas.

19

Nachdem die Rösslers gegangen waren, hielten Clara und ihr Team die Einsatzbesprechung im Hotel ab. Nach der derzeitigen Lage war es sinnvoll, weiter vor Ort zu bleiben, um die Ermittlungen neu anzugehen. Die Stimmung war am Tiefpunkt. Clara wusste gar nicht, was deprimierender war: dass Sheperton mit großer Wahrscheinlichkeit nicht der Mörder von Rosa war oder dass er für den Angriff auf Stiller aller Voraussicht nach ungeschoren davon kommen würde. Ein wenig hielt sie sich an dem seidenen Faden fest, dass Luna MiniStar sein Alibi noch nicht bestätigt hatte.

Matthias ergriff das Wort. »Ich habs noch nicht sprechen können, die Luna MiniStar, also die Susan Schulze, wie sie im echten Leben heißt. «

»Wow, Susan Schulze, das klingt so gar nicht nach MiniStar.« Silvano lachte höhnisch in Matthias' Richtung.

»Des is' aber ganz normal, dass die Influencer sich an coolen Namen geben. Die Schauspieler machens ja genauso«, verteidigte Matthias Susan Schulze. »Sie muss ja heut' Abend ins Hotel zurückkommen, dann können wir sicher noch einmal mit ihr reden, wegen Shepertons Alibi.«

Silvano berichtete noch, dass es Stiller unverändert ging. Sie waren allesamt unsicher, ob das eine positive oder negative Entwicklung war. Der allgemeine Tenor lautete, dass Stiller lebte, war gut und dass es nur besser werden konnte. Auch wenn das so nicht stimmte, ließ Clara es dabei bewenden. Sie wollte die Moral des Teams nicht weiter schwächen.

Claras Handy brummte, ein kurzer Blick aufs Display

zeigte, dass Reitmayer schon wieder versuchte, sie zu erreichen. Sie seufzte und ging nicht ran, aber sie würde sich heute bei ihrem Vorgesetzten melden müssen.

»Okay, Silvano, möchtest du das Gespräch mit der Enkeltochter für uns zusammenfassen?«

»Wir wissen von Tabea Rössler, dass alles in Ordnung war, bis zu einem Streit mit einem Schausteller auf der Wiesn«, sagte Silvano. »Kurz danach war die Oma wie ausgewechselt und wollte das Festgelände sofort verlassen. Zwar wäre so ein kleiner Streit ein vergleichsweise dünnes Motiv, aber wir können nicht komplett ausschließen, dass so etwas mal eskaliert.«

»Ich schau' mal, dass ich den Schausteller auftreib', Schickst du mir die Beschreibung aufs Handy?«

Silvano nickte und griff nach seinem Telefon.

Nun meldete sich Thorwald zu Wort. »In Anlehnung an das bewährte Prinzip folge dem Geld, habe ich mit Rosa Kleinschmidts Nachlassverwalterin in Bayreuth eine Unterredung geführt. Es war sehr aufschlussreich, denn die alte Dame hatte mehr zu vererben, als man vermuten würde bei der Wahl ihres Hotels.«

»Sie ist doch kurzfristig angereist, und hat nichts anderes mehr bekommen«, erinnerte Silvano.

»Wie dem auch sei. Sie hatte ein beträchtliches Vermögen, vier Millionen an Immobilien und Geldmarktfonds. Die Enkeltochter ist die Hauptbegünstigte. Und als wäre das nicht schon bemerkenswert genug, folgt nun die eigentliche Überraschung: Rosa Kleinschmidt hat ihre eigene Tochter enterbt und dafür den Schwiegersohn als treuhänderischen Verwalter des Vermögens eingesetzt, bis Tabea volljährig ist.«

»Wow!« Kurz huschte ein Ausdruck der Verblüffung über Silvanos Gesicht, ehe er sich fing. »Dann würde ich mal sagen, jeder aus der Familie hat ein handfestes Motiv. Habgier und Rache sind ausgezeichnete Gründe für einen Mord.«

Clara schwirrte der Kopf, statt einen roten Faden in die

Ermittlungen zu bekommen, wurde der ganze Fall immer unübersichtlicher. Was war mit dem Schausteller, konnte er etwas mit Rosas Tod zu tun gehabt haben? Aber warum sollte er ihr bis ins Hotel gefolgt sein und vor allem woher hätte er auf die Schnelle den Schlüssel für Zimmer 107 haben sollen? Was hatte dieser Blick zwischen Vater und Tochter Rössler zu bedeuten gehabt? Haben die beiden gewusst, dass Tabea das ganze Vermögen erben würde? Wollte Leonhart Rössler nicht warten, bis das Erbe auf natürlichem Weg zu ihnen kam? Und was war mit Ilona Rössler? Sie hatte unehrlich gewirkt, als es um ihr Alibi ging. Wer könnte es ihr verübeln, dass sie ihre Mutter hasste, nachdem sie enterbt worden war? Aber ein Mord war eine ganz andere Hausnummer. Wäre Ilona Rössler aus Wut und Rache fähig gewesen, ihre eigene Mutter zu erdrosseln? Viele Fragen, wenig Antworten.

Clara fuhr zum Revier. Sie mussten mit dem Schausteller sprechen und die Alibis der Familie prüfen. Sie hatte Matthias drauf angesetzt. Für sie war es an der Zeit sich ihrem Vorgesetzten zu stellen. Sie klopfte an seiner Tür.

»Frau Liebig, wie schön, dass Sie es schaffen, einmal bei mir vorbeizuschauen.«

Unbehaglich saß sie auf dem Besucherstuhl in Reitmayers Büro. Seit der ehemalige Dezernatsleiter Dr. Ehrmann aufgestiegen war und Reitmayer völlig überraschend seinen Platz eingenommen hatte, war sie selten hier gewesen. Nur wenn es sich nicht vermeiden ließ, so wie heute.

Reitmayer strich über sein pomadiges schwarzes Haar, das er mit viel Gel nach hinten fixiert hatte, und bedeutete ihr, einen Augenblick zu warten. Wie üblich umwehte ihn ein Geruch von Moschusochsen-Aftershave und Pfefferminzbonbons. Die Gespräche mit ihm liefen fast immer nach dem gleichen Muster ab. Er tat beschäftigt, dann stellte er sie zur Rede wegen irgendwas, heute vermutlich wegen der Schlagzeile der Journalistin Helga Gerstner. Anschließend machte er ihr Vorwürfe, dieses Mal sicherlich, weil sie keine Ermittlungsergebnisse vorweisen konnte und so weiter. Es gab nur einen einzigen Grund, warum Reitmayer noch nie versucht hatte, sie loszuwerden und versetzen zu lassen: Sie löste Fälle!

Wobei in Sachen Rosa Kleinschmidt war sie der Lösung des Falls noch nicht einen Schritt nähergekommen. Reitmayer klickte geschäftig an seinem Computer herum, bevor er sich ihr mit einem schalen Lächeln zuwandte. »*Mörderisches Wiesnphantom! Die Spur führt aufs Oktoberfest! Wer wird das nächste Opfer?* Sie kennen die Schlagzeile aus dem Münchner Tagblitz?«

»Ja«, sagte sie schlicht und wartete auf das Donnergrollen, das nun folgen würde.

»Ich bin ehrlich überrascht, dass Sie sich entschieden haben, mit Frau Gerstner zusammenzuarbeiten.« Clara wollte schon dazwischenfahren, doch er redete ohne Luft zu holen weiter. »Es ist löblich, dass Sie versuchen, Ihre Haltung der Presse gegenüber zu ändern. Aber an der Ausführung haperts noch. Da können Sie von mir viel lernen. Ich bin Profi, was Medienstrategien angeht.«

Clara war so baff, dass ihr keine passende Entgegnung einfiel.

»Sie müssen mehr taktieren, müssen darauf achten, dass Sie gut dastehen. Aber dazu ein anderes Mal mehr. Wir haben ja noch die unerfreulichen Dinge zu besprechen.«

Als wenn der Artikel der Gerstner nicht schon unerfreulich genug gewesen wäre. Das Unbehagen wuchs in Clara und sie beschloss, es offensiv anzugehen. »Ja, ich weiß, wir haben leider im Mordfall Rosa Kleinschmidt einen herben Rückschlag hinnehmen müssen. Es gibt aber neue Ansatzpunkte. Frau Kleinschmidt hatte einen Streit mit einem Schausteller und wir durchleuchten auch die Familienangehörigen. Unser Opfer hinterlässt ihnen immerhin einige Millionen Euro.«

»Das hört sich nach einem lohnenden Motiv an. Drücken Sie mal ein bisschen auf die Tube! Es ist bedauerlich, dass während der Wiesnzeit ein mörderisches Phantom das Hauptthema in den Medien ist und nicht die wunderschöne Landeshauptstadt mit unserem weltberühmten Oktoberfest.«

»Wir sind mit allen Leuten dran.«

»Kommen wir zu dem Unfall. Was haben Sie sich dabei gedacht? Abgesehen von den Kosten, die Sie verursacht haben, Autos, Straßenschäden und so weiter, habe ich einen bösen Anruf von einem Pierce Pembroke von der britischen Botschaft bekommen und gleich darauf von einem Mitglied des britischen Parlaments, einem Abgeordneten namens Cartwright. Er hat mir den Kopf gewaschen, bezüglich eines unangemessen Vorfalls mit einem Diplomaten.«

Selten genug fehlten Clara die Worte, und dennoch war es bereits das zweite Mal innerhalb weniger Minuten, dass sie nicht wusste, wie sie darauf reagieren sollte. Der Unfall war ein Unfall, wollte sie sagen. Doch es war gar nicht nötig, dass sie antwortete. Reitmayer fuhr mit seiner Strafpredigt fort, er hatte sich in Rage geredet, sodass nun rote Flecken auf seinem Gesicht glühten. Fasziniert beobachtete Clara, wie es immer mehr wurden, proportional zu dem ansteigenden Ärger in seiner Stimme. Er schloss mit den Worten, dass der Abgeordnete verlangte, unverzüglich alle Ermittlungen gegen Lord Andrew Sheperton einzustellen und dem britischen Staatsangehörigen eine sofortige Ausreise zu ermöglichen.

»Sheperton hat Stiller niedergeschlagen«, nutzte Clara die Pause, in der Reitmayer Luft holen musste.

»Was? Nicht dieser Taugenichts Ben Jones?«

Clara erklärte Reitmayer die Zusammenhänge und auch, dass sie versuchen wollten, die diplomatische Immunität von

Sheperton aufheben zu lassen, um ihn wegen des Überfalls auf Stiller irgendwie dranzukriegen. Und dass sie dabei seine Hilfe brauchen würde.

»Bei versuchtem Totschlag sind unsere Karten nicht wirklich gut. Sicher wird man sich seitens der Botschaft bemühen, eine Notwehrsituation zu konstruieren.« Er lachte. »Das würden wir umgekehrt genauso machen. Aber rein zufällig kenne ich jemanden aus dem Oberhaus, dem House of Lords. Reginald Thornecliffe. Dort werde ich mal anklopfen und sehen, ob ich da etwas erreichen kann. Es kann nicht angehen, dass bayerische Polizisten ungestraft niedergeschlagen werden.«

Zurück im Hotel gab es zunächst nur weitere schlechte Nachrichten. Thorwald hockte immer noch in dem kleinen Serverraum und versuchte mit einem Polizeitechniker die Probleme an dem Videorekorder zu beheben, die ihn daran hinderten, das Material weiter zu sichten. Die Kassette steckte in dem alten Rekorder fest, daher ließ sich das Problem nicht durch ein anderes Gerät lösen.

Clara und Matthias saßen zusammen im Frühstücksraum, ihrer provisorischen Zentrale, und lauschten den Ausführungen von Silvano. »Angeblich hat sich der Zustand von Sheperton verschlechtert. Es hat sich herausgestellt, dass er nicht nur Alkohol und Kokain im Blut hatte, sondern auch eine ungewöhnlich hohe Konzentration von Levamisol.«

»Das ist doch bestimmt bloß ein Geschichterl das der Botschaftsheini verbreitet«, vermutete Matthias. »Dem Jones oder Sheperton ging es doch gut, als der eingeliefert wurde. Wenn die Konzentration so hoch ist, müsste er ja noch einmal nachgelegt haben. Da ist was faul, sage ich euch.«

Claras Handy summte. Diesmal nahm sie den Anruf von Reitmayer direkt an.

Er hatte seinen Kontakt im House of Lords angezapft. Leider waren die Möglichkeiten, die ihnen zur Verfügung standen, begrenzt. Sie durften nicht gegen Sheperton ermitteln. Doch Reitmayer hatte erreichen können, dass er zu den Drogengeschäften befragt werden sollte, um die Verkäufer und Hintermänner aufzuspüren. Es würde eine Liste von Fragen ausgearbeitet werden, die sie stellen durften. Und Clara sollte dabei sein, er hatte ihren Namen zum Team der Drogenfahnder hinzugefügt. Sie konnten mit Sheperton reden, sobald es sein Gesundheitszustand erlaubte. Mehr war nicht drin. Die Entscheidung, ob die Immunität aufgehoben werden würde oder nicht, würde nur über den offiziellen Weg laufen. Reginald Thornecliffe würde in jedem Fall dafür stimmen, er hielt Andrew Sheperton schon lange für untragbar.

»Sicher haben sie nur deshalb der Befragung bezüglich der Drogen zugestimmt, weil Sheperton selbst an dem schlechten Zeug erkrankt ist«, mutmaßte Silvano.

»Okay, das ist nicht optimal, aber zumindest bekommt die Drogenfahndung eine Chance, das gefährlich verschnittene Kokain vom Markt zu holen.«

»Dürfen wir das auch gegen Sheperton verwerten?«, fragte Silvano.

»Nein. Außer wenn er seine Immunität verliert.«

»Wissen die von der Drogenfahndung schon Bescheid?«

»Ja, sie stehen in den Startlöchern. Sobald Pembroke das Go gibt, rücken wir zur Befragung im Krankenhaus an. Es kann jeden Moment so weit sein.«

Doch ihre Hoffnung auf ein baldiges Gespräch zerschlug sich kurz darauf. Sheperton war in ein künstliches Koma versetzt worden. Des Weiteren erhielten sie keine Informationen mehr von den Ärzten. Pembroke hatte einen Riegel vorgeschoben und das Krankenhaus berief sich nun auf die diplomatische Immunität des Patienten. Es war sogar möglich, dass er nach England ausgeflogen wurde, sobald es gesundheitlich unbedenklich war, ohne dass sie ihn überhaupt noch einmal zu Gesicht bekamen, geschweige denn befragen konnten. Pembroke war nicht bereit, auch nur den Hauch einer Auskunft zu geben. Wahrscheinlich nahm er es ihnen übel, dass sie über The House of Lords gegangen waren. Jetzt bedauerte Clara es ein wenig, sich ihm gegenüber nicht taktisch geschickter verhalten zu haben. Vielleicht hätte sie auf »freundschaftlicher« Ebene etwas herausbekommen können. Doch Diplomatie war nun mal nicht ihre Stärke.

»Kreiz-Birnbaum und Hollerstaudn! Zum Deifi mit der diplomatischen Immunität«, fluchte Matthias. »Und auch die Luna MiniStar, also Susan Schulze, mit der Jones oder eigentlich Sheperton angeblich zusammen war, habe ich noch nicht aufspüren können. Zefix, wenn a mal der Wurm drin is', is' der Wurm drin.«

Da war die Suche nach dem Schausteller schon ergiebiger, auch wenn sich dabei herausstellte, dass er nicht einmal ein Schausteller war. Mario Bläschke war ein arbeitsloser Uhrmacher, der sich gern auf der Wiesn herumtrieb und dort jobbte. Verdammt noch mal, war denn in diesem verfluchten Fall irgendjemand der, für den er sich ausgab? Pochende Kopfschmerzen stiegen an Claras Schläfen auf. Matthias berichtete weiter, dass er den Mann am Höllenblitz aufgetrieben hatte. Dort habe er heute Morgen beim Reinigen der elektrisch betriebenen Geisterbahnwagen mitgeholfen.

»Des ist keiner, der auf der Sonnenseite des Lebens steht«, fuhr Mattias fort. »Das Geld von seine' Aushilfsjobs hat er schnell in Wiesnbier umgesetzt. Und er hatte einen Verband am Kopf. Angeblich von einem Sturz im Bierzelt. Am Tag, als Rosa starb, ist er kurzfristig bei der Todeswand als Aushilfe eingesprungen, da die Kartenverkäuferin krank war.«

Clara legte ihre Breze zur Seite, sie hatte heute noch gar nichts gegessen, aber der unbefriedigende Stand der Ermittlungen und Stillers Zustand schlugen ihr auf den Magen. Stiller war zwar am Leben, jedoch nicht wach. Ob er jemals wieder zu sich käme, stand in den Sternen. Außerdem war die Geruchsmischung im Frühstücksraum betäubend. Der gebratene Speck hing unauslöschlich in der Luft und vermischte sich mit dem Muff der alten Möbel und Vorhänge und das ging ihr langsam ziemlich auf die Nerven.

»Konnte der Mario Bläschke sich an den Streit mit Rosa erinnern?«

»Ja, aber hat gemeint, da gibts nicht viel zu reden. Ich zitiere: *Die Alte war frech, da hats kei' Karten für die Todeswand vo' mir bekommen. Aus die Maus!*«

»Das war alles?«

»Angeblich hat er sie danach auch nicht mehr gesehen. Er ist an der Kasse bald abgelöst worden und stante pede in den Augustiner Biergarten gegangen, so lange, bis sein Geld aus war. Dann hat er seinen Rausch ausschlafen wollen am Kotzhügel, aber da hat ihn irgendwann jemand von der Security mitgenommen ins Sanitätszelt, weil er eine blutende Kopfwunde hatte. Die von dem medizinischen Team haben seinen Aufenthalt dort bestätigt. Ich glaub', den können wir von unserer mickrigen Verdächtigenliste streichen. Nicht nur, dass wir gut nachvollziehen können, wo er zur Tatzeit war, der war auch zu besoffen.« Matthias zog sich einen Stuhl vom Buffet heran.

»Okay, schau ob jemand im Augustiner Biergarten sich an ihn erinnert und wir besorgen uns das Material von den Sicherheitskameras. Thorwald soll auf den Videos checken, ob er wirklich die ganze Zeit im Biergarten geblieben ist.«

»Wird erledigt!« Matthias, der sich gerade auf den Stuhl sinken lassen wollte, sprang wieder hoch und rauschte ab, um die Aufnahmen zu besorgen.

Und Iris war wieder aufgetaucht, zögerlich ging sie auf Clara zu und ihr Blick huschte nervös zwischen Silvano und Clara hin und her. »Ich muss dich mal sprechen. Allein!« Rasch warf sie einen Seitenblick auf Silvano.

»Ah, ich wollte sowieso noch mal im Krankenhaus anrufen und nachfragen, wie es Stiller geht.« Er stand auf. »Das mache ich draußen.«

Clara quittierte es mit einem dankbaren Kopfnicken in seine Richtung. Schon schnappte er sein Handy und verließ den Frühstücksraum.

Iris schloss das Fenster, bevor sie sich neben Clara setzte, ihren Leinenbeutel fest an sich gepresst.

»Was ist los?«

Unsicher lächelte sie Clara an. »Mir ist etwas Dummes passiert«, sagte sie schließlich.

Einen Moment lang herrschte Stille. »Okay, dann raus damit! Machs kurz und schmerzlos.« Clara konnte sehen, wie Iris nach den richtigen Worten suchte.

»Du weißt, was im Volksmund als Beischlafdiebstahl bezeichnet wird?«

20

Das war also der Grund für ihr untypisches Verhalten und ihre Abwesenheiten gewesen. Jemand hatte die Vertraulichkeit beim Sex ausgenutzt und Iris bestohlen. »Natürlich, wie viel?«

»Das Geld ist es nicht.« Ein dunkler Schatten legte sich über Iris' Gesicht, der sie traurig und viel älter aussehen ließ, als sie war.

»Jetzt sag schon, was ist passiert?«, versuchte Clara in freundschaftlichem Ton die Stimmung ein wenig aufzuhellen und Iris zum Weiterreden zu bringen.

»Mein Dienstausweis wurde geklaut.« Iris nestelte an ihrer Leinentasche mit den Makrameeflechtzöpfen herum.

»Oh!«

»Und«, sie senkte den Kopf und sprach so leise weiter, dass Clara sich konzentrieren musste, um sie überhaupt zu verstehen, »meine Dienstwaffe.«

»Deine Waffe wurde gestohlen? Scheiße! Ich meine, hast du sie nicht eingesperrt?«

»Doch, natürlich, was denkst du denn? Aber der Schlüssel ist an meinem Schlüsselbund. Ich weiß gar nicht, wie das passiert ist. Wir hatten Sex, alles war schön, dann haben wir noch was getrunken und danach kann ich mich an nichts erinnern. Filmriss. Ich muss sofort eingeschlafen sein. Das dachte ich zuerst. Aber inzwischen glaube ich, er hat mir K. O.-Tropfen ins Bier getan.« Sie schluckte und redete mit belegter Stimme weiter. »Deswegen habe ich auch das Handy nicht gehört und so lange geschlafen. Mir war übel, als ich aufgewacht bin und schwindlig den ganzen Tag.« Sie biss sich auf die Unterlippe. »Er hat sogar unsere Gläser in die Spülmaschine getan und sie in der Nacht noch angeschaltet. Ich habe von allem nichts mitbekommen. Und es kommt noch dicker.«

Clara war gespannt, was schlimmer sein konnte, als so ein hinterhältiger Betrug und der Diebstahl ihrer Dienstwaffe. Gar nicht auszudenken, was der Typ damit anstellen konnte.

»Ich habe versucht, ihn zu finden. Meine Hoffnung war, die Sache unauffällig ins Reine bringen zu können. Aber er hat mir einen falschen Namen gegeben. Es gibt gar keinen Gabriel Gantmaier, auf den seine Beschreibung passt.« Voller Scham stieg ihr die Röte so kräftig ins Gesicht, als stünde ihr ganzer Kopf in Flammen.

»Warst du schon bei einem Arzt? Du musst dich sofort untersuchen lassen. Über DNA-Spuren können wir vielleicht herausfinden, wer er wirklich ist.« Clara hatte schon einen Ermittlungsplan im Kopf, doch Iris unterbrach sie.

»Ich habe schon geduscht.«

»Was? Warum?«

»Er hat mich ja nicht vergewaltigt. Und ich war völlig matsche, mir war zuerst gar nicht bewusst, dass ich betäubt worden sein musste.« Sie seufzte. »Da habe ich lange und ausgiebig geduscht, um den Kopf klar zu bekommen. Erst dann habe ich gemerkt, dass mein Ausweis und meine Waffe weg sind.«

»Okay, bei wem hast du den Diebstahl gemeldet?«

Iris presste die Lippen aufeinander und schüttelte verlegen den Kopf.

»Das ist jetzt das Wichtigste, stell dir vor, jemand wird mit deiner Waffe erschossen. Und du musst zum Arzt. Wir brauchen eine Blutprobe. Wenn es nicht zu lange her ist, kann man die K. O.-Tropfen sicher noch nachweisen.«

»Nein, das will ich nicht. Ich geniere mich zu sehr.«

»Dafür gibt es nicht den geringsten Grund. Schämen muss sich allein der Täter.«

»Ich will nicht als Opfer gesehen werden hier im Revier. Und«, sie zögerte, »ich habe Angst, dass ich zum Gespött werde unter den Kollegen.«

»Okay. Hast du uns schon mal spotten hören über jemandem, dem K. O.-Tropfen verabreicht wurden?«

»Nein, natürlich nicht. Aber ich kann nicht, es ist mir so peinlich.«

»Solche Sachen werden vertraulich behandelt. Niemand auf unserem Revier muss das erfahren. Wie lange ist es her? Hast du Blut oder Urin gesichert?«

»Urin.« Iris öffnete ihren Leinenbeutel, eine zugeschraubte Kunststoffdose mit blauem Deckel befand sich darin.

Clara überlegte kurz, dann wusste sie, was zu tun war. »Okay, dann lass mich machen. Ich habe eine andere Idee, so kommst du um die Untersuchung und lange Erklärungen herum. Aber das mit deiner Waffe und dem Ausweis müssen wir melden. Das bleibt dir nicht erspart.«

Iris nickte und Clara zückte ihr Handy. »Und ich weiß auch schon, bei wem wir es melden. Ina Michaeli, eine zuverlässige Kommissarin und Frauenbeauftragte bei der Polizei, unermüdlich setzt sie sich gegen Diskriminierung und für die Belange der weiblichen Belegschaft ein. Der kannst du vertrauen.« Clara tippte die Nummer von Inas Dienststelle und sie hatte Glück, es war direkt Ina, die sich am anderen Ende der Leitung meldete.

»Hi, Ina, ich brauche jemanden, der eine vertrauliche Anzeige entgegennehmen kann. Eine Mitarbeiterin von mir, Kommissarin Iris Becker, ist bestohlen worden. Die Umstände sind ihr unangenehm. Daher würde ich dich um Diskretion bitten.«

»Gut, dann kommt her und wir nehmen alles auf.«

»Wir machen uns auf den Weg, aber ich möchte, dass du schon einmal aufnimmst, dass ihre Dienstwaffe und ihr

Dienstausweis gestohlen wurden. Je schneller die Sache ins Rollen kommt, desto wahrscheinlicher ist es, dass der Typ die Waffe von Iris noch hat.«

»Oh, shit! Ich nehme es auf, aber das müssen wir ans Bundesverwaltungsamt weitergeben und es wird auf jeden Fall eine Untersuchung geben. Da kann ich Diskretion nur in gewissem Maße anbieten.«

Nach dem Telefonat setzte Clara Iris in der Hochbrückenstraße vor der Polizeiinspektion ab, damit sie ihre Aussage bei Ina machen konnte. Clara fuhr weiter, um ihren Plan in die Tat umzusetzen.

21

Das Gebäude in der Nussbaumstraße war im typischen Stil der Siebzigerjahre, weißgetüncht mit grauem Flachdach. Unauffällig fügte es sich in die Gegend vor den Schranken des Innenstadt Klinikums ein. Nur das Schild neben der Treppe auf dem Gehsteig wies es als Institut für Rechtsmedizin aus. Clara trat ein in die klinisch sterile Umgebung. Das Döschen mit Urin im Rucksack ging sie in Richtung der Obduktionssäle. In den langen Gängen war es kühl, ein Hauch von Desinfektionsmittel hing in der Luft.

Sie sah Lukas Demirci von Weitem. Er trat gerade aus einem der Räume, nahm die OP-Haube vom Kopf und zog die Handschuhe aus, die er in den Mülleimer warf.

»Clara, das ist ja schön.« Mit einem Strahlen im Gesicht begrüßte er sie. »Wir haben eben die Gewebeproben von deinem Opfer entnommen. Jetzt wird Rosa Kleinschmidt für die Virtopsy vorbereitet. Mal sehen, ob das noch irgendwelche erstaunlichen Details ans Licht bringt. Zwar glaube ich nicht… Vorsicht, nicht stolpern!« Er fasste sie am Ellbogen, nachdem sie einen Schritt rückwärtsgegangen und gegen den Mülleimer gestoßen war. Dann wickelte er sich aus seiner grünen Kittelschürze und warf sie in den dafür vorgesehenen Wäschebehälter. »Was führt dich hierher? Kannst du es mal wieder nicht abwarten?«

»Das auch. Aber ich habe da noch was anderes.«

»Na komm, gehen wir in mein Büro. Da kann ich die Audiodatei hochladen und schon transkribieren lassen.«

In Demircis Arbeitszimmer herrschte ein sympathisches

Durcheinander. Die Regalbretter bogen sich unter der Last der medizinischen Fachbücher und der verschiedenen Modelle von menschlichen Organen, die, wie Clara vermutete, als Anschauungsmaterial für Gerichtsverhandlungen dienten. Glasbehälter in allen Formen und Größen mit unterschiedlichen Proben reihten sich auf der Fensterbank aneinander. Daneben an der Wand hingen gerahmte Zertifikate und Fotos von vergangenen Fällen. In der Ecke stand ein kleines, antik aussehendes Schränkchen aus dunkelgemasertem Holz, kaum größer als ein Nachtkästchen. Es bildete einen verträumten Kontrast zu den anderen, moderneren Möbelstücken und verlieh dem Raum eine gewisse Wärme.

»Setz dich doch!« Demirci wusch sich an dem winzigen Waschbecken neben der Tür die Hände und rieb sie mit Desinfektionsmittel ein. »So, dann lass mal hören, welche andere Sache dich in meine Katakomben treibt.« Er schob eine Akte zur Seite, die auf seinem Schreibtisch gelegen hatte, und sah Clara erwartungsvoll an.

»Kannst du eine Urinprobe für mich analysieren?«

»Brauchst du einen Schwangerschaftstest?« Er lachte kurz auf, wurde aber sofort wieder ernst, als er sah, dass Clara keine Miene verzog. »Selbstverständlich kann ich das, wonach suche ich?«

»K. O.-Tropfen.« Sie stellte den durchsichtigen Kunststoffbehälter mit dem blauen Schraubverschluss vor ihn auf den Schreibtisch.

»Eine Tupperdose?«

»War wohl nichts anderes zur Hand und auslaufsicher ist es auch.« Sie lächelte zaghaft.

»Hast du…? Geht es dir gut?«

»Es ist nicht meins, es ist für eine Freundin.«

Demirci stand auf und holte aus dem Nebenzimmer ein Testkit. Er zog sich Latexhandschuhe über, öffnete das Tütchen und fischte einen der schmalen Pappstreifen heraus. Dann schwenkte er ihn kurz im Urin, drehte den Deckel der

Dose wieder zu und legte den Streifen auf die Verpackung des Testkits. Auf der Pappe war ein hellgelbes Testfeld zu sehen. »Wenn es orange oder blau wird, dann wurde deiner Freundin etwas verabreicht.«

Clara schaute gebannt auf den Schnelltest. Alles, was Iris ihr erzählt hatte, deutete darauf hin, dass K. O.-Tropfen im Spiel waren. Bilder von Iris, wie sie müde und abgespannt im Hotel aufgetaucht war, kamen ihr in den Sinn. Der Filmriss und die Übelkeit. Sie fühlte, dass Demirci sie beobachtete, und sah auf.

»Bist du wirklich in Ordnung?« Besorgnis sprach aus seiner Stimme. »Du weißt, du kannst alles mit mir besprechen. Ich bin nicht nur Arzt, ich bin auch ein Freund.«

Die Farbe auf dem Testfeld wechselte von dem blassen Gelb zu einem leuchtenden Blau.

Demirci sah sie erschrocken an. Clara schüttelte den Kopf. »Es ist nicht von mir.«

Er wollte noch etwas sagen, doch sein Telefon brummte eine Nachricht dazwischen. »Ah, die Virtopsy deines Opfers kann starten. Möchtest du mitkommen?«

Gemeinsam gingen sie in den benachbarten Beobachtungsraum, in dem bereits der zweite Rechtsmediziner Dr. Funkenstein auf sie wartete.

Der Raum war mit großen Glasfenstern ausgestattet, die einen freien Blick auf das CT ermöglichten. Drüben war alles hell erleuchtet, auf dem Autopsie-Tisch lag die Leiche von Rosa Kleinschmidt. Das CT-Gerät, ein massiver, zylinderförmiger Apparat, positionierte sich automatisch über dem toten Körper. Demirci kommunizierte via Intercom-System mit dem Techniker. Clara hatte einen Kopfhörer auf, so konnte sie mithören. Die Anweisungen waren präzise und eindeutig.

Das monotone Summen der technischen Ausrüstung mischte sich mit den Instruktionen des Rechtsmediziners. Als alle Einstellungen passten, nickte Demirci dem Techniker zu. »Geht los! Bitte beginnen Sie mit den Standardansichten und zoomen Sie bei Bedarf in Bereiche mit potenziellen Verletzungen. Wir möchten kein Detail übersehen«, hörte sie Demirci sagen.

Clara stand am Rande des Kontrollraums, ihre Augen auf den Computerbildschirm gerichtet, der vor dem hohen Glasfenster hing und langsam zum Leben erwachte. In erstaunlich guter Auflösung erschienen die Bilder auf dem Monitor. Knochen schimmerten weißlich, ihre feine Struktur, ihre Umrisse wurden scharf und präzise wiedergegeben, fast wie kunstvolle Skulpturen. Alle Organe, Leber, Gallenblase, Bauchspeicheldrüse, jedes einzigartig in Form und Funktion, nahmen auf dem Bildschirm Gestalt an. Muskulatur und Gewebe zeichneten sich klar ab und enthüllten alle anatomischen Details der Verstorbenen.

Verstohlen blickte Clara zu Demirci, der hochkonzentriert arbeitete. Er durchsiebte jedes Bild mit den Augen. Und sie verstand, dass er seinen Beruf mit der gleichen Leidenschaft und Faszination ausführte wie sie ihren. Ein Gefühl von Verbundenheit überkam sie und sie musste sich eingestehen, dass sie ihn mehr mochte, als gut war bei einem Mann, der vergeben war. Sie verdrängte den Gedanken und verfolgte die weiteren Ausgaben des CTs.

Trotz der eindrucksvollen und hochauflösenden Bilder fanden sie keine Hinweise auf Abweichungen. Die Tote schien gesund gewesen zu sein, ganz so wie Demirci es vermutet hatte. Einzig das Zungenbein war gebrochen. Das bestätigte auch nur, was sie schon wussten. Rosa Kleinschmidt war erdrosselt worden.

»Sehr schön, dann sind wir hier fertig«, sagte Demirci zu dem Techniker.

Der junge Mann schaltete das Gerät aus. Langsam fuhr es in die Ausgangsposition zurück.

Demirci nahm seine Kopfhörer ab und sie folgte seinem Beispiel. »Es sieht so aus, als bräuchten wir uns hier nicht auf große Überraschungen einzustellen«, sagte er. »Die Gewebeproben sind schon im Labor, die werde ich mir gleich noch genauer ansehen. Ich erwarte aber keine größere Änderung unserer bisherigen Befundaufnahme. Ich gebe dir so schnell wie möglich Bescheid, falls sich doch etwas anderes ergibt.« Beim Hinausgehen hielt er ihr die Tür auf. Mit einem raschen Blick vergewisserte Demirci sich, dass Funkenstein nicht in Hörweite war, doch der räumte die Kopfhörer auf und machte keine Anstalten, den Raum zu verlassen. Mit gesenkter Stimme fuhr Demirci fort. »Und auch in deiner anderen Sache, ich werde die Probe noch mit dem Massenspektrometer untersuchen, unter Umständen lässt sich noch feststellen, um welche Substanz es sich genau handelt.«

»Okay, und danke!«

»Es wäre vielleicht ganz gut, eine Haarprobe von deiner Freundin zu sichern. Da lassen sich solche Dinge lange nachweisen.« Er sah auf Claras Haare, die sie nachlässig zu einem Pferdeschwanz zusammengebunden hatte. »Am besten mit Wurzel.« Er betrachtete ihren Scheitel.

»Okay, ich werde mal sehen, was ich tun kann.« Clara schaute auf ihr Handy, Iris hatte geschrieben, dass sie fertig war bei Ina. »Ich muss los.«

»Warte ...« Er sah ihr tief in die Augen.

»Ja?«

»Wenn du reden willst, weißt du, wo du mich findest.«

»Okay.« Es brachte nichts, es ihm noch einmal zu sagen. Er hatte sich in den Kopf gesetzt, dass ihr die K. O.-Tropfen untergeschoben worden waren und es gab keine Möglichkeit, ihn vom Gegenteil zu überzeugen, ohne Iris' Namen zu nennen.

Iris stand schon unten vor der Polizeiinspektion, Clara stoppte den Wagen vor ihrer Nase.

»Ich muss natürlich mit einem Disziplinarverfahren rechnen, aber Ina meinte, dass ich erfahrungsgemäß nicht allzu schwer verdonnert werde, da die Waffe eingeschlossen war. Und immerhin fühle ich mich jetzt echt besser«, erzählte sie beim Einsteigen. Sie sah auch erleichtert aus, obwohl ihr Gesicht immer noch blass wirkte und selbst ihre Locken wiesen weniger Spannkraft auf als sonst.

Doch zurück im Hotel war die Serie der schlechten Nachrichten noch nicht beendet. Silvano stand in der Halle. »Verdammte Hacke, was sind das für Deppen da in der britischen Regierung? Kann sich denn jeder Diplomat durch München schlagen und morden und wird nicht dafür belangt?«

»Die Aufhebung der Immunität wurde abgelehnt?«

Niedergeschlagen zuckte auch Thorwald mit den Schultern. »Es wurde offiziell festgestellt, dass es nichts gibt, was zwingend für eine Aufhebung spricht. Man gehe davon aus, dass Sheperton in Notwehr gehandelt habe. Er werde, sobald er transportfähig ist, wieder in die Heimat geholt.«

»Unbelievable, dass so einer unangreifbar ist. Können die Diplomaten wirklich machen, was sie wollen?«

»Im Prinzip ja«, Thorwald nickte, »und in friedlichen Zeiten in zivilisierten Ländern mag man sich darüber wundern. Der eigentliche Grund für die Vorrechte der Diplomaten ist es, die unabhängige Ausübung ihrer Aufgaben gemäß Artikel drei des Wiener Übereinkommens sicherzustellen. Die gewährten Rechte sollen daher insbesondere die Unabhängigkeit von jeglicher Einmischung seitens des Gastlandes sicherstellen, so wird beispielsweise die Androhung von Haft oder rechtlichen Konsequenzen von vornherein ausgeschlossen. Und es wird verhindert, dass der Diplomat aus dem Verkehr gezogen wird, indem er fälschlich beschuldigt und ins Gefängnis gesteckt wird.«

»Sag mal, du hast echt ein Gesetzbuch verschluckt, gell?« Silvano schenkte ihm ein schiefes Grinsen und Iris lachte endlich einmal wieder befreit auf.

»Nun, um Fälle zu lösen, ist es durchaus hilfreich, sich mit

Gesetzen auszukennen.« Thorwalds Tonfall war deutlich angespannt.

»Ach geh, Kumpel«, erwiderte Silvano, »nichts für ungut. Ich weiß, du bist ein großer Fan von Gesetzestexten, Überwachungsvideos und grauer Theorie, aber lass mich dir etwas verraten. Kriminalfälle lassen sich nicht durch stundenlanges Video-Studium lösen. Dafür braucht man eine Prise Fantasie, eine Portion Einfühlungsvermögen und vor allem eine ganz andere Denkweise. Eine, die über das Offensichtliche hinausgeht. Glaub mir, die Lösung solcher Fälle findest du nicht auf einem Monitor.« Wieder einmal schlug er Thorwald vertraulich auf die Schulter. »Da musst du mit ein bisschen Lockerheit und Vorstellungskraft rangehen und deinem inneren Sherlock Holmes freien Lauf lassen, Kumpel. Du wirst sehen, oft führt uns die Fantasie zu den erstaunlichsten Lösungen.«

»Sherlock Holmes ist ein fiktiver Charakter aus einem Buch«, gab Thorwald beleidigt zurück. »Wir sind in der realen Welt und sollten uns an bewährte Polizei-Methoden und wissenschaftliche Prinzipien halten. Nur mit effizienter Ermittlungsarbeit können wir unser Ziel erreichen, nicht, indem wir uns an ausgedachten Figuren orientieren. Ich bin im Videoraum.« Damit drehte Thorwald sich um und stolzierte hinaus.

Clara hatte der Auseinandersetzung nur halbherzig zugehört, sie las die Begründung zur Ablehnung in Sachen Shepertons Enthebungsverfahren. Doch sie wusste, wie wenig fantasiebegabt Thorwald war und wie sehr er sie um ihr Bauchgefühl beneidete. Silvano hatte vermutlich damit einen Tiefschlag gelandet bei Thorwald. Ihre Hoffnung, dass die beiden sich schon noch zusammenraufen würden, ohne dass sie groß vermitteln musste, schwand zunehmend.

»Immerhin steht ganz offiziell im Beschluss, dass wir ihn in der Drogensache befragen dürfen.« Mit gerunzelter Stirn wog sie ab, inwieweit ihnen das im Mordfall nutzen konnte.

»Wenn er nicht vorher außer Landes gebracht wird, Pembroke war mehr als erpicht darauf, ihn so schnell wie möglich wieder nach Hause zu schaffen«, sagte Silvano.

Clara hatte eine neue Nachricht im Posteingang, eine E-Mail von Demirci. Es war der Bericht über die Virtopsy und die Gewebeproben von Rosa Kleinschmidt. Darin gab es zunächst nichts Unerwartetes. Das Opfer war erdrosselt worden. Auch beim Zeitfenster blieb es dabei. Sie war zwischen fünfzehn Uhr und siebzehn Uhr gestorben. Die wirkliche Überraschung kam erst im letzten Satz. Es waren Spuren von Kokain an Rosas Handinnenflächen gefunden worden.

22

Matthias betrat den Frühstücksraum und fand Clara verdattert über dem Bericht sitzend vor. Doch sie hatten keine Zeit, darüber zu sprechen. Er war nicht allein, er hatte die Mama-Influencerin Luna MiniStar im Schlepptau oder, um sie bei ihrem echten Namen zu nennen, Susan Schulze. Sie hatte im Käfer Wiesnzelt gefeiert, als Matthias sie über ihren Instagram-Channel ausfindig gemacht und gebeten hatte, mitzukommen. Mit entsprechend geringer Begeisterung begleitete die hochgewachsene Frau ihn in den Frühstücksraum. Auch heute war sie in ein atemberaubendes Designerdirndl gehüllt. Diesmal hatte sie eines in Topasblau gewählt, das ihre kühlen blauen Augen noch besser zu Geltung brachte. Matthias strahlte sie an, hofierte sie und rückte ihr den Stuhl am Buffet zurecht. Dann setzte er sich neben sie, ohne sie auch nur einen einzigen Moment lang aus den Augen zu lassen.

»Ich habe nicht viel Zeit, es hat geheißen, dass heute Philipp Lahm und Thomas Müller ins Käferzelt kommen.«

»Sie kennen die zwei Fußballhelden?«, fragte Matthias offen beeindruckt.

»Noch nicht, aber wenn ich Videos von denen poste, gehe ich damit sicher viral.« Susan Schulze setzte ein geziertes Lächeln auf. »Ich nehme einen Cappuccino«, sagte sie beiläufig und warf die Dirndlschürze in ordentlichen Falten über ihr Kleid.

Matthias stand direkt wieder auf. »Wir können Ihnen leider nur einen Filterkaffee …«

Silvano zog ihn zurück auf seinen Stuhl. »Wir sind hier nicht im Promi-Wiesnzelt. Das ist eine Zeugeneinvernahme.«

»Ihren Blog, den finden wir echt pfundig, meine Freundin und ich.« Matthias lächelte sie verträumt an. »Wir haben eine kleine Tochter.«

»Es ist ein Vlog!«, korrigierte sie Matthias barsch und musterte ihn geringschätzig.

»Ah ja, natürlich, des meinte ich auch, ein Vlog.« Matthias lief ziegelrot an.

»Wir haben nur ein paar kurze Fragen an Sie«, sagte Clara.

»Und worum geht's?« Ihre Stimme klang heiser und verärgert.

»Wo waren Sie gestern Abend, als Rosa Kleinschmidt ermordet wurde?«

»Oh, mein Gott. Es geht immer noch um das alte Mütterchen?«

»Ja, sehen Sie, das ist so, das alte Mütterchen wurde ermordet. Und darum geht es so lange um sie, bis der Fall geklärt ist«, erwiderte Clara im gleichen affektierten Tonfall.

»Aber sie war schon sehr alt, nicht wahr?« Susan Schulze schaute Matthias fragend an, der nach dieser Aussage ein wenig befremdet schien. »Na was?«, fuhr sie fort, sich um Kopf und Kragen zu reden. »Ich sehe das so, es gibt eine natürliche Auslese. Die Alten und Kranken sterben zuerst. Natur! Hä?«

»Sie wurde ermordet. Nix Natur«, gab Matthias nachdrücklich zurück und seine große Sympathie für die hübsche blonde Frau bekam erste Risse.

»Bitte beantworten Sie einfach meine Frage«, drängte Clara.

»Wie ich Ihnen schon gesagt habe, war ich in meinem Zimmer und habe geschlafen«. Susan Schulze kramte in ihrer herzchenförmigen Handtasche und zog eine E-Zigarette heraus, dabei fiel etwas zu Boden »Und im Übrigen habe ich mit der ganzen Sache nichts zu tun.« Sie und Clara bückten sich gleichzeitig nach dem Gegenstand. Mit einem blitzartigen Reflex hatte die Kommissarin zuerst zugegriffen. Es war ein Röhrchen, winzig und aus Metall, kaum länger als ein Streichholz. Genauso ein Teil, wie sie es bei Sheperton auf dem Nachttisch gefunden hatten. Clara gab es ihr in die Hand. »Kennen Sie einen Mister Pembroke?«

Susan Schulze sagte nichts, nur ihre Lippen spitzten sich, während sie Clara argwöhnisch ansah. Ganz nebenbei ließ sie das Röhrchen wieder in ihrer Tasche verschwinden.

»Mister Pembroke. Ein Angehöriger der britischen Botschaft. Der Name sagt Ihnen nichts? Er scheint dafür über Sie bestens im Bilde zu sein.«

»Kann sein.« Die Mama-Influencerin lächelte gezwungen.

»Offenbar ist er sogar besser darüber informiert, wo Sie in der Mordnacht waren als Sie selbst.«

»Wenn Sie das sagen.«

»Mehr fällt Ihnen dazu nicht ein?« Clara hatte es allmählich satt, ihr jedes Wort aus der Nase ziehen zu müssen.

»Nö!« Die junge Frau drückte mehrmals auf das kleine Blitzsymbol an ihrer E-Zig, um sie zu starten, woraufhin Matthias ihr sofort klar machte, dass man hier nicht rauchen darf.

»Ich rauche nicht, ich vape.«

Doch Matthias war unerbittlich, seine ganze Haltung ihr gegenüber hatte sich verändert. Clara wusste, dass er Menschen nicht leiden konnte, die sich einen Dreck darum kümmerten, wie es anderen ging. In dem Moment, als sie so gleichgültig auf Rosas Tod reagiert hatte, löste sich der Zauber, der Matthias umfangen hatte, in Luft auf. Und mit ihrem gekünstelten Gehabe machte sie es nicht besser.

»Mei, dann halt nicht.« Susan Schulze warf die E-Zig wieder in ihre Herztasche.

»Sie haben meine Frage noch nicht beantwortet.«

»Das tue ich auch nicht. Mister Pembroke hat gesagt, dass er einen Deal aushandelt für mich und für Andrew. Deswegen muss ich gar nichts sagen.«

»Sie, meine Liebe, besitzen keine diplomatische Immunität und wenn ich Sie gleich verhafte wegen Behinderung der Justiz und Beihilfe zu Mord, dann will ich sehen, wie Ihre Babyfollower aus den schicken saugfähigen Windeln schauen. Egal, was Pembroke für einen Deal aushandelt. Der gilt nicht für Sie!«

»Schon gut, machen Sie sich mal locker. Na, also bitte, ich war mit Andrew zusammen, als die Alte den Löffel abgegeben hat. In Ordnung?«

Clara nickte, das war nicht unbedingt die Antwort, die sie hören wollte, doch sie hatte es erwartet. Sheperton konnte nicht der Mörder von Rosa sein.

»Und, was ist jetzt, kann ich gehen?«

»Ja, Dankscheee!« Und es war nicht höflich gemeint, Matthias ging vor und öffnete die Tür vom Frühstücksraum und er war sichtlich erleichtert, als sie weg war. »Wie kann man so schön und gleichzeitig so a gschupfte Henna sein?«

»Warum sollte das eine das andere ausschließen?«

»Auf Instagram is' die immer viel netter. Machen wir nichts wegen der? Ich meine, wegen dem Drogenkauf?« Matthias war tief enttäuscht von der Mama-Influencerin.

»Was würde es bringen? Sie hat den Stoff wahrscheinlich nicht mehr, Sheperton wird nichts über sie sagen, ihm dürfen wir wegen der Drogen nicht am Zeug flicken. Da beißen wir auf Granit und verdammt noch mal, auch sonst geht es einfach kein bisschen voran.«

»Das würde ich nicht sagen.« Thorwald kam hereingeschneit, vor Aufregung war ihm die Röte den Hals hinaufgestiegen bis zu den Wangen und er sah höchst zufrieden aus. »Mit meinen langweiligen wissenschaftlichen Methoden der Beweissichtung«, er warf einen scheelen Seitenblick auf Silvano, »habe ich jemanden ausfindig gemacht, der ein Motiv hat und behauptete, ganz woanders gewesen zu sein. Ihr werdet nicht glauben, wer im Zeitfenster der Tat das Hotel betreten hat.« Thorwald lächelte siegessicher in Richtung Silvano.

»Na, sag schon!«

»Rosas Schwiegersohn Leonhart Rössler ist auf dem Sicherheitsvideo des Hotels, er betritt es genau um sechzehn Uhr fünfzehn.«

»Was? Dieser Schnösel, dem hier alles zu viel war?« Matthias schüttelte ungläubig den Kopf. »Der war zur Zeit des Mordes hier?«

Clara fiel der Blick ein, den seine Tochter ihm zugeworfen hatte. Konnte sie ihn vor dem Hotel gesehen haben? Hatte Tabea den eigenen Vater in Verdacht?

»Und das ist noch nicht alles. Selbstverständlich habe ich den Mann umgehend genauer unter die Lupe genommen. Und ich habe herausgefunden, dass er nicht nur Inhaber eines Elektronikfachgeschäftes ist, wie er uns erzählt hat.« Thorwald machte eine bedeutungsvolle Pause. »Er hat auch einen Schlüssel-Notdienst in seinem Laden.« Triumphierend hielt Thorwald seinen Finder hoch, auf dem ein Facebook-Post zu sehen war, mit einer Werbung von Rössler: *Mit Rössler im Handumdrehen, Schnelles durch die Türe gehen. Ihr Schlüsselnotdienst für blitzschnelle Türöffnungen Tag und Nacht.* »Eine Tür zu öffnen und nach dem Mord ordnungsgemäß wieder zu verschließen, dürfte für diesen Mann kein Problem darstellen. Außerdem sehen seine Finanzen nicht rosig aus. Das Geschäft macht schon seit einiger Zeit nicht mehr allzu viel Umsatz. Er war fünfzehn Minuten im Hotel – absolut ausreichend für einen Mord.«

»Gute Arbeit, Thorwald!« Clara sprang auf. »Dem statten wir gleich mal einen Besuch ab. Von wegen er hat seine Schwiegermutter noch gar nicht gesehen.«

Das Geschäft von Leonhart Rössler lag ein wenig versteckt

in der Burgstraße, abseits vom Einkaufstrubel der Dienerstraße, die mit Feinkost Dallmayr und einem großen Manufactum Store Besucher anlockte.

Unter dem Elektronikfachgeschäft hatte Clara sich dem Auftreten von Rössler nach einen größeren Laden vorgestellt. Das Schaufenster war kaum mehr als einen Meter breit. Als sie eintraten, fiel ihr Blick auf die Vielzahl von Schlüssel-Rohlingen und Metallblöcken, die akkurat an den Wänden aufgereiht waren, jeder Artikel feinsäuberlich mit Nummern versehen. Das kalte Licht der Deckenleuchte warf Schatten über die vielen Schließzylinder und Türbeschläge in der Auslage. Der Geruch von Metall und Öl erfüllte die Luft. Im hinteren Teil des Geschäftes waren zwei Regale mit Elektronikartikeln angeordnet.

Leonhart Rössler saß an einem rustikalen Holztisch, auf dem ein Schließzylinder lag sowie einige Picktools, mit denen Schlösser zerstörungsfrei geöffnet werden konnten. Er sah von seinem Werkstück auf, als die Türglocke bimmelte.

»Hallo, Herr Rössler, ich glaube, wir müssen uns noch einmal unterhalten.«

Sein nervös zuckender Blick ging zwischen Clara und Thorwald hin und her und verriet seinen Stresspegel, der beim Erscheinen der Kommissare in die Höhe geschnellt war. Sein schlechtes Gewissen hing in der Luft wie Wolken an einem regnerischen Herbsttag am Himmel.

»Was kann ich für Sie tun?«

»Sie können uns aufklären, ob Sie Ihre Schwiegermutter ermordet haben. Denn dass Sie im Hotel waren, können wir beweisen.«

»Hören Sie, das ist ein Missverständnis.«

»Dann ist jetzt der Moment, in dem Sie es aufklären sollten.«

»Ich war nicht bei meiner Schwiegermutter. Ich mag sie nicht mal besonders. Hat Tabea gesagt, dass ich vor dem Hotel war? Ich bin zufällig da vorbeigekommen, es hatte nichts zu bedeuten.«

»Ich glaube, Sie beherrschen den Umgang mit Präpositionen nicht.«

Verdutzt sah er Thorwald an. »Was?«

»Das Beste wird sein, Sie kommen jetzt einmal mit aufs Revier und wir unterhalten uns in aller Ruhe«, sagte Clara.

»Ich will meinen Anwalt anrufen.«

»Okay, steht Ihnen frei. Aber bis jetzt sind Sie nicht verhaftet. Wir wollen nur ein paar Ungereimtheiten klären.«

»Was meintest du vorhin mit Präpositionen?«, fragte Clara, nachdem sie Rössler ins Auto verfrachtet hatten.

»Ist doch logisch. Er sagte *vorbei*, doch er ging hinein. Falsche Benutzung der Präpositionen.« Thorwald lachte, ganz erfüllt darüber, einen Witz gemacht zu haben.

Im Revier angekommen dauerte es eine gefühlte Ewigkeit, bevor der Anwalt von Rössler eintraf, ohne den er sich weigerte auszusagen. Thilo von Bachberg war ein weißhaariger alter Mann, der sich so langsam und mühsam bewegte, dass Clara schon befürchtete, er bräche jeden Moment zusammen. Natürlich wollte er sich zuerst mit seinem Mandanten allein besprechen. Sie mussten weitere zwanzig Minuten warten. Clara beschloss, Silvano mit ins Gespräch zu nehmen. Er kam mit seiner Fragetechnik und seinem Wesen gut an.

»Dann erzählen Sie uns jetzt noch einmal, wann genau Sie im Hotel waren und warum«, begann Clara.

Rössler sah seinen Anwalt an, der aussah, als wäre er eingenickt. Er hatte die Augen beinahe geschlossen, doch er antwortete für Rössler. »Es ist uns lieber, wenn Sie konkrete Fragen stellen«, sprach er mit einer dünnen, brüchigen Stimme.

»Waren Sie um die vermutete Tatzeit herum im Hotel?«

Rössler schaute zu seinem alten grauen Anwalt und ohne seine Augenlider zu heben, nickte der.

»Ja«, antwortete Rössler.

»Und Sie haben mit Rosa Kleinschmidt, Ihrer Schwiegermutter, gesprochen.«

Die gleiche Prozedur folgte jetzt bei jeder Frage. Rössler sah seinen Anwalt an, der nickte und Rössler sagte ja.

Genervt warf Clara Silvano einen Blick zu und er übernahm. »Worüber haben Sie mit Ihrer Schwiegermutter gesprochen?«

Der Anwalt nickte.

»Nichts Besonderes.«

»Lassen Sie mich zusammenfassen. Sie gehen zu Ihrer Schwiegermutter ins Hotel. Zu der Frau, die Sie nach eigener Aussage nicht besonders leiden konnten. Sogar Ihre Frau hatte Rosa Kleinschmidt noch nicht gesehen. Aber Sie gehen extra aus Ihrem Geschäft, nur, um einen Höflichkeitsbesuch zu machen?«

Der Anwalt nickte mit geschlossenen Augen und Clara war kurz davor, die Beherrschung zu verlieren.

»Nun ja, ein Höflichkeitsbesuch war es nicht. Ich wollte mit ihr reden, ohne meine Frau. Sie sollte aufhören, Tabea Flausen in den Kopf zu setzen. Sie hat sie mit einem Gewehr schießen lassen und die ganzen Süßigkeiten und…«

»Schmarrn!« Clara fuhr so laut dazwischen, dass sogar Thilo von Bachberg sich bequemte, ein Auge zu öffnen. Aus seinem wässrigen grauen Blick sah er Clara in gewisser Weise beeindruckt an, doch dann lehnte er sich wieder zurück und verfiel erneut in stilles Dösen.

»Sie wussten zu dem Zeitpunkt noch gar nicht, dass Tabea geschossen hatte. Das haben Sie erst heute Morgen im Hotel erfahren. Sie waren gestern den ganzen Tag nicht zu Hause. Tabea hatte keine Gelegenheit, es Ihnen zu erzählen.«

»Ich habe es mir gedacht. Meine Schwiegermutter hat das immer so gemacht.«

»Jetzt hören Sie aber auf, uns für dumm zu verkaufen!« Silvano stieg geschmeidig in die Strategie von Clara ein. »Wir wissen von Ihren Schulden. Ihre nette Stadtwohnung kostet sicher eine Stange Geld. Die Tochter trägt teure Markenklamotten. Und Ihre Frau hat kein weiteres Einkommen. Wie finanzieren Sie das alles mit Ihrem mehr als schlecht laufenden Schlüsseldienst?«

Rössler schwieg.

»Ich helfe Ihnen mal auf die Sprünge.« Clara hatte die Ellenbogen auf die Tischplatte gestützt und verschränkte die Hände vorm Kinn. »Sie waren angewiesen auf das Geld von Rosa. Sie hat Ihnen immer wieder etwas zugeschossen. Wollte sie Ihnen diesmal nichts mehr geben? Hatte sie genug davon, Ihren extravaganten Lebensstil zu finanzieren? Dann ist der Streit eskaliert und zack, haben Sie die alte Frau mit ihrem eigenen Halstuch erdrosselt.«

»Um Himmels willen!« Rössler schüttelte heftig den Kopf.

»Und dann haben Sie einen von Ihren Dietrichen genommen und die Leiche im gegenüberliegenden Hotelzimmer eingesperrt. War das so?« Clara störte sich nicht daran, dass das umständlich klang. Rössler schwitzte und das war gut.

»Nein, so war das nicht.«

»Wie war es dann? Rücken Sie doch endlich raus mit der Wahrheit!«

»Also gut, es war gelogen, als ich sagte …«

Obwohl Thilo von Bachberg aussah, als wäre er inzwischen fest eingeschlafen, war er mit einem Mal putzmunter und riss die Augen auf. »Ich muss allein mit meinem Mandanten reden.«

Wutschnaubend stand Clara auf, die ganze Zeit hatte sie diesen Druck im Bauch, sie spürte förmlich, dass Rössler log. Und gerade hatte sie das Gefühl, er sagte zum ersten Mal die Wahrheit, war vielleicht kurz davor, ein Geständnis abzulegen, und da grätschte ihr dieser verschlafene Anwalt in die

Parade. Sie knallte den Stuhl beim Zurückschieben gegen den Tisch und folgte Silvano nach draußen.

»Verdammt, der lügt doch wie gedruckt. Er nimmt, was wir ihm sagen und knüpft daraus einen neuen bunten Faden, den er in sein Lügenkonstrukt einwebt.«

Silvano war ganz ihrer Meinung. »Und jetzt feilt er an seiner Aussage, gemeinsam mit dem tattrigen Anwalt.«

»Aber es hilft nichts, wir müssen ihm nicht nur nachweisen können, dass er im Hotel war, sondern auch, dass er Rosa erdrosselt hat. Versuch mal, seine DNA mit den Spuren am Tuch abgleichen zu lassen. Ansonsten bleibt uns nichts übrig, als zu warten, was er mit seinem Anwalt austüftelt.« Claras Handy vibrierte in ihrer Hosentasche.

Peter Schuhmann von der Drogenfahndung war dran. »Wir sind auf dem Weg ins Krankenhaus. Andrew Shepertons Zustand hat sich stabilisiert. Wir können mit ihm reden. Bist du dabei?«

»Auf jeden Fall. Das will ich um nichts in der Welt verpassen.« Clara steckte ihr Handy wieder ein. »Okay, ich fahre ins Krankenhaus zur Befragung von Sheperton. Halte mich auf dem Laufenden, was unseren Panzerknacker hier angeht. Nimm Matthias mit rein, falls es mit Rössler und dem schlaftrunkenen Anwalt weitergeht«, rief sie Silvano noch zu und eilte in Richtung Tiefgarage davon.

Im grellen Licht des Klinikflurs traf Clara sich mit Allie Braun und Peter Schuhmann, die beiden Ermittler der Drogenfahndung warteten neben den Schleusen zum OP-Bereich. Pembroke sahen sie von Weitem vor dem Krankenzimmer in der Intensivstation auf und ab gehen.

Alle drei waren sie hochkonzentriert bei der Sache, als sie noch einmal die Liste der genehmigten Fragen durchgingen. »Clara, du bleibst im Hintergrund. Wir haben genug Informationen gesammelt, aber vielleicht übersehen wir etwas. Deine Aufgabe ist es, zuzuhören und auf jede Nuance in seinen Antworten zu achten«, instruierte Braun sie mit ernstem Blick. »Unsere Prio ist der Drogenring. Wir wollen die bad gecuttete Ware vom Markt kriegen.«

Clara nickte. Ihr Fokus lag allerdings darauf, herauszufinden, ob es nicht doch eine Möglichkeit gab, Sheperton für die Sache mit Stiller dranzukriegen. Und sie wollte wissen, ob er etwas mit dem Kokain zu tun hatte, das an Rosa Kleinschmidt Händen gefunden worden war. Wenn sie die Chance bekäme, eine Frage zu stellen, würde sie sie nutzen. »Frag ihn nach dem Wiesnherz aus seinem Zimmer, dem kleinen Schmuckstück, von dem auch unser Opfer eines bei sich hatte.«

Schuhmann schüttelte den Kopf. »Das gehört nicht zu den genehmigten Fragen, wir sind das doch gerade durchgegangen. Ich denke, Pembroke wird uns da ausbremsen und ich möchte nicht riskieren, dass wir abbrechen müssen.«

»Vielleicht ergibt es sich ja.« Allie Braun nickte ihr zu. »Aber in der Hauptsache geht es uns darum, herauszufinden, von wem er seinen Stoff bezogen hat und wie wir die Leute aufspüren können.«

»Wenn wir es nicht vermasseln, kann das der Durchbruch für unsere wochenlange Ermittlungsarbeit sein«, sagte Schuhmann mit merklicher Anspannung der Stimme.

Auf dem Flur herrschte Ruhe, doch die Atmosphäre war nicht angenehm, als sie sich dem Krankenzimmer näherten. Pembroke sah ihnen mit einer Mischung aus Spott und Überheblichkeit entgegen. »Fassen Sie sich kurz, Lord Sheperton fühlt sich noch nicht besonders. Wenn es nach mir gegangen wäre, hätten Sie keine Möglichkeit zu einer Befragung bekommen. Aber der Macht der Politik muss selbst ich mich beugen.«

Sheperton lag zwischen einem Aufbau aus Monitoren und medizinischen Geräten, von denen ein leises Brummen und ein regelmäßiger Pulsschlag zu hören war. Clara kam das Ganze übertrieben vor. Nach dem Unfall hatte er fit gewirkt, bis auf die Platzwunde. Wie konnte er so schnell, so stark abgebaut haben? Doch bevor sie ihren Gedanken zu Ende gedacht hatte, schlug er die Augen auf. Er stöhnte, als müsste er seine letzten Kraftreserven mobilisieren. Konnte das eine Show sein, von Pembroke inszeniert, damit Sheperton nicht auf ihre Fragen antworten musste? Clara spürte einen unheilvollen Druck in ihrem Magen. Shepertons Blick wanderte zu ihr, er sah sie eindringlich an und ein Flüstern kam über seine Lippen: »The secret lies beyond the sky!«

Die Ermittler sahen sich ratlos an. »Wie bitte?«, fragte Braun nach.

Doch Sheperton fixierte Clara »Got it?« Dann lachte er heiser und schloss die Augen.

Das Geheimnis liegt jenseits des Himmels? Was hatte das zu bedeuten? Der Monitor stellte sein helles Pulsieren ein und der zuvor regelmäßige Herzschlag, der leise aus dem Lautsprecher erklungen war, verstummte. Eine bedrückende Sekunde lang war der Raum erfüllt von der Stille des Todes, bevor der schrille Dauerton einen Herzstillstand verkündete. Fast gleichzeitig durchfuhr ein Ruck das Krankenzimmer, wie ein dramatisches Crescendo stürzten nacheinander drei Krankenschwestern, ein Pfleger und eine Ärztin herein. Viele Hände schoben, zogen und drückten sie und die anderen zur Tür hinaus. Für einen reglosen Moment war Clara wie benommen.

Erst draußen auf dem Flur konnte sie sich aus der Starre befreien. Sie sah die Überraschung auf Pembrokes Gesicht. Dieser heftige Szenenwechsel im Zimmer, das war keine Inszenierung für die Polizei gewesen, das war echt. Sheperton hatte einen Herzstillstand erlitten.

Das Geheimnis liegt jenseits des Himmels! Sie dachte über seine rätselhaften Worte nach, während hinter der geschlossenen Tür ein verzweifelter Kampf um Leben und Tod entbrannte.

23

»Tot?« Matthias sah Clara fassungslos an. »Ich dachte, es ginge ihm besser?«

»Das war das, was Werner durchgegeben hatte.« Clara dachte an den bestürzten Gesichtsausdruck des Botschaftsmitarbeiters. »Vielleicht hatte er doch eine schwere innere Verletzung, die sich erst jetzt bemerkbar gemacht hat.«

Der Gedanke, dass jemand nachgeholfen haben könnte, kam ihr in den Sinn. Doch im Krankenhaus würde sich das eher schwierig gestalten und aus welchem Grund sollte ihn jemand töten? Niemand wusste, dass sie ihn vernehmen durften. Sie hatten es selbst erst kurz vor der Befragung erfahren. »Wir müssen die Autopsie abwarten.«

»Wenn wir die Ergebnisse davon überhaupt zu sehen bekommen«, sagte Matthias.

»Vielleicht ist es Karma – ein Leben für ein Leben.« Silvano fuhr sich gedankenverloren über die Bartstoppeln am Kinn. »Es war ihm doch ganz egal, was er unserem Kollegen angetan hat. Gleichgültigkeit ist die gefährlichste Form der Ignoranz. Eine innere Kälte, welche die Fundamente der Menschlichkeit erschüttert.«

Clara sah ein Puzzleteil vor sich, darauf Shepertons beschwörender Blick. »Seine letzten Worte waren, so was wie *Das Geheimnis liegt jenseits des Himmels.*«

»Ja, was soll jetzt des heißen?« Matthias sah sie verwundert an.

»Ich habe nicht die leiseste Ahnung.«

»War des alles, was er no' gesagt hat?«

»Er sagte noch, *got it*? Was so viel heißt wie, habt ihr verstanden?«

»Vielleicht war er da geistig scho' hinüber? Im Todesfieber halt.«

Clara hielt einen Moment inne, um sich zu sammeln und schüttelte das Puzzleteil von Shepertons eindringlichem Blick ab. »Was macht unser Hauptverdächtiger? Hat Rössler schon etwas Brauchbares erzählt?«

»Naaa, er hat sich mit seinem Anwalt abgestimmt, aber reden mag er nur mit dir, weil du die Chefin bist.« Matthias grinste. »Da steht der potzerte Schnösel mit einem Bein im Gefängnis, aber Standesdünkel hat er immer noch. DNA von ihm am mörderischen Tuch haben sie im Labor leider nicht finden können, aber das heißt ja nichts.«

»Wurde auch Zeit!«, sagte Thilo von Bachberg, seine Augen halb geschlossen. Nach hinten gelehnt und mit vor der Brust verschränkten Armen, hatte er es sich auf dem Stuhl bequem gemacht. Rössler hingegen war die Anspannung deutlich anzusehen. Er saß auf der vordersten Kante der Sitzfläche. Sein Gesicht hatte einen gequälten Ausdruck und das ständige Spiel mit den zu Fäusten geballten Händen, die er gleich wieder lockerließ, verriet, wie nervös er war.

»Sie wollen reden, dann los!«

»Wir würden es bevorzugen, wenn Sie konkrete Fragen stellen«, wiederholte der Anwalt das Spielchen von der letzten Befragung.

Clara stand auf. »Für so einen Scheiß fehlt mir gerade die Geduld. Wir sehen uns vorm Haftrichter.«

Auch Silvano erhob sich, ohne zu zögern.

»Moment!« Thilo von Bachberg öffnete die Augen, ein amüsiertes Lächeln glitt flüchtig über sein faltiges Gesicht. »Also bitte, Herr Rössler.«

»Es ist richtig, ich habe mit meiner Schwiegermutter gesprochen«, begann Rössler angespannt dreinblickend, sobald Clara und Silvano wieder saßen.

»Und es stimmt auch, dass wir uns gestritten haben.« Rösslers rechtes Augenlid zuckte vor Nervosität. Rasch schob er nach: »Aber es ging nicht um Geld. Und es ging auch nicht um unsere Tochter.« Er senkte den Blick auf die Tischplatte. »Ich war an dem Tag gar nicht im Laden.«

Sein Anwalt nickte mit geschlossenen Augen, als hörte er eine geheime Partitur, die nur für seine Ohren bestimmt war.

»Und warum haben Sie sich gestritten?«

»Rosa hat mich auf der Wiesn gesehen. Ich dachte, das darf doch nicht wahr sein. Da sind Millionen von Menschen auf dem Festgelände und ich laufe ausgerechnet meiner Schwiegermutter in die Arme.« Seine Stimme klang weinerlich und er sah Clara direkt an. »Verstehen Sie?«

Kein Wort, war sie versucht, zu sagen, was war schon dabei, Bekannte und Verwandte auf dem Oktoberfest zu treffen? Stattdessen nickte sie nur, um den Redefluss des Mannes nicht zu stoppen.

»Das ist so typisch. Einmal fühle ich mich frei und unbeschwert und dann steht meine Schwiegermutter vor mir. Ich war nicht allein da.«

Endlich dämmerte es Clara. »Sie haben eine Geliebte?«

»Es ist nichts Ernstes, ein bisschen Spaß, eine Abwechslung vom Job, vom Streit zu Hause.«

»Und Rosa hat Sie mit der Frau auf der Wiesn gesehen.«

»Ausgerechnet. Die pedantische, rechthaberische Alte.« Mutlos ließ er die Schultern sinken. »Ich wollte nur, dass sie es meiner Frau nicht erzählt.«

»Und Tabea?«

»Die hat uns nicht gesehen. Deswegen habe ich meine Schwiegermutter auch nicht sofort auf dem Oktoberfest angesprochen.«

»Aber Sie sind zum Hotel gegangen. Ist der Streit da eskaliert? Haben Sie Rosa dann auf Ihre eigene Weise daran gehindert, Ihr Geheimnis zu verraten?«

»Nein, nein. Ich bin doch kein Mörder. Ich habe sie gebeten, meiner Frau nichts davon zu sagen.«

»Aber damit war Rosa nicht einverstanden?«

»Nein. Also ich meine doch. Es schien ihr ganz egal zu sein. Sie meinte, es interessiere sie nicht, was wir mit unserer Ehe machen. Sie sagte, dass sie keine Zeit für mich habe, weil sie zur Polizei müsse.«

»Was?«

»Aber vielleicht hat sie es nur gesagt, um mich loszuwerden.« Beschämt und niedergeschlagen blickte er auf die Tischplatte.

»Hat sie öfter gesagt, sie muss zur Polizei, wenn sie Sie loswerden wollte?«

»Nein, natürlich nicht. Das ist ja Unsinn. Ach, was weiß ich.« Er schlug die Hände vor dem Gesicht zusammen. »Muss meine Frau davon erfahren?«, nuschelte er.

»Und in Rosas Hotelzimmer, war da was ungewöhnlich?«

»Sie hat mich gar nicht reingelassen. Zwischen Tür und Angel haben wir das bereden müssen, auf dem Flur, wo Leute vorbeigekommen sind. Da hat sie mich vor der Tür stehen lassen wie einen Hund.«

»Und dann?«

»Bin ich gegangen und da muss Tabea mich vor dem Hotel gesehen haben. Aber ich habe meiner Schwiegermutter nichts getan. Ich schwöre, das ist die Wahrheit.«

»Diesmal?«

»Muss meine Frau es erfahren?«

»Dass Sie Ihre Schwiegermutter umgebracht haben?«

»Nein, Himmel Herrgott noch einmal. Damit habe ich nichts zu tun. Mein einziges Verbrechen ist, dass ich eine Affäre hatte. Das müssen Sie mir glauben.«

»Sie werden verstehen, dass wir uns schwertun Ihnen das abzukaufen, nachdem Sie uns bereits verschiedene Lügen aufgetischt haben«, sagte Silvano.

»Aber es stimmt wirklich.« Feine Schweißperlen bildeten sich auf Rösslers Stirn.

»Eins noch, Sie sagten im Flur, wo Leute vorbeikommen. Kam denn jemand, während Sie dort standen?« Clara sah ihn durchdringend an.

»Ja, ein Hotelangestellter. Er hat mich an der Tür gesehen und da bin ich gegangen. Ein großer Typ, dunkelbraunes Haar, breite Nase.«

Sheperton? In Claras Kopf rumpelte alles durcheinander. Hatten er und die Mama-Influencerin doch gelogen? Als Rössler sich im Hotel befand, waren die beiden laut ihrer Aussage zu ihrer kleinen Drogenparty zusammengekommen.

»Wir brauchen Namen und Kontaktdaten von Ihrer Geliebten.« Clara zückte ihr Handy.

»Muss das sein?« Ein geplagter Ausdruck lag auf Rösslers Gesicht, doch er nickte. »Annelie Kraftmeier. Aber sie wird sicherlich einen Groll gegen mich hegen. Ich habe Schluss gemacht.«

Er schrieb ihren Namen und ihre Adresse auf den Block, den Silvano ihm hingeschoben hatte.

»Glaubt ihr ihm?« Matthias kam aus dem Nebenraum auf den Gang und sah Clara und Silvano an, die den Vernehmungsraum eben verlassen hatten.

»Kein Wort. Er hat die ganze Zeit gelogen und immer nur das zugegeben, was wir ihm sowieso nachweisen können. Jetzt hat er mit seinem Anwalt eine nette Geschichte gebastelt.« Clara war in Gedanken damit beschäftigt, dass Sheperton um die vermutete Tatzeit herum ohne die Mama-Influencerin im Hotel unterwegs gewesen war. Vielleicht hatte er das Zimmer kurz verlassen? Aber in Hoteluniform? Oder hatte Rössler gelogen, doch welchen Vorteil brachte ihm das? Im Grunde keinen.

»Der war es!« Matthias war von Schuld des Schwiegersohns überzeugt.

»Am Tuch war keine DNA von Rössler«, gab Silvano zu bedenken.

»Er könnt' Handschuhe getragen haben, als er ihr das Tuch um den Hals zugezogen hat und er hätt' allen Grund sei' alte Schwiegermutter zu töten. Nicht nur zwecks der Geliebten, sondern auch wegen der Erbschaft«, sagte Matthias grimmig. »Soll ich einen Haftbefehl beantragen?«

»Der schlafende Anwalt da drinnen wird uns mit geschlossenen Augen aufs Dach steigen.« Sie hatten weder handfeste Beweise noch ein Geständnis. Zwar hatte Rössler eine lange Liste von Lügen auf seinem Konto, außerdem war er zur Tatzeit im Hotel und sein Motiv war perfekt. Doch in dubio pro reo. Es reichte nicht, um ihn festzuhalten. Sie würden ihn vorerst laufen lassen müssen.

Die Stimmung im Besprechungsraum war dementsprechend durchwachsen.

»Irgendwie fand ich, dass seine letzte Aussage ganz ehrlich klang.« Silvano rührte mit gedankenvoller Miene den Zucker in seiner Kaffeetasse um.

»Hast dich blenden lassen von dem Kerl?« Matthias schüttelte den Kopf. »Der hat uns die ganze Zeit belogen. Und jetzt auf einmal da klingen seine Worte wie die reine Wahrheit? Gschmarre! Ich meine, wir haben Motiv, Gelegenheit und kei' Alibi. Sagts was ihr wollt, für mich ist des kei' Zufall. Des ist unser Mann!«

»Matthias hat recht«, schloss Iris sich an. »Dieser Typ ist ein erfahrener Lügner und Betrüger. Er hat auch seine Frau die ganze Zeit verarscht. Solche Typen sind doch alle gleich.«

»Er ist ein Lügner und Betrüger, einverstanden. Aber würde er wegen einer aufgedeckten Affäre seine Schwiegermutter ermorden?«, fragte Silvano in zweifelndem Ton.

Jetzt meldete Thorwald sich zu Wort. »Es gibt zahlreiche

Studien, die belegen, dass Menschen, die sich in schwierigen Situationen erniedrigt oder gedemütigt fühlen, dazu neigen können, extreme Mittel anzuwenden, um ihre Ehre wiederherzustellen oder Rache zu üben. Rössler befindet sich unbestritten in einer stressvollen Lage und in seiner Aussage bestätigt er selbst, dass er sich erniedrigt fühlte von seiner Schwiegermutter, die ihn wie einen Hund vor der Zimmertür stehen ließ. Laut des Stanford Prison Experiments von Philip Zimbardo wurden ganz normale Menschen in einer simulierten Gefängnissituation zu gewalttätigem Verhalten getrieben, nur weil sie die Rolle von Wärtern und Gefangenen übernahmen. Und das war im Grunde nur ein Spiel. Das zeigt, wie wenig es braucht, um in extremen Situationen Gewalt anzuwenden. Und Rosa Kleinschmidt war eine kleine alte Frau, die sicher nicht allzu viel Kraft aufbringen konnte, um dagegen zu halten.«

Clara war immer überzeugter davon, dass Rössler der Mörder war. »Trotzdem gehen mir noch ein paar offene Fragen im Kopf herum. Erstens, warum hatte Rosa Kleinschmidt Kokain an den Händen? Zweitens, was hatte sie in Zimmer 107 zu suchen? Wenn ihr Schwiegersohn sie umgebracht hat, warum verbringt er die Leiche in ein anderes Zimmer? Und last but not least, Andrew Sheperton, ehemals Jones. Ständig taucht der Kerl irgendwo im Hotel auf, was zum Teufel hat der Typ da alles getrieben?«

»Der Sheperton war halt ein rastloser Irrer«, sagte Matthias im Brustton der Überzeugung. »Ich glaub' net, dass wir dem seine Motive je verstehen werden. Ich meine, allein schon dieser abgefahrene letzte Satz im Krankenhaus. Alles ist im Himmel. Was für ein Schmarrn! Und warum Rössler die tote Schwiegermutter rüber geschafft hat, des kann ich dir schon sagen. Sicher hat Tabea ihm von dem leeren Raum erzählt, in dem die Oma angeblich einen Mord beobachtet hatte. Und um zu verhindern, dass die Leiche schnell entdeckt wird, hat er's da nübergeschleppt. Hat ja keiner damit rechnen können, dass der Monteur kommt. Ich mein', wer bekommt schon zur Wiesnzeit einen Handwerker?« Matthias nickte zufrieden über seine Ausführungen. »Und warum die Rosa Kokain an den Händen hatte, da gibts auch mehrere Erklärungen für. Entweder sie war eine alte Crack-Oma, denk' nur mal an die fünfundachtzigjährige Drogenschmugglerin aus Wuppertal. Oder es war eine Übertragung von einem Geldschein oder so.«

Am Ende der Besprechung zog Clara sich in ihr Büro zurück, sie war genauso unzufrieden wie zuvor. Irgendwie passten ihre Puzzleteile nicht zusammen. Und da war noch etwas. Ein allgemeines Gefühl der Unruhe, dass sie seit dem Tod von Sheperton begleitete. Ihr Bauchgefühl schlug an, doch sie bekam den Grund nicht zu fassen. Es war wie ein flüchtiger Traum, der am nächsten Morgen nur noch als Ahnung vorhanden war. Sie hatte das Gefühl gehabt, dass Sheperton sie persönlich angesprochen hatte. Mit einem Bleistift kritzelte sie die letzten Worte des sterbenden Mannes auf einen Block, der vor ihr lag.

The secret lies beyond the sky.

24

Am nächsten Morgen war Clara auf dem Weg zum Auto. Im Zeitungskasten um die Ecke prangte die neue Schlagzeile vom Münchner Tagblitz.

Wiesnphantom narrt Polizei! Verdächtiger wieder auf freiem Fuß!

Clara hatte auch in dieser Nacht nur wenig geschlafen und sie spürte die Müdigkeit in jedem Knochen. Ihr Brustbein schmerzte vom Gurthämatom noch stärker als gestern. Aber ihre Nase juckte nicht mehr. Über die Schlagzeile von Helga Gerstner ärgerte sie sich nicht einmal. Sie hatte die letzten beiden Tage zu sehr unter Strom gestanden, um sich darüber aufzuregen. Und zu ihren üblichen nächtlichen Karussellgedanken über den Tod ihres Vaters und ihren aktuellen Fall kam auch noch das Problem mit Iris` Waffe und dem Dienstausweis hinzu.

Außerdem wollte ihre Tochter Miriam heute mit ein paar Freunden auf die Wiesn gehen. Nach dem, was Iris zugestoßen war, lag Clara das auch im Magen. Sie hatte Miriam Testarmbänder zum Kontrollieren ihrer Getränke besorgt und mit ihr über den SaveSpace für Mädchen und Frauen gesprochen. Und sie ging ja nicht allein, ihr Freund Jorge war dabei und ein paar ihrer engsten Freundinnen. Trotzdem fühlte Clara sich nicht ganz wohl bei dem Gedanken, dass ihre »Kleine« das erste Mal am Abend ohne sie oder ihren Vater auf das größte Volksfest der Welt ging. Aber hey, wenn sie eines in ihrem Job gelernt hatte, dann, dass man sich nie gegen alles wappnen konnte. Sie musste ihrem Kind zugestehen, erwachsen zu werden.

Clara wollte gerade losfahren, als ihr Handy brummte, Demirci war dran.

»Wo bist du? Ich habe was für dich. Treffen wir uns auf einen Kaffee?«

Das Café Vollaths lag hinterm Sendlinger Tor in der Thalkirchner Straße, kaum berührt vom Trubel der Wiesnzeit, der ganz München erfasst hatte. Demirci stand bereits vor dem gemütlich aussehenden Kaffeehaus und winkte. Aufmerksam, wie er war, hielt er ihr die Tür auf. Drinnen herrschte eine angenehm unaufgeregte Atmosphäre, ein wohltuender Gegensatz zur Betriebsamkeit draußen. Es roch nach frisch gebrühtem Kaffee und selbstgebackenen Kuchen, die in der großen gläsernen Vitrine ausgestellt waren. Helle Holzmöbel mit polierten Oberflächen und bequem gepolsterte Stühle schufen eine behagliche Umgebung. Von der Decke hingen Pflanzen und die Wände waren geschmückt mit historischen Schwarz-Weiß-Fotografien, wie den charakteristischen Zwiebeltürmen der Frauenkirche, die die Geschichte Münchens an der Wand lebendig werden ließen. Ein älteres Paar saß am Fenster und genoss Kaffee aus großen Haferln. Vor ihnen standen Kuchenteller. Einer mit einem lecker aussehenden Blaubeer-Cheesecake, der andere mit goldbraun gebackenen Pancakes dazu kunterbunte Früchte. Rotglänzende Erdbeeren, leuchtend gelbe Melonenstücke und zarte Himbeeren, alles mit reichlich Ahornsirup überzogen. Clara hatte noch nicht gefrühstückt und spürte, wie ihr Magen rumorte. An einem großen Tisch in der Ecke saß eine Gruppe Studenten, die vornehmlich aus hohen schlanken Gläsern Kaffee mit Strohhalm tranken und angeregt diskutierten.

Der Barista hinter der Theke sah kurz auf und schenkte ihnen ein freundliches Lächeln. Lediglich ein Wiesnherz aus

Lebkuchen, das mit rotem Band an einem Haken hinter der Theke hing, war ein kleiner Tribut ans Oktoberfest.

Clara und Demirci setzten sich an die Wand an einen Zweiertisch und eine ältere Bedienung mit kurzen grauen Haaren kam zu ihnen herüber. »Was mögts denn ihr? A frische Weißwurscht hamma heut' da.« Ihre Schürze, die sie vor dem Bauch trug, wirkte leicht zerknittert, doch ihre kleinen grünen Augen schauten wach und symphytisch drein.

Sie bestellten Cappuccino und Clara überlegte, ob sie die verführerischen Pancakes nehmen sollte, doch bevor sie sich entscheiden konnte, legte Demirci schon los. »Ich habe mit dem Massenspektrometer eindeutig bestimmen können, dass sich Temazepam im Urin befand. Eine sehr typische Substanz für K. O.-Tropfen. Es ist muskelrelaxierend und macht schläfrig, zur Vorbereitung auf eine Vollnarkose wird es zum Beispiel eingesetzt oder als Schlafmittel.« Er erläuterte noch einige Fachbegriffe, doch Clara war zu müde, um ihm in jede Einzelheit seines wissenschaftlichen Abstechers zu folgen.

»Okay, geklickt. Dann wissen wir, womit wir es zu tun haben.«

»Und da ist noch etwas.« Er versuchte, ein leichtes Lächeln aufzulegen, welches allerdings eher schief geriet. »Mit einer speziellen Filtermethode ist es mir gelungen, etwas aus dem Urin herausfiltern.«

»Okay, dann sag schon, was du noch gefunden hast.«

»Ein Spermium.«

Die Bedienung warf ihm einen missbilligenden Blick zu, als sie die beiden Tassen auf den Tisch schob. »Danke.« Er wartete, bis sie sich wieder vom Tisch entfernt hatte. »Und daraus konnten wir DNA extrahieren. Das Ergebnis habe ich durch unsere Datenbank laufen lassen.« Er nahm den Blick nicht von ihrem. »Clara, ich habe den Spurenleger identifizieren können.«

Schlagartig war sie munter. »Perfekt, das ist großartig.

Wer ist es?« Wenn sie ihn schnell schnappen könnten, würde er mit Iris' Waffe kein Unheil anstellen können. Ihr Telefon brummte. Thorwald. Sie drückte ihn weg. »Erzähl endlich.«

»Diethelm Wagenstein. Er ist bereits auffällig geworden wegen Eigentumsdelikten dieser Art. Bisher wurde er jedes Mal aus Mangel an Beweisen freigesprochen. Dass er mit den Opfern zusammen war, hat er nie bestritten. Doch dass er die K. O.-Tropfen verabreicht hat schon. Und dass er die Diebstähle begangen hat, ließ sich nicht zweifelsfrei nachweisen. Er hat einen recht abgebrühten Anwalt, der gehörig Opfer-Bashing betreibt. Es wird nicht leicht für das Opfer, sich da nicht unterkriegen zu lassen. Das wird ein langes und unangenehmes Verfahren.«

»Ich verstehe. Das ist hart, aber der Typ muss aufgehalten werden.«

»Es ist sicher besser, wenn du das einem Kollegen überlässt. Ich meine diesen Fall und auch die Verhaftung, es ist vernünftiger, gerade im Hinblick auf das nachfolgende Verfahren.«

»Hmm.« Clara war in Gedanken mit Iris beschäftigt. Ob sie erleichtert sein würde oder geschockt. »Sicher, ich habe das alles an Ina Michaeli übergeben und die Verhaftung übernimmt sowieso das Einsatzkommando, der Typ ist wahrscheinlich bewaffnet.« Sie prostete ihm mit ihrer Kaffeetasse zu. »Vielen Dank! Perfekt, dass du das so schnell herausgefunden hast.« Zufrieden nahm sie einen kräftigen Schluck Cappuccino, und das aromatische, heiße Getränk ließ neue Energie in ihren Körper strömen. »Ach, das hätte ich fast vergessen.« Sie zog einen Umschlag aus der Innentasche ihrer Jeansjacke und überreichte ihn Demirci. »Die Haare«, sagte sie und auf seinen fragenden Blick hin. »Du hast doch gesagt, damit lässt sich so ein Nachweis zu K. O.-Tropfen am besten führen.«

Er stellte seine Tasse ab und warf einen Blick in den Umschlag. »Aber die sind ja rot!«

»Geht das mit roten Haaren nicht?«

»Doch, natürlich. Aber ich dachte, es ist von dir, ich habe angenommen, es ist dir peinlich.«

»Nein. Aber danke noch mal, du hast was gut bei mir. Ich muss jetzt los.« Beim Hinausgehen fischte sie ihr Handy aus der Hosentasche »Ich muss einen Haftbefehl beantragen.«

Clara hatte bei der Staatsanwaltschaft einen Haftbefehl für Diethelm Wagenstein erwirkt. Sie sprach Iris aufs Band, da sie nicht abhob und als Nächstes rief sie Ina Michaeli an. Die erfahrene Kollegin würde mit einem Sondereinsatzkommando die Verhaftung leiten. Der Verdächtige hatte Iris Dienstwaffe und sie wussten nicht, wie er auf die Festnahme reagieren würde. Aber um alles Weitere würde Ina sich kümmern. Sie kannte die ganze Geschichte von Iris und konnte entsprechend der Beweislage handeln.

Und sie hatte schließlich ihre eigene Beweisführung im Mordfall Rosa Kleinschmidt abzusichern. Sie zweifelte nicht daran, dass Leonhart Rössler der Täter war. Sie mussten nun zügig die Spuren auswerten und akribisch darlegen, wann, wie und warum er die Tat begangen hatte, um für die Staatsanwaltschaft einen wasserdichten Fall daraus zu machen.

So fühlte sich ein guter Morgen an. Zwei Fälle auf einmal quasi gelöst. Besser konnte ein Tag gar nicht starten. Doch der erste Dämpfer erwartete sie, als sie ins Hotel zurückkehrte.

25

»Wir haben einen Fehler gemacht!« Thorwald war aufgestanden und kam mit angespannter Miene durch den Frühstücksraum auf sie zu. »Du musst dir anhören, was Benisha Caru zu sagen hat«. Er deutete mit einem Kopfnicken auf die junge Frau, die mit betretenem Gesicht am Tisch neben dem Buffet saß.

»Es tut mir so leid, es geht um den Mann, den sie verhaftet haben.«

»Leonhart Rössler, der Schwiegersohn von Rosa.«

»Er kann es nicht gewesen sein.«

»Wie kommen Sie denn darauf?« Clara ließ sich gegenüber von Benisha auf dem Stuhl nieder.

»Ich habe gerade mit Rosa telefoniert, als er das Hotel verlassen hat.«

»Was? Worum ging es dabei?« Verständnislos sah Clara von Thorwald zu Benisha. »Warum haben Sie das bisher nicht erwähnt?«

»Es tut mir leid, ich hatte es einfach vergessen. Ich weiß gar nicht, wie das passieren konnte. Ich bin sonst sehr zuverlässig. Aber es ist mir erst wieder eingefallen, als die Journalistin mir das Foto gezeigt hat von dem Mann, den Sie verhaftet haben.«

Clara hatte schon befürchtet, dass Helga Gerstner sich weiter an Benisha hielt. Sie war das schwächste Glied der Kette gewesen und mit schlafwandlerischer Sicherheit hatte die Journalistin das erkannt und für sich genutzt. Aber was war das für eine Sache mit dem Anruf?

»Auch das mit dem Taxi hatte ich völlig vergessen.« Ihre Wangen färbten sich rot. »Es ist mir alles zu viel. Die Gedanken schwirren nur so in meinem Kopf herum.« Tränen stiegen ihr in die Augen. »Ich habe ständig das Gefühl, ich habe irgendwas vergessen. Die Sache mit der Leiche hat mich wirklich aus der Bahn geworfen. Ich komme mir so blöd vor.«

Thorwald nickte ihr vertrauensvoll zu, bevor er mit seiner gewohnt sachlichen Art loslegte: »Es ist völlig normal, in einer solch traumatischen Situation durcheinander zu geraten. In verschiedenen klinischen Studien, in welchen die Traumata der Überlebenden von Katastrophen untersucht wurden, konnte immer wieder festgestellt werden, dass das Gedächtnis bei solchen Ereignissen häufig lückenhaft ist. Menschen erinnern sich nicht mehr an alles oder nicht in chronologischer Reihenfolge. Das bedeutet nicht, dass Ihre Erinnerungen unglaubwürdig sind. Im Gegenteil, es ist ein Zeugnis für die Intensität dessen, was Sie durchgemacht haben.«

»Was war mit dem Taxi?«, hakte Clara nach.

»Rosa hatte mich gebeten, ihr ein Taxi zu bestellen, sie sagte, sie wolle in einer halben Stunde losfahren. Ich war ein bisschen abgelenkt, denn Michaela hatte mir in dem Moment beim Rausgehen gewinkt und mir bedeutet, dass sie einkaufen geht. Kurz darauf hat der Schwiegersohn das Hotel verlassen, da habe ich noch mit Rosa gesprochen. Und dann waren die Italiener plötzlich lautstark in der Halle zugange, die waren noch betrunken vom Vortag. Jedenfalls haben sie eine Vase von der Fensterbank gefegt. Das war ein furchtbarer Lärm und gestenreich haben sie sich entschuldigt. Ich habe dann aufgelegt, habe alles schnell beiseite geräumt und an das Gespräch habe ich gar nicht mehr gedacht. Ich muss oft so viele Dinge gleichzeitig tun.«

»Aber Sie sind sicher, dass Sie mit Rosa Kleinschmidt am

Telefon gesprochen haben, als ihr Schwiegersohn das Hotel verließ?«

»Ja.« Sie nickte bestimmt. »Deswegen kann er sie nicht ermordet haben.«

Das machte Clara einen Strich durch ihre so sorgfältig aufgemachte Rechnung. Missmutig schaute sie zu Thorwald. Sie war fest überzeugt gewesen, dass sie bei Rössler richtig lagen. Aber wenn stimmte, was Benisha sagte, kam er nicht als Täter in Betracht. Andrerseits konnten sie jetzt anhand der Kamerabilder noch genauer eingrenzen, wann Rosa ermordet worden war. Nachdem der Schwiegersohn gegangen und bevor der Monteur eingetroffen war. Ein Zeitfenster von höchstens dreißig Minuten. Doch was brachte es schon? Sie hatten keinen einzigen Verdächtigen mehr, dessen Alibi sie daraufhin abklopfen konnten.

Und als wäre das nicht übel genug, rief schon wieder ihr Vorgesetzter Wolfram Reitmayer an. »Ah, Frau Liebig, gut dass ich Sie gleich erwische. Bitte kommen Sie heute Nachmittag zu mir ins Präsidium. Sagen wir so um fünfzehn Uhr. Ich bin gerade noch beim Polizeipräsidenten, um mit ihm zu speisen. Danach würde ich Sie gerne sprechen.« Er war ungewohnt höflich. Sie vermutete, es gäbe wieder einmal einen Anlass, sie zu rügen. Was war so wichtig, dass er noch vom Büro des Polizeipräsidenten aus anrief? Die neue Zeitungsmeldung über das Wiesnphantom? Der mangelnde Erfolg im Mordfall Rosa Kleinschmidt, oder dass sie live dabei war, als der Diplomatensohn starb? Er konnte sich etwas aussuchen. Mit Ruhm hatte sie sich nicht bekleckert in diesem Fall. Alle Ermittlungsfäden lösten sich in nichts auf, als hätte es sie nie gegeben. Clara seufzte und beschloss, sich mit einem seelentröstenden Kaffee bei Balthasar für das Gespräch am Nachmittag zu wappnen.

In der Hotelhalle traf sie auf Tabea. Das Mädchen stand einfach nur da und sah Clara an. Ihre Augen waren rot und verquollen.

»Hey, wie geht's dir?«, fragte Clara.

»Nicht so gut. Ich war nicht in der Schule heute. Aber zu Hause halte ich es nicht aus. Meine Mutter schreit rum, weil Papa eine Geliebte hat, er schwört, es hat nichts zu bedeuten und er schwört auch, dass er nichts mit Omas Tod zu tun hat. Es ist scheußlich bei uns zu Hause.« Sie verdrehte die Augen. »Ich wollte einfach raus und wusste nicht wohin.« Unschlüssig stand das Mädchen vor ihr. »Glauben Sie, mein Vater hat meine Oma ermordet?«

»Nein, es hat sich rausgestellt, dass er ein Alibi hat.«

»Da bin ich froh! Es ist nicht so, dass ich meinen Vater oder meine Mutter besonders gut leiden mag, aber das wäre schon zu krass gewesen.«

»Okay, hast du vielleicht Lust auf eine Limo oder so? Ich wollte mir gerade einen Kaffee holen auf der Wiesn.«

»Ich trinke schon Kaffee«, sagte Tabea mit einem Anflug von Stolz in der Stimme, als wäre es ein besonders Zeichen von Reife. »Können wir zum Rollenden Hirsch?« Hoffnungsvoll sah Tabea sie an. Clara wunderte sich darüber, dass das Mädchen Balthasars Foodtruck kannte, aber vielleicht hatte die Oma ihren Kaffeedurst dort gestillt. Auf der Straße ließen sie sich mit der Menge in Richtung Theresienwiese treiben.

»Haben Sie schon mal jemanden verloren, den Sie so lieb hatten?«

Clara nickte stumm.

»Und wann hört es auf wehzutun?«

»Nie! Aber es wird anders, irgendwann lernt man, damit zu leben.«

Sie passierten den Zaun am Eingang, ein Kollege zeigte aus einiger Entfernung auf sie, dann streckte er den Daumen nach oben. Seine Art der Anerkennung für die gestrige Verfolgungsjagd, bei der sie den Angreifer von Stiller gestellt hatte.

Drinnen auf dem Gelände der Theresienwiese zog der

Duft von gebrannten Mandeln über ihre Köpfe hinweg. Durch die breite Eingangsstraße bummelten sie zum Toboggan, auf dem schon ein bisschen was los war. An diesem sonnigen Montagmittag war die Stimmung noch relativ entspannt, nicht so überfüllt wie an den Abenden oder am Wochenende. Clara und Tabea blieben eine Weile am Toboggan stehen und beobachteten, wie die Leute versuchten, elegant auf das Förderband zu steigen, um die acht Meter nach oben zu gleiten. Manche verloren gleich mit dem ersten Schritt ihre Balance, für andere wurde es zu einer mehr als wackeligen Herausforderung auf die kleine Plattform zu gelangen. Clara konnte nicht anders, als zu schmunzeln, die Versuche sahen einfach zu witzig aus. Auch Tabea kicherte leise und flüsterte Clara zu: »Die sollten vielleicht weniger Bier trinken, bevor sie zum Rutschen gehen.«

Und wieder sprang einer in strammen Lederhosen und mit frischem Tatendrang aufs Förderband, nur um gleich auf seinem Hinterteil zu landen und die Füße in die Höhe zu strecken wie ein Grillhendl. Ein Mitarbeiter griff nach seinem Bein und sorgte dafür, dass der bierselige Springer, der nun auf dem Band lag und lachte, sich nicht verletzte. Unten standen mit ihnen einige Wiesnbesucher, die sich das muntere Treiben auch ansahen. Die Glücklichen, die es schon nach oben geschafft hatten, rutschten mit einem breiten Grinsen auf dem Gesicht die Holzrutsche hinunter. Manche winkten und alle sahen fröhlich aus, als sie unten herausgeschossen kamen.

Clara und Tabea genossen den Augenblick und ließen sich von der ausgelassenen Stimmung ein wenig anstecken, bis das Mädchen wieder von der Traurigkeit eingeholt wurde. »Mit Oma stand ich auch hier.«

»Na komm, holen wir uns erst mal einen Kaffee.« Clara konnte ihn mindestens genauso gut brauchen wie Tabea. Sie schlenderten auf Balthasars Foodtruck zu, doch die Menge vor ihnen hatte sich verdichtet. Um den Airstream herum stand eine Menschentraube. Die Leute drängten sich aneinander, sie hörte Geschrei und Balthasars Stimme. Claras Herz begann zu hämmern. »Was ist da passiert?«

»Wo?« Tabea schaute sich in alle Richtungen um.

»Na, beim Rollenden Hirsch.«

»Was soll sein, alle wollen ein Selfie mit dem bunten Kaffee.«

Claras Verstand konnte nicht fassen, was sie sah. Die ganzen Menschen dort, sie wollten Kaffee. Balthasars Kaffee! Junge Frauen und Männer in traditioneller Tracht. Prächtig leuchteten die roten, blauen und cremefarbenen Dirndl vor ihnen und die Lederhosen reihten sich daneben ein. Und auch ältere Leute mit Trachtenjopperl überm Arm, alle standen sie geduldig in der Schlange an. Ihre Vorfreude war deutlich spürbar.

Die, die ihre Kaffeemischung schon hatten, umringten den Fotopoint, damit sie ein Selfie mit dem bunten Hirschbecher in der Hand und dem Riesenrad im Hintergrund machen konnten. Balthasar rief wie ein routinierter Marktschreier aus seinem Kaffeetruck heraus. »Gell, Leut, vergessts mir ja nicht, des auf Instagram und Facebook und TikTok zum posten oder wie des ganze Glumb auch immer heißt. Auf geht's. Der Nächste. Was magst du?« Balthasar war nicht allein im Truck, ein junger Mann unterstützte ihn dabei, alle mit Kaffee zu versorgen. Und jedem gab er einen herzlichen bayerischen Spruch mit auf den Weg. »Na hammas aber für heut oder?«, »Wie schauts aus, brauch ma noch an Kaffee fürn Heimweg« oder »Haust dir jetzat das Koffein rein, damit du später noch wach bist im Zelt?«, »Ja mei, jetzt hab di net so, ein Kaffee geht immer.«

Clara sah völlig perplex in das lebhafte Treiben vor dem Airstream. Menschen umringten den Wagen, standen eine halbe Stunde oder mehr für einen Kaffee an.

»Das ist das Wiesn-Wakeup vom Rollenden Hirsch, da

wollten wir doch hin, oder?« Tabea lachte und sah merklich entspannt aus.

»Okay, schon, aber ich dachte, ich wollte, da warten wir ja ewig.«

»Aber es lohnt sich. Eine der Food-Attractions der Wiesn, kennen Sie nicht seinen Instagram-Account? Da ist das Podest, zum Selfie machen.« Tabea zeigte in Richtung des Holzbretts, auf dem in geschwungenen Lettern mit einem dicken Pinsel geschrieben stand *Fotopoint.* Darunter war, auch mit Pinsel gemalt, eine einfache Zeichnung von einem Kaffeebecher. Tabea wischte auf ihrem Handy und hielt es der immer noch fassungslosen Clara hin. »Wiesn-Wakeup zum Rollenden Hirsch: Kaffee, Farben, Action. Dein Snap & Sip am Riesenrad. Mit Fotopoint. Wer schießt das leckerste Wiesn-Selfie des Tages?«

Clara starrte auf die Galerie unter dem Hashtag in Tabeas Smartphone. Das Mädchen wischte mit dem Finger Bild für Bild weiter, in Sekundenschnelle flogen die Fotos vor Claras Augen vorbei – wie ein kunstvolles Kaleidoskop aus bunten Kaffeebechern, rauschender Fröhlichkeit und Wiesnromantik. Frauen in trendigen Dirndln, Männer mit lässigen Lederhosen, Jugendliche in vergnügten Posen und Gruppen von Freunden voller Leben. Alle streckten sie ihren Becher vom Rollenden Hirsch in den Vordergrund oder hoben ihn stolz in die Höhe, als wäre es ein Fußballpokal. Über ihren Köpfen hing das Hirschgeweih und mal strahlte die sichtbare Ecke vom Riesenrad dahinter im warmen Abendlicht, mal präsentierte es sich vor dem typischen blau-weißen Himmel in strahlendem Glanz. Jedes Foto erzählte seine eigene Geschichte, gewebt aus Kaffeeduft, Lachen und der Magie der Wiesn.

»Der Rollende Hirsch ist fame!« Tabea war hin und weg.

Clara nicht so sehr. Es würde ewig dauern, bis sie hier einen Kaffee bekämen, doch sie würde nicht drum herumkommen. Denn erstens hatte sie sich auf ihren geliebten

Bluebay-Starter gefreut und zweitens schien Tabea reden zu wollen und das würde nicht nur dem Mädchen guttun, sondern bestenfalls ihr auch noch ein paar dringend benötigte neue Erkenntnisse bescheren. Clara seufzte und fügte sich in ihr Schicksal.

Als sie versuchte, das Ende der Schlange auszumachen, hatte Balthasar sie erspäht. »Ja, da schau her, Besuch von der Polizei. In Zivil kommens daher.« Er lachte vergnügt in die Menge. »Und sicher hams wieder an großem Kaffeedurscht mitgebracht.« Er legte seine Hand über den Mund, als wollte er etwas Vertrauliches erzählen. »Und wissts ihr was?«, dröhnte es aus dem Lautsprecher. »Nur so schnappens de Verbrecher. Mit Balthasars Kaffee in die Adern! Ja, da schauts ihr gell? Und kleiner Hinweis: Die Gauner unter euch sollten vielleicht gerade mal auf einen Kaffee verzichten.«

Die Menge lachte und ließ sich von Balthasar dirigieren. Mühelos schaffte er es, dass sie Platz machten für Clara und Tabea, und das auch noch gerne. Tabea fühlte sich offensichtlich geehrt, dass sie sozusagen als VIP an den hippesten Kaffeepoint der Wiesn geladen wurde. Die Wangen des ansonsten so blassen Mädchens leuchteten rot vor Aufregung, sie zog ihr Handy heraus und filmte, wie sie durch die Menge an den Stand gewinkt wurden.

Und Balthasar war in seinem Kaffeewunderland der geborene Selbstdarsteller. »Leut' lasst a mal die Bullen durch. Menge, teile dich und im Übrigen, wer was am Kerbholz hat, komme besser später wieder.«

Mit seinen starken Armen wedelte er über die Anstehenden hinweg. Tabea war begeistert.

»Na, die zwei Damen, was kann ich euch Gutes tun?« Balthasar war in seinem Element. Er hatte mit dem Kaffeegeschäft seine Bestimmung gefunden, da war Clara sicher. »Zwei Bluebay-Starter.« Er schob ihnen ihre Bestellung über den Tresen und legte für beide noch eine Zuckerbrezen am

Stiel dazu. »Geht aufs Haus«, sagte er zu Clara und zwinkerte Tabea zu. Dann wieder ins Mikrofon »Mit der Polizei muss man sich gut stellen, mei Lieber, des sag ich euch.«

Sein Lachen klang schallend aus den Boxen an der Seite des Airstreams und er verabschiedete sich mit einem kleinen Winken von Clara. Tabea wollte sich unbedingt noch mit ihrem Becher am Fotopoint fotografieren. Sie genoss die Stellung, die sie mit Clara hier innehatte.

Das herrliche Wetter lockte die Menschen raus und im Zwei-Minutentakt der U-Bahnen wurden es immer mehr Besucher, die auf die Wiesn gespült wurden.

Es war aussichtslos, sich hier in Ruhe mit Tabea zu unterhalten. Sie mussten zurück zum Hotel. Die mit blauem Schaum gekrönten Kaffeebecher in der Hand und den süßen Brezen am Stiel in der Tüte, gingen sie Richtung Ausgang.

Im Hotel setzte Clara sich mit Tabea in den Frühstücksraum und Silvano gesellte sich zu ihnen.

»Ich habe meinen Vater gesehen, vorgestern, als ich zum Hotel zurückgegangen bin, kam er heraus. Aber ich war sicher, dass er nichts mit dem Tod von Oma zu tun hatte. Ich dachte, er wäre mit einer Frau hier gewesen.«

»Du wusstest, dass er eine Geliebte hat?«

»Ich habs mir gedacht, immer wenn er sich wieder so einparfümiert hat mit seinem grässlichen Rasierwasser.« Geistesabwesend kaute sie auf ihrem Strohhalm herum.

»Und wie hat er sich mit deiner Oma verstanden?«

»Er hat sie nicht gemocht, aber er war immer freundlich zu ihr. Im Gegensatz zu meiner Mutter.« Sie seufzte. »Es ist auch nicht so, wie Mama sagt. Meine Oma war nicht übel. Mit ihren fast achtzig Jahren war sie halt schon ein bisschen komisch. Aber sie war immer eine starke Frau. Konnte sich durchsetzen und so. Nach dem Tod ihres Mannes hat sie Mama allein großgezogen, sie hatte keine Hilfe. Und nebenbei hat sie ihre Firma aufgebaut, eines der ersten Innendesign-Studios in München.«

»Bemerkenswert.« Silvano nickte. »Eine tolle Frau, deine Oma.«

»Genau, in das Unternehmen hat sie echt ihre ganze Energie reingesteckt, beinahe hätte sie alles verloren. Die Männer haben sie nicht für voll genommen. Damals war das noch schwieriger. Die wollten meine Oma aus dem Geschäft drängen. Aber sie hat sich nicht die Butter vom Brot nehmen lassen. Und deswegen hatte sie die Angewohnheit, jeden in die Senke zu stellen, der nicht so gespurt hat, wie sie es sich vorgestellt hat. Da war sie halt so, aber ich habe sie geliebt.« Tabea schluckte und stocherte mit dem Strohhalm im Becher.

»Was hat dir die Oma von der Nacht davor erzählt?«, kehrte Clara wieder zu den Ermittlungen zurück.

»Als sie den Mord beobachtet hat?«

»Hmhm.« Clara sog mit dem Strohhalm laut schlürfend den letzten Schluck aus ihrem Becher.

»Das war der Oma voll peinlich, vor allem, weil es bloß Einbildung war. Sie hat drei Mitarbeiter damit beschäftigt und die Polizei musste auch noch kommen und die haben alle gemeint, sie ist eine durchgeknallte Alte, die dachte, sie hätte was gesehen.«

»Und hat sie nicht?«

»Sie meinte, sie hätte es sich wohl eingebildet. Es hat ja nur wenige Minuten gedauert, bis sie sich selbst überzeugen konnte. Sogar die Polizei war dabei und da hat sie gesehen, dass in dem Hotelzimmer gar nichts war.« Tabea stellte den leeren Kaffeebecher auf dem kleinen Tisch vor sich ab.

»Und was denkst du?« Clara hielt ihr die offene Tüte mit den Zuckerbrezen hin. »Glaubst du auch, sie hat es sich nur eingebildet. Etwas gesehen, was gar nicht da war?«

»Kein Plan!« Tabea griff sich eine der Brezen. »Aber meine Oma hat immer gesagt, wo der Rauch aufsteigt, ist das Feuer nicht weit.«

26

Clara saß am Schreibtisch in ihrem Büro. Nachdem Tabea sich verabschiedet hatte, war sie ins Revier gefahren. Sie hatte beschlossen, die Ermittlungen wieder von dort zu führen. Die Befragungen waren abgeschlossen, ohne dass sie einen neuen Ansatz gefunden hätten. Matthias hatte das Alibi von Frau Rössler überprüft, doch Ilona Rössler war tatsächlich bei einer Freundin gewesen. Ihr merkwürdiges Verhalten rührte daher, dass es ihr unangenehm war, weil dort eine Botoxparty stattgefunden hatte. Fünf Personen konnten ihr Alibi bestätigen.

Clara nahm sich die gesamten Akten noch einmal vor. Immer wieder hatte sich gezeigt, dass sie so neue Verbindungen und Ansätze aufspüren konnte. Sie war ermüdend viele Aussagen durchgegangen, wer war wo zur Tatzeit, wer hatte wen gesehen, gehört, gesprochen. Sie hatte alle miteinander verglichen und eine Timeline angefertigt. Auch das Telefonat von Benisha mit Rosa hatte sie aufgeführt. Es blieb dem Täter oder der Täterin nur eine knappe halbe Stunde. Auf den Aufnahmen war deutlich zu erkennen, dass Rössler um sechzehn Uhr dreißig das Hotel verließ. Rosa hatte da noch gelebt. Und alle Befragten schienen dort gewesen zu sein, wo sie gesagt hatten, bis auf Sheperton, doch der war tot. Es war zum verrückt werden. Alle Aufzeichnungen und Aussagen ließen nur einen Schluss zu: Niemand konnte Rosa ermordet haben.

Das Wiesnphantom musste es gewesen sein. Sie lachte kurz auf, jetzt glaubte sie bald selbst daran.

Vielleicht half es ihr, die Perspektive radial zu verändern? Einen ganz neuen Blick darauf zu werfen – einen virtuellen. Optimistisch gestimmt, lief sie die Stufen hinunter zu Weidmanns Labor. Und wie erwartet, war der Leiter der Spurensicherung außerordentlich erfreut über ihre Anfrage.

»Ein virtueller Tatortbesuch wird dich bestimmt in deinen Ermittlungen weiterbringen. Ich meine, alles noch einmal auf Anfang, als würdest du zum ersten Mal das Hotelzimmer betreten.« Voller Stolz hielt er eine eckige VR-Brille hoch. Mit kindlicher Begeisterung half er, ihr die Brille am Kopf zu befestigen und führte sie zu einem Bereich im Labor, in dem sie sich frei bewegen konnte. »Leider habe ich noch keinen so professionellen Projektionsaufbau wie die Kollegen in Baden-Württemberg, sonst könnte ich die eingespeisten Bilder an Wand und Fußboden projizieren, aber so geht es auch.« Er gab ihr ein kleines Bedienelement in die Hand. Dann ließ er die Messdaten des Laserscanners an die Brille übertragen.

Plötzlich stand Clara mitten im Hotelzimmer 107. Sie war umgeben von einer detailgetreuen Rekonstruktion des Tatorts. Der abgenutzte graue Teppich, das Bett, auf dem unverändert Rosas Leiche lag, das hässliche Herz haltend und das mörderische Tuch um den Hals. Fasziniert streckte Clara die Hand aus.

»Funktioniert alles?«, hörte sie Weidmanns Stimme aus dem Off. Sie nickte, es fühlte sich so echt an. Jeder Gegenstand war digital erfasst worden und es war, als wäre sie Teil dieser virtuellen Welt. Ihr Blick schweifte durch das Zimmer, als ein Detail sie gefangen nahm. Der leere Bügel. Im gleichen Moment durchströmte sie eine innere Gewissheit. Zufrieden nahm sie die Brille ab.

Pünktlich um fünfzehn Uhr klopfte Clara an die Tür von Reitmayer. Sie wartete seine Antwort nicht ab, sondern ging direkt rein. Wozu die Strafpredigt rauszögern? Leider musste sie das abhandeln, bevor sie ihrem neuen Gedanken zum

Fall nachgehen konnte. Doch als sie eintrat, merkte sie schnell, dass etwas nicht stimmte. Er war nicht wie üblich eifrig mit irgendwas beschäftigt. Bedeutete ihr nicht, dass sie warten sollte. Stattdessen hatte er den Blick auf seine marmorne Schreibtischplatte gesenkt. Nur das derbe Moschusochsen-Aftershave und der Pfefferminzgeruch hingen wie immer in der Luft.

»Bitte nehmen Sie Platz.« Nervös trommelte er mit den Fingern auf dem Tisch herum. Und als müsste er Mut fassen, nickte er sich selbst zu, bevor er aufblickte. »Frau Liebig, danke, dass Sie meiner Einladung gefolgt sind.«

Sie hörte ein quietschendes Geräusch in ihrem Kopf, als würde ein gigantischer Tonarm über die Rillen einer ebenso großen Schallplatte kratzen. Hier stimmte etwas nicht. Sie konnte sich nicht erinnern, dass er sich jemals bei ihr bedankt hatte, weil sie zu einer Besprechung gekommen war. Ihr Misstrauen wuchs, wurde sie suspendiert? Nein, so eine Maßnahme würde er mit der gebührenden Wut aussprechen, aber das Verhalten, das er hier an den Tag legte, passte nicht dazu. Es war nicht Wut, kein hämischer Ton und kein Triumphgehabe. Sie ließ ihn nicht aus den Augen, während sie sich auf den Besucherstuhl setzte.

»Wie geht es Ihnen?«

»Gut.« Das war definitiv unheimlich. Ob er Beruhigungsmittel bekommen hatte, so wie Michaela Schöntal? Wenn er jetzt zu kichern anfangen würde, wäre sie sicher.

»Haben Sie sich ein wenig von dem Unfall erholt?«

»Ja.« Seit wann fragte er solche Banalitäten ab, wie es ihr ging? Es war vielleicht besser, in die Offensive zu gehen. »Nur leider stehen wir mit den Ermittlungen im Mordfall Rosa Kleinschmidt wieder ganz am Anfang.«

»Ihre Mitarbeiterin Frau Becker hat es mir schon berichtet. Das ist natürlich nicht gerade optimal, aber um den Mord an Rosa Kleinschmidt geht es in diesem Gespräch nicht.«

Ging es hier um Iris und die gestohlene Dienstwaffe? Clara ließ sich nicht von seiner nachdrücklichen Freundlichkeit in Sicherheit wiegen. Achtsam wie eine Diplomatin, die inmitten einer hochsensiblen politischen Verhandlung jedes Wort mit präziser Feinheit abwog, tastete sie das Gesagte gedanklich ab. Beobachtete seine Mimik wie die eines Verdächtigen in einer Vernehmung. »In der Angelegenheit mit der gestohlenen Waffe habe ich den Fall in eine andere Zuständigkeit gegeben. Ina Michaeli von der 11. Inspektion nimmt sich der Sache an«, sagte sie.

»Ich weiß, das war eine gute Entscheidung. Der verdächtige Diethelm Wagenstein wurde verhaftet. Sie haben ihn zu Hause überrumpeln können. Er hat keinen Widerstand geleistet. Und Sie hatten auch recht damit, dass er die Waffe von Frau Becker noch besessen hat. Das schnelle Handeln hat sich gelohnt.« Wieder wich er ihrem Blick aus. »Es wurde bei ihm noch eine weitere Schusswaffe sichergestellt.«

Sein Tonfall verstärkte ihr ungutes Gefühl und sein Blick traf sie wie ein elektrischer Schlag. Es war weder Wut noch Ungeduld. Es war Mitleid! Sie wusste nicht, was hier passierte, ihre Kehle wurde trocken, zog sich zusammen. Reflexartig strich sie über ihre Dienstwaffe, die sie im Bauchholster unter dem Sweatshirt trug.

Wortlos schob er eine Akte auf dem Tisch zu ihr hin.

»Das ist die Akte von meinem Vater.« Herbert Feichtner, der Name auf dem abgegriffenen grünen Pappordner war ihr sofort ins Auge gesprungen.

Reitmayer nickte. »Die zweite Waffe, die sichergestellt wurde, ist die Pistole, mit der Ihr Vater damals erschossen wurde.«

Die Information schlug mit solcher Gewalt in ihren Verstand, als wäre sie von einem gigantischen Vorschlaghammer getroffen worden. Das war die Nachricht, auf die sie seit Jahren gehofft hatte. Doch nun fühlte es sich kalt und fremd an. Sie hatte gedacht, wenn diese Waffe jemals auftauchen würde, würde sie jubeln vor Freude. Dieser Fund rückte es in die Nähe des Möglichen, den Mörder ihres Vaters aufzuspüren. Nach all der Zeit. Doch nun saß sie nur da und wusste nicht, was sie fühlen sollte. »Wissen Sie ...?« Wem die Waffe gehörte, wollte sie fragen, aber Reitmayer kam ihr zuvor.

»Wir wissen noch nichts. Nur, dass mit dieser Pistole Ihr Vater erschossen wurde und dass Diethelm Wagenstein es nicht gewesen sein kann. Er war damals ein Baby.«

Clara saß immer noch reglos da. Ein Puzzleteil von ihrem Vater schwebte in ihre Gedanken, ein aufrechter Polizist. Sie sah die Nacht der Todesnachricht vor sich und dann das Gesicht von Iris, als sie Clara gestand, dass ihre Waffe gestohlen worden war. Sie schreckte hoch, als Reitmayer wieder zu sprechen begann.

»Kommissarin Michaeli hat angeregt, dass Sie bei der Vernehmung von Diethelm Wagenstein anwesend sein können.« Er beugte sich vor und lehnte sich mit den Unterarmen auf seinen Schreibtisch. »Wenn Sie wollen.«

Wollte sie das? Sie brauchte einen Moment, um klar zu werden. Doch dann, als würde sie aus einem Bottich mit Eiswasser gezogen und könnte endlich wieder atmen, schnappte sie nach Luft. »Ja, ich will.«

Schon kurz darauf fand die Vernehmung von Diethelm Wagenstein in Inas Dienststelle statt. Claras Herz klopfte und ihre Handflächen wurden feucht, das hatte sie zuletzt in der Tanzschule erlebt. Sie würde heute erfahren, wer ihren Vater auf dem Gewissen hatte.

Doch Diethelm Wagenstein war ein kleiner mieser Gauner mit einer beachtlichen Geschicklichkeit fürs Geschäft. Als er merkte, dass das Interesse der Kommissarinnen auf die alte Waffe zielte, witterte er Morgenluft. Wagenstein war dreißig Jahre und seine Ausstrahlung war bemerkenswert charmant, was für seine Verbrechen äußerst zuträglich war. Er hatte das Flirten und die liebenswürdige Art perfektioniert. Sein dunkles, welliges Haar umrahmte sein Gesicht, dessen weiche Konturen stets von einem leichten Lächeln begleitet wurden. Die Augen funkelten lebhaft und hielten in ihrer grün schimmernden Tiefe Versprechungen bereit, die nur darauf warteten, eingelöst zu werden. Sogar seine Kleidung verströmte den unaufdringlichen Anflug von Stil und Raffinesse.

Clara konnte verstehen, dass Iris sich auf ihn eingelassen hatte. Es gab bei solchen Tätern zwei Arten der Reaktion, wenn sie erwischt wurden. Die einen, die jammerten und es auf die Mitleidstour versuchten, und die anderen, die aggressiv wurden und die Welt um sich herum verantwortlich machten für ihre Taten. Und es gab Diethelm Wagenstein. Wenn jemand aus Scheiße Gold machen konnte, dann er.

Trotz der ernsten Umstände schien der aparte Dieb keinerlei Reue oder Unwohlsein zu verspüren. Stattdessen lächelte er gelassen, als wäre der Vernehmungsraum eher ein Ort der Unterhaltung und nicht der Strafverfolgung. Er wollte nur sagen, von wem er die Waffe hatte, wenn er im Gegenzug straffrei ausgehen würde.

»Ich denke, meine Kollegin wird da schon was machen können.« Clara war so begierig darauf, zu erfahren, woher er die Waffe hatte, dass sie sich über alles, was sie mit Ina abgesprochen hatte, hinwegsetzte. »Nun sagen Sie schon, von wem Sie die Waffe haben.« Sie würde gleich hören, wer ihren Vater getötet hatte. Und sie war gerüstet dafür, sie war bereit.

»Herr Wagenstein«, setzte Ina an.

»Ich will Straffreiheit.«

»Natürlich, das kriegen wir irgendwie hin.« Clara hatte einen Tunnelblick, sie sah nur noch das Gesicht von Wagenstein vor sich, sie bekam nur am Rande mit, dass Ina versuchte, ihr zu bedeuten, dass sie sich an die Abmachung halten sollte. Doch Clara war wie im Wahn. »Verdammt noch mal, jetzt geben Sie mir schon den Namen!«, rief sie.

Ina stand auf. »Wir machen einen Moment Pause, Herr Wagenstein.« Und an Clara gewandt. »Kommst du mal mit?«

»Natürlich, meine Damen. Besprechen Sie sich in Ruhe. Ich gebe Ihnen alles, was Sie sich wünschen, wenn Sie mir auch etwas geben.« Er grinste schalkhaft und zwinkerte Clara zu.

Widerwillig verließ sie mit Ina den Vernehmungsraum.

»Was machst du da?«, fuhr Ina sie draußen an.

»Ich will es wissen, verstehst du das nicht? Seit dreißig Jahren warte ich auf diesen Augenblick. Schon fast mein ganzes Leben.«

»Es geht hier nicht um dich, es geht in erster Linie um das, was Iris zugestoßen ist. Du kannst nicht einfach Versprechungen machen, die ich nicht halten kann oder dem Verdächtigen drohen.«

»Wir sind nicht verpflichtet, einem Verdächtigen gegenüber immer die Wahrheit zu sagen«, sagte Clara störrisch.

»Sind wir nicht. Aber ich habe keine große Lust, hinterher auf einem juristischen Minenfeld zu stehen, nur weil du nach dreißig Jahren keine fünf Minuten mehr dafür übrig hast, eine nach den rechtlichen und ethischen Prinzipien des Strafrechts abgesicherte Vernehmung durchzuführen. Ich hatte dich für professioneller gehalten.«

»Okay, okay! Was willst du tun?«

»Ich werde jetzt alleine da wieder rein gehen und eine Vernehmung durchführen, die im Einklang steht mit den grundlegenden, rechtsstaatlichen Prinzipien und den Vorgaben des Strafrechts. Ich werde die Beweise legal sammeln, auch wenn es ein bisschen länger dauern sollte.«

»Warte mal, das kannst du mir nicht antun. Du kannst mich doch jetzt nicht ausbooten!«

»Du hast dich selbst ins Aus gestellt.« Damit ging Ina

wieder hinein. Mit einem Ruck zog sie die Tür hinter sich zu.

Ina hatte sie rausgeschmissen und nicht einmal zu Unrecht. Was war nur in sie gefahren? Dieser selbstgefällige Typ, der zwischen ihr und der Aufklärung am Mord ihres Vaters stand. Es brodelte in ihrem Magen, schmerzhaft brannte es in ihrer Kehle. Sie hatte sich für einen Bruchteil von Sekunden als Kind gesehen, die ewig gleiche Szene, die sie in ihren Albträumen verfolgte. Sie im Schlafanzug, barfuß vor der Wohnzimmertür, wie sie mit ihrem Bruder beobachtete, als die Mutter die Todesnachricht bekam. Und heute hatte sie geglaubt, würde sie die Wahrheit erfahren darüber, was damals wirklich geschehen war. Sie wollte es so unbedingt und war frontal auf ihr Ziel zugeschossen. Grober Anfängerfehler. Doch ihre Gefühle hatten sich in einen lodernden Sturm aus Aufregung und Verbissenheit verwandelt. Und da hatte Wagenstein vor ihr gesessen, dämlich grinsend. Ein kleiner Charmeur, der sich für unwiderstehlich hielt und mit seinen schäbigen Methoden Frauen ausraubte. Und Ina meinte, er hätte es verdient, wie jeder andere Verdächtige behandelt zu werden.

Verdammt, sie konnte keinen Abstand mehr herstellen. Sie war emotional zu tief drin. Sie stand im weiß getünchten Gang des fremden Reviers und wusste nicht wohin mit ihren schmerzlichen Erinnerungen.

27

Wie hatte der Tag, der so gut begonnen hatte, sich so unbarmherzig in sein Gegenteil verwandeln können? Unbezwingbar nagte der Frust in ihrem Inneren, sie hatte die Antwort zum Greifen nah vor sich gehabt und war dann in die tiefe Leere zurück gestürzt. Clara saß im Auto in der Tiefgarage von ihrem Revier, da kam ihr eine Idee. Sie schnappte sich ihr Telefon.

»Hallo, Clara«, der Mann meldete sich fast im gleichen Moment mit dem ersten Freizeichen.

Sie kannte Gregor Klimt schon seit ihrer Zeit beim Mobilen Einsatzkommando, wo sie auch ihren Ex-Mann kennengelernt hatte, den Vater von Miriam. Gregor war inzwischen Referatsleiter für Spezialdelikte. Sie wusste, er mochte sie und sie wusste, dass wenn einer an der Sache etwas drehen konnte, dann er.

»Was brauchst du so spät noch?«, wollte er wissen. »Ich hoffe, du bist wenigstens schon auf dem Heimweg?«

»Ich bin nah dran«, schwindelte Clara. Sie schilderte ihm, was ihr Problem war, und tatsächlich gab es aus seiner Sicht die Möglichkeit, einen Deal abzuschließen. »Da du an der Untersuchung beteiligt warst, kannst du dich an seinen Anwalt wenden. Du kannst ihm anbieten, eine verfahrensbeendende Absprache zu fordern, indem sein Mandant gesteht. Es ist nicht ganz sauber, wenn du es an Ina Michaeli vorbeimachen willst, aber letztlich kann sie es dann nicht mehr aufhalten. Diethelm Wagenstein muss alles gestehen, was er getan hat, auch Dinge, die ihm eventuell nicht nachzuweisen sind. Wenn darunter kein Tötungsdelikt ist und er denjenigen benennt, von dem er die Waffe hat, kann er mit einer erheblichen Strafminderung rechnen und kommt sicher mit einer Bewährungsstrafe davon. Aber willst du das?«

»Ich will wissen, wer meinen Vater erschossen hat.«

»Und deine Kollegin? Iris? Was wird sie davon halten, wenn dieser Mann ungeschoren davonkommt?«

»Iris ist Polizistin. Sie weiß, wie solche Sachen laufen, und sie weiß, dass ich schon mein ganzes Leben den Mord an meinem Vater aufklären will – nein, ich muss es tun. Verstehst du? Nur deswegen bin ich Polizistin geworden. Iris wird das verstehen.«

»Deine Entscheidung! Ich schicke ich dir morgen früh die Formalitäten, die du mit dem Anwalt von Wagenstein abstimmen musst. Der wird dich sicher mit Kusshand empfangen.«

Es gab, wie so oft, mehrere Gründe, die Clara am Schlafen hinderten. Nun kam zu ihren üblichen Schlafstörungen das schlechte Gewissen hinzu, dass sie Iris und Ina hintergehen würde. Auch die Tatsache, dass ihre Tochter noch nicht zu Hause war, ließ sie nur in einen oberflächlichen Schlaf fallen. Es war genau zwei Minuten nach zwei Uhr, als sie hörte, wie Miriam mit ihrem Freund kichernd nach Hause kam. Die beiden giggelten noch einige Zeit auf dem Gang und stolperten über den Schuhhaufen vor der Garderobe, bevor sie in Miriams Zimmer verschwanden. Drei Uhr, Jorge schien nicht hier zu übernachten, bei der Verabschiedung schworen sie sich ewige Liebe. Sie tuschelten so laut, dass Clara jedes Wort verstehen konnte. Dann fiel die Haustür krachend ins Schloss und Clara noch einmal in einen leichten Schlaf.

Sie träumte, dass sie eine riesenhafte Treppe hinaufsteigen musste. Kaum hatte sie ihren Fuß auf eine Stufe gesetzt, brach diese zusammen, sie rettete sich weiter nach oben, sprang auf die nächste Stufe. Doch schon zerbröselte auch die. Miriam winkte und kicherte. Ihr verstorbener Vater nickte ihr aufmunternd zu und Sheperton wies ihr lachend den Weg nach oben. *The secret lies beyond the sky.* Erst als das Lachen sich mit dem matten Zuschlagen der Kühlschranktür mischte, merkte Clara, dass die Geräuschkulisse ihren Ursprung nicht in mehr in ihrem Traum hatte.

Es war drei Uhr fünfunddreißig. Miriam war am Kühlschrank zugange und telefonierte dabei mit Jorge. Clara stöhnte und rollte sich zur anderen Seite, doch sie schaffte es nicht mehr, einzuschlafen. Um vier Uhr früh war sie hellwach. Und sie hatte das Gefühl, dass ihr beim Aufwachen ein Gedanke abhandengekommen war.

Nur wenig später betrat sie ihr Büro. Gregor hatte Wort gehalten und ihr die Unterlagen für den Anwalt weitergeleitet. Mit klopfendem Herzen las sie die Dokumente, die sie ausfüllen musste. Jedes Detail schien von Bedeutung zu sein, sie fühlte Schmetterlinge im Bauch, so aufgeregt war sie. Sie würde dem Mörder ihres Vaters auf die Spur kommen. Und je mehr sie es verinnerlichte, desto besser fühlte es sich an.

Sie musste warten bis acht Uhr, bevor sie endlich den Anwalt anrufen konnte, um sicherzustellen, dass er und sein Mandant grundsätzlich bereit waren, einen solchen Deal einzugehen. Clara hegte keinen Zweifel daran. Doch ihr Vorgehen erforderte ein wenig Fingerspitzengefühl. Es wäre ihr am liebsten, wenn Iris nicht erfahren würde, wer diesen Deal eingefädelt hatte. Auch wenn sie wusste, dass das nicht klappen würde. Iris würde mit Sicherheit sofort nachforschen und es würde kein Problem darstellen, sie als die Verursacherin auszumachen. Doch es half nicht, sie musste tun, was sie tun musste.

Ohne weitere Umschweife griff sie zum Telefon und wählte die Nummer der Anwaltskanzlei. Jeder Klingelton fühlte sich an wie eine Ewigkeit, während sie sich auf den Dialog mit dem Anwalt vorbereitete. Doch Josef Püschl war nicht im Haus. Clara bat seine Mitarbeiterin um einen Termin, ihre Stimme war fest und mit einer gewissen Dringlichkeit. Heute Nachmittag um sechzehn Uhr sollte sie vorbeikommen. Jeder Atemzug war aufgeladen mit Spannung, dieses Gespräch würde die Wende bedeuten im Mordfall an ihrem Vater. Und auch die Wende in ihrem Leben. Der Fall, der sie seit dreißig Jahren quälte.

Um die Zeit zu überbrücken, zwang sie sich noch einmal, alle Fakten im Mordfall Rosa Kleinschmidt durchzugehen. Und sie überlegte, wie der Gedanke da hineinpasste, der ihr bei Weidmann im Labor gekommen war. Der fehlende Bademantel. Mehr und mehr glaubte sie daran, dass Rosa wirklich einen Mord beobachtet hatte. Sie las über die Nacht zuvor, in der Polizeiobermeisterin Gabler diese eigenartige Geschichte aufgenommen hatte. Doch sie hatte Mühe, sich zu konzentrieren. Immer wieder schweiften ihre Gedanken zu dem Termin mit dem Anwalt zurück. Es kostete sie erhebliche Disziplin, bei der Mordsache zu bleiben.

Rosa hatte zu Protokoll gegeben, dass sie von Lärm und Gerangel aufgewacht war. Sie hatte durch den Türspalt in Zimmer 107 den Mann mit Hass im Blick gesehen, der einen anderen erwürgt habe. Dann sei sie die Treppe hinuntergeeilt und sei auf die Hotelchefin Michaela Schöntal getroffen, die sofort Benisha geholt habe, damit die bei Rosa unten bleibe. Die Chefin selbst sei nach oben gegangen. Gemeinsam hätten die Frauen unten gewartet und seien furchtbar erschrocken, als sie ein lautes Geräusch gehört hatten. Doch es sei nur Michaela Schöntal gewesen, die die Treppe wieder heruntergekommen sei, ohne dass sie oben etwas vorgefunden habe. Die Aussagen von Rosa, Benisha und Schöntal deckten sich soweit. Zweimal las sie Rosas Aussage. Da war irgendetwas an dem Sachverhalt hier in den Akten, was sie störte. Clara schloss die Augen, horchte in sich hinein. Gerade als sie schon aufgeben wollte, hatte sie einen Geistesblitz. Es war nicht das, was in den Akten stand, sondern das, was sich nicht darin fand: der dritte Mitarbeiter!

Natürlich, das war es. In all diesen Aussagen hier war keine Rede von einem dritten Mitarbeiter gewesen. Doch Tabea hatte ihr von drei Hotelmitarbeitern erzählt, die ihre Oma in der Nacht beschäftigt hatte. Sie musste sich vergewissern, dass sie richtig lag, und suchte in der Akte nach Tabeas Telefonnummer. Kaum war das Mädchen rangegangen, schoss Clara auch schon los. »Bist du sicher, dass deine Oma von drei Hotelmitarbeitern gesprochen hat?«

»Ja, hundert Prozent. Ich weiß es genau, weil es ihr so super peinlich war. Es waren zwei Frauen und ein Mann vom Hotel und die beiden Polizeibeamten. Den Mann hatte sie nicht gesehen, der hatte nur von oben heruntergerufen, dass er sich kümmert.«

Mit frischer Energie fuhr Clara ins Hotel. Ob es davon kam, dass sie diese Unstimmigkeit in Rosas Mordfall aufgespürt hatte oder weil sie eine Chance witterte, den Mörder ihres Vaters zu finden, wusste sie nicht. In der Hotelhalle kam ihr Benisha entgegen und überfuhr sie beinahe mit einem großen silbernen Wäschewagen.

»Oh, Frau Liebig. Entschuldigung!« Sie stoppte den Wagen. »Ich habe Sie gar nicht gesehen.«

»Wo wollen sie mit dem riesigen Teil hin?«

»Naja, die Arbeit geht weiter. Die Leute brauchen frische Handtücher und Bettzeug. Mit dem großen Wagen hier muss ich von außen durch die Garage in die Waschküche. Die Kellertreppe ist viel zu eng und unser Aufzug fährt nicht bis ins Untergeschoss. Er wurde nachträglich eingebaut.«

»Warum nicht bis zum Keller?«

»Keine Ahnung, vielleicht zu teuer, oder ein Problem mit der Statik.« Sie schob den Wagen ein wenig zur Seite. »Der alte Kasten hier hat schon einige Jahre auf dem Buckel, das merkt man echt an jeder Ecke.«

»Benisha, haben Sie in Zimmer 107 keinen Bademantel aufgehängt? Vielleicht weil das Zimmer eh nicht belegt war?«

Die junge Frau stutzte kurz, bevor sie antwortete. »Doch, sicher haben wir dort einen aufgehängt, wir bereiten immer alle Zimmer vor.« Benisha zog einen fetten Schlüsselbund vom Wagen herunter und sperrte die Tür neben der Drehtür auf, um mit dem Wäschewagen hindurch zu kommen. »Vielleicht haben Ihre Kollegen den Bademantel mitgenommen?«

Clara nickte und hielt ihr die Tür auf. Dann steuerte sie schwungvoll auf den Frühstücksraum zu.

»Wir suchen einen dritten Mann.« Clara stand in der offenen Tür. »Versteht ihr?«

Matthias und Silvano hatten begonnen, die Notizen und Handakten zum Fall einzupacken. Zwei Uniformierte halfen ihnen dabei, die Sachen ins Auto zu tragen. Nun sahen alle vier zu ihr herüber.

»Wie in dem alten Spielfilm mit Orson Welles?« Matthias summte die weltbekannte Melodie zum Film. Er stellte die Tasche, die er gerade gepackt hatte, auf dem Boden ab. »Naaa, im Ernst, was ist das für eine Geschicht' mit dem dritten Mann?«

»Rosa hat ihrer Enkelin erzählt, dass sie drei Hotelangestellte beschäftigt hat in der Nacht vor ihrem Tod.« Bedeutungsvoll hielt Clara drei Finger in die Höhe. »Sie hat ihn nicht gesehen, aber Rosa war sicher, dass da noch jemand war, der nach oben gelaufen war und gerufen hat, dass er sich darum kümmert und nachsieht, was da vor sich ging.«

»Davon hat sie in ihrer Aussage aber nichts erwähnt. Und wir haben alle Angestellten befragt. Keiner von ihnen war zu dem Zeitpunkt im Hotel«, antwortete Silvano. »Vielleicht hat sie sich falsch erinnert, du darfst nicht vergessen, in welchem Zustand die alte Frau war. Verängstigt, übermüdet, überfordert. Da bringt man schon mal etwas durcheinander.«

»Okay, aber lass uns mal weiterspinnen, wenn sie doch recht gehabt hat. Wer käme in Frage? Der Koch Peter Feinlein?«

»Was hätt' denn der für einen Grund nachts im Hotel zu sein? Und er hat ein Alibi«, hielt Matthias dagegen.

»Natürlich, aber nur für den Mord an Rosa. Was ist mit der Nacht zuvor?«

»Du meinst die Nacht, in der nachweislich nichts geschehen ist? Weil alle Zeugen es sagen und unsere Polizeikollegen es so ermittelt haben?« Zweifel lagen in Silvanos Blick.

»Okay, die Theorie ist noch nicht ganz ausgereift, aber ich habe das Gefühl, da steckt mehr drin. Auch der Bademantel aus 107 ist verschwunden, den könnte man gut nutzen, um eine Leiche einzuwickeln. Was ist mit Bodo Tannhöfer? Der könnte noch einen Schlüssel besitzen.«

»Und der mordet in zwei aufeinanderfolgenden Nächten in dem Hotel, in dem er jederzeit von Michaela Schöntal oder Benisha erkannt werden kann? Und dann ruft er ihnen noch zu?«, konterte Silvano. »Und warum sollte einer der anderen Mitarbeiter so tun, als wenn er nicht da gewesen wäre? Es hat ja kein Mord stattgefunden in der Nacht zuvor.«

Auch Matthias hielt es für unwahrscheinlich, dass ein dritter Mitarbeiter im Haus gewesen wäre.

»Und was, wenn doch?«, ließ Clara nicht locker.

»Aber weder Michaela Schöntal noch Benisha Caru haben von einem dritten Mann was bemerkt.« Zweifelnd wog Silvano den Kopf hin und her. »Oder glaubst du an eine ausgeklügelte Verschwörung in einem Hotel voller Mörder? Norman Bates Motel in der Mozartstraße? Oder vielleicht doch das Wiesnphantom?«

»Na gut, es ist noch weniger ausgereift, als ich dachte. Aber mein Bauchgefühl sagt mir, dass die Nacht zuvor eine wichtige Rolle spielt in dem ganzen Theater. Wie hoch ist denn bitte die Wahrscheinlichkeit, dass jemand sich einbildet, er hätte einen Mord gesehen, obwohl da absolut nichts dran ist und dann wird er in der nächsten Nacht selbst ermordet?«

»Einverstanden! Ich spiel dein Spielchen mit.« Silvano nickte. »Wie kam der Mörder in das verschlossene Zimmer?«

»Er hat einen Nachschlüssel angefertigt oder den Schlüssel hier vom Board gestohlen.«

»Nehmen wir die zweite Variante. Es ist nicht ganz so aufwendig. Und dann? Woher kam der Mann, der angeblich erwürgt wurde? Wir haben keinen Mann auf den Videoaufnahmen, der hinterher abgängig war, oder?«

»Nein, haben wir nicht«, stimmte Clara ihm zu. »Aber Schöntal hat gesagt, dass die Kamera manchmal ausfällt.«

Silvano sah sie forschend an. »Na gut, also falls die Kamera zufällig genau dann ausgefallen wäre und der Mörder sein Opfer irgendwie in Zimmer Nummer 107 gelockt hätte, wie hätte er die Leiche so schnell loswerden sollen?«

Clara überlegte.

Doch Silvano fuhr bereits fort. »Rosa kam runter, traf auf Schöntal und saß dann mit Benisha auf dem Sofa. Niemand wäre ungesehen an den beiden vorbeigekommen, weder über die Treppe, noch mit dem Aufzug. Schöntal ist wenige Minuten, nachdem Rosa herunterkam, hinaufgegangen und da war nichts. Und selbst wenn sie die Leiche übersehen hätte. Nur 10 Minuten später trafen Gabler und Stiller ein. Wie hätte ein Täter das Opfer verschwinden lassen sollen, bevor die Polizei eintrifft?«

»Die haben hier solche riesigen Wäschewagen.«

»Meinetwegen. Ist einer davon an Benisha und Rosa vorbeigefahren?«

»Nein. Aber was ist mit dem Notausgang? Er führt direkt nach draußen und ist von innen nicht versperrt.«

»Der Ausgang ist alarmgesichert und in der Dokumentation gibt es keinen Hinweis auf eine unbefugte Türöffnung. Und selbst wenn der Mörder es geschafft hätte, den Alarm auszuschalten. Wie verrückt müsste jemand sein, um auf der Wendeltreppe, die außen am Haus entlangläuft, eine Leiche mit sich herunter zu nehmen? Und das auch noch zur Wiesnzeit, wo um die Uhrzeit noch eine Menge Menschen unterwegs sind?«

»Auf einer Skala von eins bis zehn?« Zaudernd schüttelte Clara den Kopf. Silvano hatte recht, es war nicht möglich, eine Leiche so schnell unbemerkt aus dem Hotel heraus zu bringen. Das war der Punkt.

Vorsichtshalber fragte sie Michaela Schöntal und Benisha noch einmal, ob nicht doch noch ein weiterer Mitarbeiter anwesend gewesen sein könnte in der Nacht vor Rosas Tod oder ob ein Gast im Treppenhaus war. Doch beide beharrten darauf, dass außer ihnen niemand da gewesen sei. Clara war enttäuscht. Wieder eine Sackgasse.

Es fiel ihr schwer, sich zu hundert Prozent auf die Ermittlung zu konzentrieren, zumal sie nicht vorankamen. Sobald sie dachte, etwas greifen zu können, flog es im nächsten Moment davon, wie ein Blatt im Wind. Mit den Fingerspitzen massierte sie ihre Schläfen. Der Druck der aufkommenden Kopfschmerzen verbesserte ihre Laune nicht. Doch sie war überzeugt, dass es den perfekten Mord nicht gab. Es musste sich ein Anhaltspunkt finden lassen. Sie schloss die Augen, atmete tief ein und versuchte, ihre innere Unruhe loszuwerden. Was war mit ihrem Bauchgefühl? Ihre wertvollste Waffe im Kampf gegen Verbrechen und Unrecht. War sie stumpf geworden?

28

Claras Telefon summte und auf dem Display sah sie die Nummer von Ina Michaeli. Sie wusste sofort, worum es gehen würde. Jedoch hatte es keinen Sinn, sich davor zu drücken, also nahm sie das Gespräch an.

»Ich musste dich einfach selbst fragen, ob das stimmt, was ich gehört habe«, begann Ina herausfordernd. »Ich hatte einen sehr interessanten Anruf von Anwalt Josef Püschl. Willst du wirklich einen Deal aushandeln für diesen Verbrecher, den ich ins Gefängnis bringen will?«

Was musste dieser Depp bei Ina anrufen. Clara stöhnte innerlich. »Es stimmt. Ich bin in dem Fall in einer verzwickten Lage. Es ist kompliziert.«

»Kompliziert?« Ina schnaubte verärgert. »Du willst Deals mit Kriminellen machen, während das Opfer, deine eigene Kollegin, unter den Folgen leidet und vielleicht nie damit abschließen kann? Wo bleibt denn dein viel gerühmter Gerechtigkeitssinn? Oder wenigstens dein Anstand?«

»Das verstehst du nicht.«

»Ich verstehe ganz genau. Du willst wissen, woher die Waffe kommt, mit der dein Vater erschossen wurde. Ich bin auch nicht auf der Brennsuppen daher geschwommen. Und ich verstehe auch, dass du glaubst, dass du seinen Mord so aufklären kannst. Aber kann das wirklich auf dem Rücken eines anderen Menschen passieren? Ich versuche alles, um Iris zu helfen, du hast sie selbst zu mir geschickt. Sie hat den Mut gefasst, hat alles erzählt. Sie will im Prozess gegen Diethelm Wagenstein aussagen, die ganze Prozedur durchstehen. Und dann fällst du uns dermaßen in den Rücken? Soll sie so abgewiesen werden? Ist das die Unterstützung, die du deiner Mitarbeiterin gibst?«

»Manchmal müssen wir schwierige Entscheidungen treffen, um größere Verbrechen zu ahnden.«

»Was wiegt schwerer als die Gesundheit eines lebenden Menschen? Ein dreißig Jahre alter Mord?«

Clara rang nach Atem, was ist mit meiner Psyche, was ist mit meiner Gesundheit, schrie es in ihrem Kopf. »Er war mein Vater und er hat auch Gerechtigkeit verdient.«

»Du redest von Gerechtigkeit?« Enttäuschung lag in der Stimme von Ina. »Unsere Aufgabe ist es, Verbrechen zu verhindern, Täter hinter Gitter zu bringen und nicht, uns auf Deals einzulassen. Sind das nicht immer deine Worte gewesen?« Ohne sich zu verabschieden, legte Ina auf.

Mit einer Mischung aus Betroffenheit und Frustration blieb Clara mit sich selbst zurück. Sie war sich nur allzu bewusst, dass sie derartige Vereinbarungen normalerweise ablehnte. Allein bei dem Gedanken an eine Sonderbehandlung, wie sie Sheperton durch seine diplomatische Immunität zuteilgeworden war, drehte sich ihr der Magen um. Doch dieser Fall war anders gelagert, sie würde vielleicht nie wieder eine Chance bekommen, ihren Vater zu rächen und ihre Albträume zu besiegen. Hatte sie nicht auch ein Recht darauf, ihren Seelenfrieden zu finden? Sie überlegte hin und her. In knapp zwei Stunden würde sie sich mit dem Anwalt treffen. Sie hegte die verzweifelte Hoffnung, dass am Ende doch alles in Ordnung kommen würde. Iris würde es verstehen. Clara zuckte zusammen, als ihr Handy erneut brummte.

Es war Iris. Clara brauchte einen Moment, bevor sie ranging. Iris erzählte, dass sie der Empfehlung von Ina gefolgt und zur Polizeiärztin gegangen sei. Die habe sie erst einmal krankgeschrieben. Obwohl sie sich zunächst dagegen gewehrt habe, sei sie sie jetzt ganz froh darüber. Sie habe doch bemerkt, dass sie sich körperlich und psychisch angegriffen fühle. »Ich danke dir noch mal für deine Hilfe. Und es war richtig, ihn anzuzeigen. Es war gut, dass du mich dazu gedrängt hast. Du weißt gar nicht, wie erleichtert ich sein werde, wenn das Schwein hinter Gittern sitzt. Ich ziehe das durch. So einer hat keine Gnade verdient.«

Clara bekam einen heftigen Adrenalinstoß bei den letzten Worten. Sie betrieb gerade den Deal mit dem Anwalt, ohne dass Iris etwas davon ahnte. Oder hatte Ina es ihr erzählt, rief sie deswegen an? Das schlechte Gewissen nagte wie ein bohrender Schmerz an ihr. Sie versuchte, das grässliche Gefühl beiseitezuschieben, und begann sich gebetsmühlenartig davon zu überzeugen, dass es für das große Ziel notwendig wäre, dass sie diesen Weg ginge.

»Erhol dich erst mal!«, sagte sie und versuchte, sich nichts anmerken zu lassen. Clara stand an einer Kreuzung und der Weg, den sie wählte, würde unweigerlich Auswirkungen haben, in die eine oder die andere Richtung. Sie wollte schon auflegen, als Iris noch einmal ansetzte.

»Ach ja, mir ist eingefallen, wo ich diese Anhänger schon gesehen habe. Die hässlichen Herzen, von denen Rosa eines in der Hand hatte und das wir auch in Jones Zimmer gefunden haben.« Eine kurze Pause entstand. »Als ich mit Wagenstein auf der Wiesn war, haben wir bei Balthasar einen Kaffee getrunken. Neben seinem Kaffeetruck steht so ein kleiner gammliger Stand.«

»Meinst du diesen modrigen Holzverschlag?«

»Yep. Und ich glaube, Wagenstein hat mit dem Standbesitzer sogar ein paar Worte gewechselt, aber bevor du fragst, ich kann ihn nicht beschreiben, ich habe mit Balthasar gequatscht. Ich habe nur die Auslage gesehen und inständig gehofft, dass er mir keines von diesen grässlichen Herzen kauft.«

Das war erstaunlich und merkwürdig zugleich. Clara hatte keinen Schimmer, was diese Information bedeutete. Hatten Rosa und der Brite sich zufällig am gleichen Stand eines der

Herzen gekauft? Ein bisschen viel Zufall für Claras Geschmack. Sie beschloss, einen Abstecher zu Balthasar zu machen, doch sie hatte vergessen, dass dienstags Familientag auf dem Oktoberfest war.

Die Wiesn brummte vor Leben, Fülle und Lautstärke. Das Geschiebe und Gedränge fühlte sich fast so an wie der Autounfall, bei dem sie am Ende auch nicht mehr hatte eingreifen können. Es kam ihr vor wie eine halbe Ewigkeit, ehe sie zu Balthasars Foodtruck durchkam. Lautes Stimmengewirr, Kinderwagen und johlende Kleinkinder umgaben sie. Und über allem thronte die imposante Bavaria. Majestätisch wachte sie auf der Theresienwiese und strahlte eine Aura von Stärke und Schönheit aus.

Claras Blick schweifte am sonnenklaren Himmel weiter zum Riesenrad, das die Aufmerksamkeit der Besucher auf sich zog. Mit seinen funkelnden Lichtern und den festlich bemalten Gondeln, die aussahen wie riesige Lebkuchenhäuschen mit Herzen und Zuckerguss. Feine Gerüche von Schokofrüchten zogen durch die Luft und der Himmel erstrahlte in einem so satten Weißblau, als wäre er mit einem meisterhaften Pinselstrich gezogen worden.

Endlich hatte Clara den Airstream erreicht. Genau wie letztes Mal hatte sich um ihn herum eine Menschentraube angesammelt. Heute standen auch noch viele Kinderwagen kreuz und quer davor. Frischgebrühter Kaffeeduft stieg ihr in die Nase. Eingehend betrachtete Clara die Hütte neben dem Foodtruck. Das Holz war schäbig und der Fensterladen geschlossen, aber ein Zettel vom Ordnungsamt hing daran mit einer Verwarnung, dass er abgeholt werden sollte. Ein Ordnungsgeld von zwanzig Euro war schon verhängt worden gegen Unbekannt. Falls der Stand nicht innerhalb von vierundzwanzig Stunden geräumt wird, würde das Ordnungsamt selbst die Bretterbude entsorgen. Clara musste lauthals in den Seiteneingang rufen, um über den Lärmpegel hinwegzukommen und Balthasars Aufmerksamkeit zu erregen.

»Ja, mei, was machst denn du schon wieder da?« Balthasar grinste sie breit an. Seine Wangen waren gerötet und er hatte alle Hände voll zu tun.

»Ich brauche deine Hilfe. Es ist wichtig.«, brüllte sie. »Ermittlungen!«

Balthasar, der gerade einen Kaffeebecher füllte, nickte ihr zu. Er gab den Hirschbecher an seinen jungen Mitarbeiter weiter, wischte sich die Hände an der Schürze ab und beeilte sich, zur Seitentür zu kommen. »Dann führt dich gar nicht die Sehnsucht hierher zu mir?« Er sprang die zwei Stufen des Airstreams hinunter, rutschte dabei mit dem Haferlschuh auf den Gitterstäben der Treppe aus und ruderte mit den Armen. Um ein Haar wäre der große, bärtige Kerl der Länge nach aufgeschlagen. »Ja Fixhalleluja, so a depperte Treppen.« Er winkte Clara ein Stück näher an den Wagen heran, sodass sie sich in dem winzigen, eingezäunten VIP-Bereich am Stehtisch unterhalten konnten.

»Na, hau raus, was ist los? Du siehst aus, als bräuchtest du dringend einen Bluebay-Starter.«

»Okay, beste Idee heute, aber zuerst brauche ich Informationen von dir«, erwiderte sie, ihre Stimme erhoben, um den Geräuschpegel zu überbieten. »Es geht um den Typen von nebenan, der den selbstgemachten Kram verkauft hat.«

»Der hat sich verkrümelt.«

»Waren das solche Herzen, die er verkauft hat?« Sie hielt ihm ihr Handy unter die Nase, darauf ein Foto von dem Herz, das sie in Jones Zimmer gefunden hatte.

»Ja, freilich, das ist das Glump, was der hier angeboten hat. Zu völlig überhöhten Preisen. Der wollte dreißig Euro pro Stück. Da hat der nicht viel Kundschaft gehabt.« An Balthasars Hemdkragen war eine hölzerne Wäscheklammer befestigt mit seinem Namen drauf. »Die Wiesnglupperl sind gerade mega in«, sagte er ihrem Blick folgend und lachte. »Ich kann dir auch eine besorgen. Aber zurück zu dem Hallodri da aus dem Stand. Der steht ja in meinem Bereich, ich habe es ihm gesagt, er hat aber so getan, als würde er mich net verstehen. Urplötzlich ist er dann abgehauen, kurz bevor die Leute vom Ordnungsamt gekommen sind. Als hätt' er eine Antenne für Polizei und Ordnungshüter, so wie die illegalen, fliegenden Händler in Paris, mit dene Souvenir-Eiffeltürme.«

»Wie hat der Typ ausgesehen?«

Grüblerisch rieb Balthasar sich übers Kinn und versuchte, sich inmitten des lauten Treibens zu erinnern. »Also gut, der Rosstäuscher da drüben war nicht besonders groß, ich meine, so um die einssiebzig, sehr dünn und hatte schulterlange, struppige Haar. Ein recht dunkles Blond und ein dünnes Ketterl hat er um den Hals gehabt, gold mit einem kleinen Kreuz daran. Irgendwie hat er mich an einen mürrischen Geistlichen erinnert.«

Claras anfängliche Euphorie ließ ein wenig nach. Mit einer Körpergröße von 1,70 m war er aller Wahrscheinlichkeit nicht Rosas Mörder. Aber Rosa hatte eines von seinen Herzen in ihrer Hand gehabt. »Danke, das hilft mir weiter.«

»Das ist doch nicht alles, was dich bedrückt?«

»Stimmt, aber da muss ich allein durch.«

»Echt jetzt? Allein? Du weißt, dass du jederzeit deine Sorgen mit mir teilen kannst. Es sind doch gerade die zwischenmenschlichen Beziehungen, auf die es im Leben ankommt, auf die man vertrauen kann«, sagte Balthasar und traf dabei mal wieder den Nagel auf den Kopf, ohne zu wissen, dass sie vorhatte, Iris zu hintergehen.

»Ich muss los.«

»Wart', nimm' dir noch einen Kaffee mit.«

Doch Clara zeigte nur auf das Chaos um sie herum und hob entschuldigend die Schultern. »Beim nächsten Mal wieder.« Sie löste den Zettel des Ordnungsamts vom Verschlag und steckte ihn ein. Dann drängte sie sich durch die gut gelaunten Festbesucher zurück.

Obwohl der Verkäufer der Herzen sich aus dem Staub gemacht hatte, spürte sie, dass sie einer wichtigen Sache auf der Spur war. Das alles war kein Zufall. Rosa und Sheperton, beide hatten sich eines dieser hässlichen Herzen gekauft, die sonst keiner wollte.

Noch dreißig Minuten bis zu dem Treffen mit Anwalt Püschl. Ihre Gedanken fuhren schneller als der Fünferlooping. Zwischenmenschliche Beziehungen. Und sie war im Begriff alles, wofür sie stand, über Bord zu werfen. Ein drückendes Gefühl der Scham machte sich in ihr breit. Sie musste sich beeilen. Und sie musste herausfinden, was es mit diesem Holzverschlag auf sich hatte. Sie würde sich einen Beschluss besorgen und den Stand am nächsten Morgen durchsuchen lassen. Doch zuerst galt es, die Sache mit dem Anwalt zu erledigen.

Clara fuhr ins Revier und setzte sich an ihren Schreibtisch. Sie rief im Ordnungsamt an und bat um Aufschub für den Abbau des Verschlags. Sie wollte nicht riskieren, dass der Stand auf dem Oktoberfest abgerissen und entsorgt wurde, bevor sie ihn durchstöbern konnte.

In zehn Minuten sollte sie in der Anwaltskanzlei Püschl sein. Sie konnte es noch schaffen, zu Fuß waren es höchstens zwölf Minuten. Sie nahm die Unterlagen, die sie ausgedruckt und unterschrieben hatte. In ihrem Hals brannten die zurückgehaltenen Tränen, während der Schmerz von dreißig Jahren Angst, Wut und zermürbender Albträume sie überrollte.

Clara riss die ausgefüllten Dokumente in der Mitte durch. Sie würde einen anderen Weg finden, den Mörder ihres Vaters zu überführen. Ohne einen Verbrecher dafür laufen zu lassen. Ohne Iris dabei zu ignorieren. Und ohne Kolleginnen wie Ina Michaeli in den Rücken zu fallen. Eines Tages würde sie herausfinden, wer für den Tod ihres Vaters verantwortlich war. Ina hatte recht, jetzt zählten die Lebenden.

29

Im Hotel hatten Silvano, Matthias und Thorwald den Großteil der Sachen aus ihrer provisorischen Zentrale abgebaut und verpackt. Einige Kisten standen gestapelt an der Wand.

»Servus, Chefin, da bist du ja.« Matthias stoppte die Aufräumarbeiten und kam mit Silvano herbei.

»Du hast vielleicht doch richtig damit gelegen, dass es einen dritten Mann gibt«, sagte Silvano. »In einem Obst- und Gemüsegeschäft hier gleich gegenüber hat eine Angestellte bei den Befragungen von einem Hotelmitarbeiter erzählt, der dort öfter was gekauft hat. Aber es war nicht der Koch.«

»Silvano und ich, wir haben uns auf die Ochsentour gemacht und die Läden in der näheren Umgebung abgeklappert.« Matthias klang zufrieden.

Die Haustürbefragungen, wie es korrekt hieß, waren nicht beliebt bei den Beamten, doch durch Geschick ließen sich viele Hinweise zusammentragen. Oft kamen die Leute gar nicht darauf, dass ihre Beobachtungen eine Bedeutung für die Polizei haben könnten und meldeten sich deswegen nicht von sich aus.

»Die Zeugin aus dem Laden wird uns helfen, ein Phantombild anzufertigen. Sie kommt nach ihrer Schicht mit uns ins Revier.«

Ein dumpfes Krachen und Poltern gefolgt von einem gellenden Schrei durchdrang den sonst so ruhigen Frühstücksraum. Clara war als Erste an der Tür zur Halle. Eine Frau lag regungslos mit merkwürdig verdrehten Gliedmaßen am Fuße der Treppe. Es war Benisha – sie bewegte sich nicht, ihr Atem ging abgehackt und flach.

Clara hockte sich neben sie. »Benisha, können Sie mich hören?«

Matthias und Thorwald waren hinter Clara in die Halle gelaufen. Thorwald zog seinen Finder heraus und forderte einen Notarzt an.

»Los, schau, ob oben jemand ist«, rief Clara und Silvano rannte zum oberen Treppenabsatz. War das ein Unfall oder hatte jemand Benisha gestoßen?

Blut lief aus Benishas Nase, während ihre Augenlider flatterten. Sie war kaum bei Bewusstsein. Und doch griff sie nach Claras Arm.

»Bleiben Sie ganz ruhig liegen!« Clara nahm ihre Hand, damit sie sich nicht weiter bewegte.

Michaela Schöntal kam telefonierend aus dem Personalraum und schaute verärgert drein wegen des Lärms. Dann sah sie ihre junge Angestellte am Boden liegen. Wie vom Donner gerührt ließ sie das Telefon auf den Empfangstresen fallen und eilte zur Treppe. »Nicht Benisha!« Schöntal stürzte sich zu Boden und wollte Benisha in ihren Arm reißen.

»Halt, stopp!«, Clara sprach ruhig, aber bestimmt. »Wir wissen nicht, welche Verletzungen sie hat. Wir sollten ihre Lage nicht verändern. Sorgen Sie dafür, dass der Bereich um sie herum frei bleibt.«

»Der Notarzt wird jeden Moment eintreffen«, meldete Thorwald von hinten.

Clara konnte den Ausdruck der Hilflosigkeit in Michaela Schöntals Augen sehen.

Quälend langsam verging die Zeit. Aufgeschreckt durch den Lärm hatten sich einige Gäste im Treppenhaus versammelt. Clara spürte die neugierigen Blicke in ihrem Rücken, Getuschel schwirrte durch die Halle. Wortfetzen wie »Wiesnphantom« und »Mord« fielen. Ein kurzer Schauer erfasste sie, als sich Benishas schlaffe Hand plötzlich fest um ihre schloss.

»Alles gut, der Notarzt ist unterwegs«, versuchte sie die junge Frau zu beruhigen.

Benisha ächzte leise und blinzelte durch ihre dichten Wimpern.

»Ganz ruhig liegen bleiben«, ermahnte Clara sie.

»Die Treppe«, flüsterte Benisha unter größter Anstrengung.

»Ja, die Treppe. Sie ist rutschig. Sind Sie ausgerutscht?«

»Benisha, es wird alles wieder gut«, rief Schöntal dazwischen.

Benisha gab ein beängstigendes Stöhnen von sich.

Silvano kam zurück. »Da war niemand in der Nähe der Treppe.«

Clara warf einen Blick auf die steinernen Stufen. Die vorderen Kanten waren angeraut, um ein Ausrutschen zu vermeiden. Doch stellenweise waren sie abgetreten und speckig. Auch die Sargträger waren darauf ausgerutscht.

Benisha öffnete die Augen einen Spalt breit und sah Clara an. »Ein Aufzug«, hauchte die junge Frau und drückte dabei Claras Hand so fest, wie es ihr noch möglich war.

Dann rutschten ihre Pupillen nach oben weg und der Druck ihrer Finger löste sich.

»Benisha?«

»Oh mein Gott, ist sie tot?«, rief Michaela Schöntal hysterisch.

Clara fühlte den Puls und schüttelte den Kopf. Doch viel fehlte nicht. Verdammt, wo blieb der Notarzt? Das Blut aus Benishas Nase war über die Lippen zum Kinn gelaufen und begann langsam zu trocknen. Alle Spannung war aus dem zarten Körper gewichen. Sie wirkte wie eine Marionette, deren Fäden durchtrennt worden waren. Clara hörte das Martinshorn, sie stand auf, um der Notärztin und der Krankenwagenbesatzung Platz zu machen, die kurz darauf hereingestürzt kamen.

Die Rettungshelfer stabilisierten als Erstes mit äußerster Vorsicht den Kopf mit einer Notfallhalskrause. Die Ärztin, eine kleine Frau mit kurzem knallrotem Haar und Sommersprossen, hockte sich mit kritischem Blick vor Benisha und überprüfte mit dem Stethoskop Herzschlag und Atemgeräusche.

»Wie heißt sie?«, fragte die Ärztin.

»Benisha! Ihr Name ist Benisha Caru«, schluchzte Michaela Schöntal.

»Hallo, Benisha. Können Sie mich hören? Ich bin Dr. Marlene Danninger«. Doch Benisha rührte sich nicht mehr.

»Oh nein, bitte, das darf nicht wahr sein. Nicht Benisha!« Schöntal versuchte, zu ihrer jungen Angestellten durchzukommen. Silvano schob sich dazwischen und drängte die Hotelmanagerin von der Treppe ab. »Kommen Sie, wir können hier nichts tun. Lassen Sie das medizinische Personal seine Arbeit machen.« Er zog sie mit sich zu den Stühlen an der Seitenwand.

Dr. Danninger leuchtete Benisha mit einer kleinen Taschenlampe in die Augen. An die Sanitäter gewandt, gab sie durch: »Verzögerte Pupillenreaktion. Wir müssen mit ihr so schnell wie möglich ins Krankenhaus. Es liegt eine ernsthafte Kopfverletzung vor. Auch die Wirbelsäule könnte in Mitleidenschaft gezogen sein. Wir brauchen ein Notfall-CT!«

Die beiden vom Rettungsteam, eine ältere Frau und ein sehr junger Mann mit strubbeligem blondem Haar, handelten umsichtig, behutsam betteten sie die Verletzte auf die Trage und machten sich auf den Weg nach draußen.

»Gut, dass Sie sie nicht bewegt haben. Das ist äußerst riskant in so einem Zustand.«

»Wann können wir mit ihr sprechen?« Clara beobachtete, wie Benisha davongetragen wurde.

»Dazu kann ich noch nichts sagen. Sie hat schwerwiegende Verletzungen erlitten. Aber bei sofortiger medizinischer Intervention und wenn sie diese Nacht übersteht, sieht die Prognose gut aus, ansonsten …«

Sie hatte eine ernste Miene aufgesetzt. Draußen tönte das Martinshorn des Rettungswagens, der sich mit Benisha auf den Weg ins Krankenhaus machte. Dr. Marlene Danninger verabschiedete sich und eilte hinaus, um ihnen zu folgen.

»Das ist ein Albtraum«, schluchzte Schöntal im Arm von Silvano. Ihre Augen füllten sich mit Tränen und die Angst stand ihr buchstäblich ins Gesicht geschrieben. »Ich hätte das verdammte Hotel gleich zu Jahresbeginn schließen sollen. Es lief von Anfang an nicht gut für mich und dann kam die Coronakrise. Jedes Jahr habe ich nur mehr Schulden angehäuft. Ich dachte, ich kann noch das Wiesngeschäft mitnehmen. Aber das bringt alles nichts, dieses Hotel ist verflucht.«

Ein neuer Gast betrat die Eingangshalle, verwundert sah er sich um und steuerte auf den Empfangstresen zu. Er stellte seinen Koffer ab und ehe er wieder aufsah, war Michaela Schöntal schluchzend in den Personalraum geflohen. Der untersetzte Mann in dunkler Sweatshirt-Jacke sah Clara an. »Ähm, was muss ich tun, um hier einzuchecken?«

»Keine Ahnung.« Clara wandte sich zum Gehen und düster fügte sie hinzu: »Ich habe meine eigenen Rätsel zu lösen. Einen Mord, ein Phantom und ein geheimnisvoller Anhänger.« Damit verließ sie den Empfangstresen.

»Nun, das ist ja mal ein Hotel-Check-In der besonderen Art«, murmelte der Gast. »Typisch bayerisch vielleicht?«

Claras Gedanken wirbelten durcheinander. Sie konnte gut nachvollziehen, dass Michaela Schöntal nervlich am Ende war. Das Hotel hatte bereits vorher mit finanziellen Schwierigkeiten zu kämpfen gehabt und nun ein Mord, schlechte Presse und, als wäre das nicht genug, war auch noch ihre engste Mitarbeiterin Benisha die Treppe heruntergestürzt. Es schien beinahe, dass Michaela Schöntal recht hätte und ein Fluch über dem Hotel läge, der es unnachgiebig in den Abgrund zöge.

Die Ballistik-Expertin Anna-Maria Schäfer rief auf ihrem Handy an. Clara hatte sie gebeten, ihr sofort Bescheid zu sagen, wenn sich etwas zu der Waffe ergab, mit der ihr Vater erschossen worden war.

»Wir haben weitere Erkenntnisse zur Schusswaffe, Kommissarin. Es handelt sich um ein Modell, das in den frühen Neunzigerjahren gestohlen wurde. Ursprünglich gehörte sie einem Barbesitzer, der sie unter der Theke aufbewahrte, zur Selbstverteidigung. Er hatte damals behauptet, die Waffe sei im Zuge einer Razzia verschwunden. Seitdem ist sie nicht mehr aufgetaucht. Bis heute.«

»Bis heute«, wiederholte Clara leise und die Welt um sie herum verblasste, alles trat in den Hintergrund, begleitet von einem Rauschen in den Ohren. Sie hörte nur noch wie durch Watte und hochfrequente, pfeifende Geräusche stießen dazwischen, wie eine Melodie, die zu laut und schräg gespielt wurde. Sie konnte die Anstrengung nicht mehr verbergen, die letzten Tage hatten sie viel Kraft gekostet. Der Schlafmangel, die Arbeit und die emotionale Belastung durch die Sache mit Iris und der Waffe, mit der ihr Vater erschossen worden war. Sie war so dicht dran gewesen, mehr zu erfahren.

»Hallo?«, erklang die Stimme von Anna-Maria Schäfer aus dem Lautsprecher des Telefons unangenehm rasselnd ihn ihr Ohr.

»Entschuldigung! Danke!« Clara legte auf. Sie musste sich zusammenreißen, funktionieren, wie sie es immer getan hatte.

»Kommst du mit ins Revier? Die Zeugin ist beim Zeichner, sie haben schon begonnen, das Phantombild zu erstellen.«

»Phantombild?« Clara sah Silvano verständnislos an.

»Von dem Mann in Hoteluniform, der bei ihr im Obstladen war.« Silvano packte einen Karton und ging Richtung Ausgang. Doch bevor er den Frühstücksraum verließ, blieb er neben ihr stehen. »Geht's dir gut?«

»Alles okay!«, log Clara.

30

Die Zeugin war eine kleine Frau asiatischer Herkunft, ihr dunkles Haar hatte sie im Nacken zu einem Knoten hochgesteckt. Sie trug noch ihre Arbeitskleidung, einen grünen Kittel mit der Aufschrift *Fruchtparadies Ngô.* Sie saß mit Polizeizeichner Günni Weinher zusammen. Günni war schon seit Jahrzehnten bei der Kripo. Obwohl die Bezeichnung »Zeichner« irreführend war, denn mittlerweile wurden Phantombilder dank modernster Computertechnik und verschiedenster Apps digital erstellt.

In dem hell ausgeleuchteten Besprechungsraum saß Günni an seinem Laptop, die Augen konzentriert auf den Bildschirm gerichtet. Han Ngô hatte eine aufrechte Haltung eingenommen und wiegte den Kopf hin und her, während sie versuchte, die Erinnerung an das Gesicht des Täters wiederzugeben.

»Ja, ja, so!«, hörte Clara und dabei nickte Han Ngô kräftig mit dem Kopf, manchmal machte sie skeptische Geräusche und deutete mit einem Kopfschütteln an, dass der Zeichner danebengegriffen hatte. »Nicht so, Nase muss breiter«, sagte sie mit Nachdruck.

Günni nickte und passte die Einstellungen auf seinem Computer an. Mit geschickten Fingern führte er den Mauszeiger über den Bildschirm, während er das Phantombild Schritt für Schritt verfeinerte.

»Frau Ngô hat erzählt, dass der Mann immer Bananen und Nüsse gekauft hat«, erzählte Silvano, der neben ihr stand und genauso gespannt war, was bei dem Bild herauskam wie sie. »Erst dachte sie, er wäre nur zu Besuch hier in München. Aber vor ein paar Tagen kam er in dieser altmodischen roten Uniform vom Hotel Schöntal herein. Sie hatte sich gewundert und ihren Cousin gefragt, der dem Hotel täglich frisches Obst für das Frühstück liefert, doch der hatte den Mann noch nie dort gesehen.«

Unermüdlich arbeitete Günni die Details heraus und langsam wurden die Konturen des Mannes schärfer und deutlicher. Die Folien enthielten präzise Umrisse von Gesichtsform, Haartypen, Augenbrauen in unterschiedlichen Formen und Längen, Augenpartie, Ohren, Nasen, Münder und diverse Kinnformen. Günni navigierte durch die Auswahl und kombinierte die verschiedenen Elemente, während die Zeugin ihre Erinnerungen weiter schilderte.

»Sein Blick war bisschen anders. Oder ich weiß nicht, wie ich es sagen soll.«

Mit jedem Mausklick nahm das digitale Gesicht mehr Konturen an und entwickelte sich auf dem Bildschirm zu einem menschlichen Abbild. Und es sah jemandem erstaunlich ähnlich: Sheperton!

Schon wieder. Aber warum hatte Sheperton eine Hoteluniform getragen? Auch Rössler hatte einen Mann in Hoteluniform gesehen, dessen Beschreibung auf Sheperton passte. Doch was das zu bedeuten hatte, darüber wurden sie sich nicht einig. Clara war der Meinung, dass es gar keinen Sinn ergab, Matthias traute Sheperton alles zu und fand, der brauche kaum einen Grund, um merkwürdige Dinge zu tun. Silvano vermutete wilde Sex-Rollenspiele und Drogenexzesse mit Luna MiniStar. Thorwald hatte sich zurückgezogen, er hatte gemurmelt, dass er irgendetwas recherchieren müsse.

Clara fragte telefonisch bei Michaela Schöntal nach wegen der Uniform.

»Eine Hoteluniform? Selbstverständlich hatte Jones keine.«

»Könnte er eine gestohlen haben?«

»Genau kann das nur Benisha sagen. Die Ärmste. Es ist so furchtbar.« Sie schwieg einen Moment. »Es wäre schon möglich, dass jemand eine Hoteluniform stehlen könnte. Allerdings müsste der Dieb wissen, dass wir die alten Uniformen in einem Schrank im Wäschekeller aufheben.«

Clara war froh, das Telefonat beenden zu können. Sie hatte immer noch das Pfeifen im Ohr, telefonieren strengte sie an. Auch wenn das Wattegefühl sich ein bisschen verflüchtigt hatte. Dieser ganze verdammte Fall wollte sich einfach nicht aufklären lassen.

Sie hockte an ihrem Schreibtisch und wunderte sich darüber, dass Reitmayer ihr nicht im Nacken saß, obwohl es mit dem Mordfall nicht weiterging. Offenbar hatte sie durch die Sache mit ihrem Vater einen Mitleidsbonus von ihrem Vorgesetzten erhalten. Umso besser. Vor ihr ausgebreitet lagen die Notizen zu Zeugenaussagen, Berichte und Beweismittellisten. Auf dem Bildschirm hatte sie die Protokolle aufgerufen. Irgendwo in diesem ganzen Geflecht verbarg sich der entscheidende Hinweis, der alles aufklären konnte.

Und erneut durchforstete sie jeden Satz der Aussagen mit gewissenhafter Genauigkeit. Sie wog die Worte der Vernehmungen ab, jedes einzelne ließ sie auf sich wirken.

Und eines tauchte überall auf. Jones, Jones und immer wieder Jones, von dem sie inzwischen ja wussten, dass er in Wahrheit Sheperton geheißen hatte. Mal wurde er hier gesehen, dann dort, auch am Tag von Rosas Tod war er an ihrer Tür vorbeigekommen, genau zu der Zeit, zu der er sich mit der Mama-Influencerin zur Kokain-Party getroffen haben wollte. Clara stützte den Kopf in die Hände. Der Mann war wie ein Phantom.

Matthias verabschiedete sich gegen sieben, seine kleine Tochter Lilly kränkelte und er wollte seine Freundin nicht die ganze Zeit allein damit lassen. Auf Clara wartete niemand, Miriam übernachtete heute bei ihrem Vater, weil sie gemeinsam auf die Wiesn gehen wollten.

Auch Silvano zog seine Jacke an, als er bei ihr vorbeischaute. »Sorry, aber ich muss mal pennen. Die letzten drei Tage haben wir durchgehend Gas gegeben. Du solltest auch heimgehen und dich ein bisschen ausruhen.«

»Na klar, ich mach hier nur noch fertig und dann haue ich ab.« Sie wartete, bis das rhythmische Klackern von Silvanos Schuhen auf der Steintreppe verklungen war, bevor sie aufstand, um sich einen neuen Kaffee zu holen. »Auf der Steintreppe«, sagte sie laut vor sich hin.

Explosionsartig entflammte etwas in ihrem Geist. Sie sah ein Puzzleteil von der Treppe im Hotel, die speckig abgetretenen Stufen. Sie sah die Bestatter ausrutschen und Benisha am Boden vor dem Treppenaufgang. Die Treppe im Hotel war aus Stein. Warum war ihr das nicht schon früher aufgefallen? Als die junge Frau gestürzt war, hatte Benisha von der Treppe geredet und sie hatte nicht gemeint, dass sie dorthinunter gefallen war. Das war ja offensichtlich. Es musste ihr plötzlich ebenfalls bewusst geworden sein. Das Knarzen in der Nacht konnte nicht von der Treppe gekommen sein, denn die war aus Stein. Ein Aufzug, es war der völlig entkräfteten Benisha so wichtig gewesen, dass Clara das verstanden hatte. Und jetzt hatte sie es. Verdammt, wo war die erste Aussage von Benisha? Sie scrollte durch die Datei, bis sie endlich auf das stieß, was sie gesucht hatte.

Es war so gruselig, was sie erzählt hat. Ich habe hier unten mit Rosa auf dem Sofa gesessen und gewartet. Und als wir das laute Geknarze gehört haben, habe ich mir beinahe in die Hose gemacht. Es war wie in einem Horrorfilm. Ich dachte nur, was soll ich machen, wenn der Mörder gleich vor uns steht? Doch es war nur meine Chefin, die die Treppe wieder runtergekommen ist. Da war dieses laute Geräusch, das sich nach einer uralten Treppe angehört hatte. Ein Aufzug, hatte Benisha gesagt und dabei hatte sie sicher nicht den neuen Aufzug im Foyer gemeint. Was hatte der Koch Peter Feinlein erzählt? *Früher war die Küche unten im Keller* gewesen. Seine Worte hallten in ihrem Kopf wider. *Als die Chefin noch gar nicht geboren war und ihre Eltern das Hotel geleitet haben, das waren noch Zeiten. Da hatte der Maître Delaron, mein Lehrmeister, einen ganzen Saal hier im Untergeschoss gehabt.*

Ein ganzer Saal, in dem die Küche untergebracht war und eine enge kleine Kellertreppe. Wie würde man in so einem Fall die Speisen heraufbringen? In Claras Gehirn funkten die Synapsen. Sie sah zwei Puzzleteile, die sich einander mit präzisen Schnittkanten und abgerundeten Ecken näherten. Sanft glitt das eine Teil in das andere, während die winzigen Erhebungen und Vertiefungen auf beiden Seiten in einer perfekten Passform miteinander verschmolzen. Ein Speiseaufzug!

Das wohltuende Gefühl, dass sie auf dem richtigen Weg war, durchströmte sie. Und noch etwas wusste sie jetzt mit unumstößlicher Gewissheit: Dieser alte Speiseaufzug hatte sich bewegt, in der Nacht, in der Rosa den Mord beobachtet hatte. Und Clara zweifelte keine Sekunde mehr daran, dass Rosa Kleinschmidt Zeugin eines Mordes gewesen war. Eilig schnappte sie ihre Jeansjacke und lief die Stufen hinunter zur Tiefgarage.

Im Hotel warf sie Schöntal nur einen kurzen Gruß zu. Die Frau stand hinter dem Empfangstresen und schaute sie aus verhangenen Augen an. Sie wollte Clara etwas zurufen, doch ein Gast trat an den Empfang und beanspruchte ihre Aufmerksamkeit. Clara war es recht, so konnte sie ohne lange Erklärungen in den ersten Stock hochlaufen.

Oben erwartete sie eine Überraschung. Eine dunkle Gestalt machte sich hinten im Gang an den großformatigen Bildern zu schaffen. Einen Moment lang war sie unsicher, ob sie rufen sollte oder sich besser anschliche. Doch dann erkannte sie den Mann. »Thorwald? Was machst du denn hier?«

Thorwald hielt eine gerahmte Leinwand in den Händen,

eine Wiese mit bunten Blumen in Öl, ein Meter auf ein Meter. »Ich habe doch gesagt, dass ich eine Recherche durchführe.«

»Über Blumenwiesen?«

»Über Speiseaufzüge.«

»Wie kommst du darauf?«

»Bitte, das war doch offensichtlich, dass da etwas nicht stimmt. Welcher Hotelier mit einigermaßen Verstand im Kopf lässt einen Aufzug einbauen, der ohne Grund nicht bis in die Tiefgarage fährt?«

»Was?«

»Nun ja, ich dachte, es muss einen Grund geben, dass der Aufzug nicht bis in den Keller hinunter fährt. Ein genauer Plan vom Hotel existiert leider nicht. Also schaute ich mir den Bauantrag vom Fahrstuhl an. Und da habe ich gesehen, dass etwas die strukturellen Gegebenheiten für einen weiteren Ausbau begrenzte. In diesem Fall war es die Platzbeschränkung durch den alten Triebwerksraum eines Speiseaufzugs.«

»Okay, sag einfach, ob du ihn gefunden hast.«

»Noch nicht, aber meiner Überzeugung nach muss er hier hinten sein, nah bei Zimmer 107.«

Clara sah sich um, ein weitaus größeres Gemälde fiel ihr ins Auge. Darauf ein strahlend blauer Himmel. Beyond the sky! Sie dachte an Thorwalds lahmen Witz, mit den verwechselten Präpositionen. Doch sie hatte den gleichen Fehler gemacht. Im Englischen hieß beyond nicht nur jenseits, es konnte auch im Sinne von dahinter benutzt werden. *Hinter dem Himmel liegt das Geheimnis.* Sheperton musste von dem Aufzug gewusst haben.

»Versuchs bei dem hier!« Sie zeigte auf das leuchtende Himmelsbild. Mit beiden Händen packte Thorwald den vergoldeten Holzrahmen des Gemäldes und hob es hoch. Dahinter befanden sich zwei hölzerne Schiebetüren. Sie hatten den Speiseaufzug gefunden.

31

Clara schob eine der Türen beiseite, sie ließ sich leicht bewegen. Doch der alte Speiseaufzug sah nicht so aus, als würde er noch funktionieren. Die Kabine war weiter unten verkantet und nicht mehr mit den Seilen verbunden. Sie beugte sich in den Schacht und leuchtete mit der Polizeitaschenlampe hinein. »Ich glaube, da unten liegt was.«

Auch Thorwald sah etwas Weißes zwischen der Wand und dem Gehäuse des Drehstrom-Motors. Es sah aus wie eine Bandage oder etwas Ähnliches. Und es sah sauber aus, nicht so, als läge es schon lange dort.

»Ich klettere runter«, entschied Thorwald. Er war schmaler als Clara. Schon zog er sich ein paar Einmalhandschuhe über und griff nach den Drahtseilen im Aufzug.

»Warte, nicht ohne Sicherung. Wir binden eine Schnur oder Leine an dir fest.«

»Kein Problem, ich kann da so hinunter klettern. Im Seilklettern in der Schule war ich immer einer der Besten.« Prüfend zog er an dem Drahtseil, es hing oben fest an der Zugvorrichtung.

Michaela Schöntal kam neugierig den Gang entlang. »Was machen Sie da?«

»Können Sie uns ein Seil borgen?«, rief Clara ihr entgegen.

»Sicher, einen Moment.« Sie ging zurück, um nach wenigen Minuten mit einem einfachen Hanfseil wieder aufzutauchen.

»Keine Sorge, Partner, ich glaube an deine Fähigkeiten. Es

ist nur, damit wir deine Leiche finden, wenn was schief geht.«

Thorwald sah sie entsetzt an und Clara zwinkerte ihm zu. Dann zog sie das Seil unter seinen Achseln durch und knotete es vor der Brust fest. Thorwald stieg in den Aufzugsschacht und Clara hielt das Hanfseil straff, während er langsam nach unten kletterte. Es rumste. Er war auf dem Dach des Speiseaufzugs angekommen.

»Und?«

»Moment noch.« Es erforderte einige Akrobatik, sich in dem Schacht so zu positionieren, dass er an das Stück des weißen Stoffs herankam.

»Es ist ein Bademantelgürtel«, rief er nach oben. Er zog daran, der Gürtel hatte sich verklemmt zwischen Wand und Motorgehäuse. Er zog fester und mit einem letzten Ruck war der Bademantelgürtel frei. Im gleichen Augenblick rutschte der Aufzug begleitet von einem bebenden Tremolo aus Knarzgeräuschen weiter hinunter. Sofort zog Clara das Seil straff. »Okay, komm wieder hoch!«

»Alles in Ordnung, gib mir noch einen Moment.« Thorwald tastete den Bereich ab, in dem der Gürtel gelegen hatte. Doch er konnte nichts weiter finden. Trotz der Enge im Liftschacht gelang es ihm, rasch wieder nach oben zu klettern.

Er hielt den sauberen weißen Bademantelgürtel in die Höhe »Der liegt noch nicht lange da unten.«

Vorsichtig äugte Schöntal in den Schacht hinein. »Ich hatte keine Ahnung, dass so was hier existiert.«

»Wer kann von dem Aufzug gewusst haben?«

Schöntal sah sie ratlos an. »Dieter Feinlein vielleicht, der hat am längsten hier gearbeitet oder auch der Bodo Tannhöfer, der hatte ja überall im Haus zu tun.«

Sie warteten, bis die Spurensicherung eintraf. Clara gab Anweisungen, den ganzen Aufzug auf den Kopf zu stellen. Es war kompliziert, an das alte Ding heranzukommen. Irgendwann hatte Weidmann genug davon und gab Anweisung die gesamte Kabine auszubauen. Sie mussten Teile der Wand aufstemmen, es war laut und staubig. Die Gäste beschwerten sich, Schöntal fing an zu weinen, doch Weidmann dirigierte das ganze Unterfangen mit stoischer Ruhe. Erst um drei Uhr nachts hatten sie die verklemmte Kabine herausgeholt.

Nachdem sie sich kurz zu Hause ausgeruht hatte, saß Clara um halb sieben wieder im Büro. Die Sache mit dem Speiseaufzug war eine große Entdeckung gewesen. Sie war viel zu aufgedreht, als dass sie hätte schlafen können. Weidmann hatte versprochen, dass er sich bei ihr melden würde, sobald sie mit der Auswertung der Spuren fertig seien. Clara war überzeugt, dass damit die Leiche abtransportiert worden war, die Rosa gesehen hatte. Sie glaubte, dass jemand den Toten in den Bademantel gehüllt hatte, der in Zimmer 107 fehlte. Dann hatte derjenige die Leiche in den Aufzug verfrachtet und das Bild wieder drüber gehängt. Das war der Weg, auf dem der Tote so schnell verschwinden konnte. Wenn sie DNA in der Kabine fänden, könnten sie das Opfer womöglich schnell identifizieren. Clara schaute nach ihren Mails. Noch nichts von Weidmann, dafür hatte Pembroke geschrieben. Die Todesursache von Sheperton. Er war an Herzversagen gestorben, ausgelöst durch eine extrem hohe Menge Levamisol im Blut. Sie war nicht sicher, ob das für sie und ihren Fall noch relevant war. Interessanter war, woher Sheperton gewusst hatte, wo der Speiseaufzug war. Hinter dem Himmel, das konnte kein Zufall sein, oder? Clara stand auf und holte sich die Beweismittel aus der Asservatenkammer. Sie war noch nicht dazu gekommen, sie sich noch einmal genauer anzusehen.

Thorwald traf eine halbe Stunde nach ihr ein, auch er war zu aufgewühlt gewesen, um lange zu schlafen. »Ich habe eben mit Gabler telefoniert. Stiller ist auf dem Weg der Besserung. Er kann schon wieder *Hmmm* sagen.« Thorwald strahlte.

Das war gut zu hören, sie zeigte mit dem Daumen nach oben.

»Schon was von unserer Aufzugskabine gehört?«, wollte er wissen.

»Nein, aber Pembroke hat geschrieben, dass Sheperton an einem Herzinfarkt gestorben ist, eine Folge des stark verschnittenen Kokains. Merkwürdig irgendwie, denn es ging ihm ja zuerst gut. Die Frage ist, wie er im Krankenhaus noch mal an Kokain gekommen ist.«

»Vielleicht hatte er einen Nachschlag dabei?«

»Nein, die Kollegen haben ihm alle persönlichen Gegenstände abgenommen.«

Gegen neun trafen Matthias und Silvano fast gleichzeitig ein. Matthias hatte eine rote Schnupfennase und Silvano hielt ihn möglichst auf Abstand. Die beiden staunten nicht schlecht darüber, was in der Nacht geschehen war. Sie beschlossen, dass Matthias und Silvano zu Bodo Tannhöfer fahren sollten, um ihn wegen des Speiseaufzugs zu befragen.

Clara hatte die Asservatenbeutel auf ihrem Tisch ausgebreitet. Sie griff nach ihrer Kaffeetasse, doch die war schon wieder leer. Seufzend stand sie auf, die Geräusche in ihren Ohren waren trotz der Anstrengungen der vergangenen Nacht eher weniger geworden. Sie ging am Gemeinschaftsbüro vorbei, in dem Thorwald Bilder der Überwachungskamera aus dem Krankenhaus auf seinem Bildschirm analysierte. Mitten in der Bewegung hielt sie inne. Der Mann auf Thorwalds Monitor sah aus wie ein mürrischer Geistlicher. Er kam ihr bekannt vor und sie wusste auch woher: aus Balthasars Beschreibung.

»Wer ist der Typ?«

»Ein Mediziner, er trägt zumindest einen weißen Kittel. Nachdem wir unsere Bewachung von Sheperton einstellen mussten, hat er ihn umgehend aufgesucht.«

»Ich glaube nicht, dass das ein Mediziner ist, schick mir das Standfoto mal aufs Handy.«

Sie hatte vorhin die Olsen-Zwillinge zu dem Bretterverschlag auf der Wiesn geschickt. Die beiden Kollegen hießen nicht wirklich so und Zwillinge waren sie auch nicht. Sie wurden so genannt, weil sie sich erstaunlich ähnlich sahen. Groß, blond, gut aussehend, ganz so, wie die berühmten Olsen-Schwestern aus Amerika. Sie trugen auch meist ähnliche Klamotten und immer waren sie zu zweit unterwegs. In dem Verschlag hatten sie nichts gefunden, der winzige Stand war komplett leer.

Clara stellte ihre Tasse in die Kaffeemaschine und ließ sie volllaufen. Ihr Handy summte, es war das Foto des »Mediziners«. Sie schickte es an Balthasar weiter, und sie wusste, noch bevor er antwortete, dass das der Mann war, den Balthasar als mürrischen Geistlichen bezeichnet hatte. Es war der, der den laienhaften Stand auf der Wiesn aufgestellt hatte. Clara ging in ihr Büro zurück und nahm die Beweismitteltüte mit dem Herz. Nichts daran war schön, dickbauchig und nicht mal sorgfältig bemalt, oben neben der Öse war sogar noch eine kreisrunde produktionsbedingte Nahtstelle.

Thorwald kam mit einer Tasse in der Hand herein. »Du hast deinen Kaffee an der Maschine stehen lassen.«

»Ah, vielen Dank.« Sie hielt den Beutel mit dem Herz hoch und betrachtete es von allen Seiten. Es war wirklich hässlich.

Thorwald war im Begriff, ihre Tasse auf dem Schreibtisch abzustellen. »Was schaust du da? Das sieht aus…« Er fasste danach und da passierte es. Mit einem lautstarken Knall platzte sein Arm-Airbag auf. Der Beutel mit dem Herz und die Kaffeetasse wurden in hohem Bogen durch die Luft geschleudert. Der Airbag zischte und von oben fuhr ein Regen aus Kaffee auf sie hernieder. Die Unterlagen, der Rechner, der Monitor, Clara und Thorwald, alles hatte Kaffee abbekommen. Die Tasse war auf dem Boden aufgeschlagen, neben dem Türrahmen war die Tüte mit dem Herz hingefallen, wie es aussah, hatte das Beweisstück den Flug überlebt.

»Oh, entschuldige, entschuldige! Schon wieder eine verzögerte Auslösung. Ich wollte es vorhin den Olsen-Zwillingen vorführen.«

Und wie aufs Stichwort stürzten die »Zwillinge« durch den Knall alarmiert herein.

»Stopp!«, rief Clara, doch einer der beiden trat mit seinem ganzen Gewicht auf das Herz, ein lautes Knacken und das Beweisstück war zerbrochen. Langsam hob er den Fuß. »Schlimm?«

Bevor Clara etwas dazu sagen konnte, stieß Thorwald sie an und deutete in Richtung des Beutels. Reste von weißem Puder hafteten auf den Innenseiten der Bruchstücke.

Kokain!

Puzzleteil für Puzzleteil fügte sich vor ihren Augen zusammen, und wie von Zauberhand entstand ein Gesamtbild, in dem alles perfekt ineinander passte. Drogen. Die ganze verdammte Zeit war es um nichts anderes gegangen. Und das Hotel stand in direktem Zusammenhang damit. Der Kreis auf den Herzen war die Einschubstelle für das Röhrchen, so wurden sie befüllt und geleert. Und so war auch das Kokain an Rosas Hände geraten. Sie hatte das Herz aufgehoben und dabei hatten sich Minispuren davon auf ihre Hände übertragen.

Clara und Thorwald wischten sich, den Kaffee so gut es ging aus Gesicht, Haar und von den Fingern. Bei Claras weißem Sweatshirt war jeder Versuch es zu säubern vergebliche Liebesmüh. Doch ihre Laune war deutlich gestiegen. Sie waren auf der richtigen Spur.

Thorwald untersuchte die Puderreste mit einem Schnell-Test, um auf Nummer sicherzugehen. Das Ergebnis war eindeutig. Unverzüglich forderten sie Drogenspürhunde an. Sie würden sich in einer halben Stunde mit ihnen im Hotel treffen.

Die Hundeführer waren Finn, ein junger Mann, der sich durch seine freundliche Art im Umgang mit den Tieren auszeichnete, und sein älterer Kollege Udo, der die Erfahrung und Gelassenheit mitbrachte. Nachdem sie ihre Anweisungen erhalten hatten, machten sie sich sofort ans Werk. Sie hatten zwei belgische Schäferhunde dabei, Rocky und Cleo.

Michaela Schöntal, die bislang jegliche Polizeimaßnahmen unterstützt hatte, fuchtelte aufgeregt mit den Händen herum. »Das ist eine Zumutung, es reicht langsam. Dürfen Sie das überhaupt?«

Clara überließ es Thorwald, Frau Schöntal zu erklären, welche Gesetzeslage in diesem Fall galt.

Sie verfolgte gespannt die Hunde bei der Arbeit. Die Tiere liefen die Flure im Erdgeschoss und ersten Stock ab. Wie zu erwarten, zeigten sie vor dem ehemaligen Hotelzimmer von Sheperton an und ebenfalls wenig überraschend vor der Tür von Luna MiniStar. Sie bellten einmal und setzten sich vor das verdächtig riechende Zimmer. Doch die Kollegen von der Drogenfahndung fanden dort nur bröselige Reste auf dem Rand des Waschbeckens. Auch der zweite Stock wurde zügig abgearbeitet. Es gab keine weitere Zimmertür, vor der die Hunde anzeigten. Sie hatten nur noch wenige Minuten, bevor die Tiere eine Pause einlegen mussten, als die Hündin Cleo unruhig wurde.

»Was ist denn da oben?«, fragte Udo und zeigte ins Dachgeschoss.

»Die Privatwohnung der Hotelmanagerin.« Thorwald sah Clara an und sie nickte, natürlich, sie sollten auch dort suchen, obwohl Schöntal ihr nicht gerade wie ein Junkie vorkam.

»Na, komm Cleo, meine Schöne, such!« Udo strich ihr sanft über den schmalen Rücken und die anmutige Schäferhündin brauchte keine zweite Aufforderung. Sie stob die Treppen hoch, bellte und setzte sich vor die Tür.

»Frau Schöntal, würden Sie bitte die Tür öffnen.« Clara

sah sich nach ihr um, doch Michaela Schöntal war nirgends zu sehen.

»Wir können auf einen Schlüsseldienst warten«, sagte Udo und nahm Cleo an die kurze Leine. »Die Hunde brauchen eh eine Pause.«

»Das ist nicht nötig.« Thorwald zog mit einer großen Geste ein Mäppchen aus seiner Jackentasche »Ich habe mich ein wenig geübt in der Kunst Türen zu öffnen.« Er holte ein Picktool heraus und kniete sich vor die Tür hin, bereit sie zu bearbeiten, doch der Hundeführer drückte die Klinke und die Tür war nicht verschlossen. Clara hatte ein wenig abseits am Treppengeländer gelehnt und grinste Thorwald breit an, der bedauernd sein Werkzeugmäppchen wieder einsteckte.

Mit einem harten Ruck wurde die Tür von innen aufgerissen. Eine große dunkle Gestalt rammte Thorwald ihren Kopf gegen die Brust und stieß ihn so heftig auf Udo, dass der einige Stufen, die Treppe herunterstürzte und die jaulende Cleo mit sich riss. Thorwald brauchte einen Moment, um sich zu fangen, und Clara stand zu weit weg, um den Flüchtenden sofort aufzuhalten. Die Gestalt sprang über das Geländer auf das zweite Stockwerk und rannte die Treppe hinunter.

Nach einem kurzen verwirrten Moment nahm Clara die Verfolgung auf. Im ersten Stock drängte sie den Mann, der ein dunkles T-Shirt trug und die Hose einer Hoteluniform anhatte, in die Tiefe des Gangs. Er konnte nirgendwo mehr hin. Erst jetzt sah sie das Messer in seiner Hand. Einige Sekunden lang stierten sie sich an wie zwei Raubtiere, die Blicke scharf und fokussiert. Der Mann war nicht Sheperton, doch die Ähnlichkeit war verblüffend. Kein Wunder, dass die Leute im Hotel die beiden für ein und dieselbe Person gehalten hatten. Er musste es gewesen sein, der sich an der Tür der alten Frau zu schaffen gemacht hatte, und sie war überzeugt davon, in diesem Moment dem Mörder von Rosa direkt in die Augen zu schauen. Hinter sich hörte sie Thorwald antraben. Die Blicke des Mannes huschten zwischen ihr und Thorwald hin und her.

Dann drehte er sich um und ein ohrenbetäubender Lärm heulte los. Er hatte die Tür zum Notausgang aufgestoßen und stand im Freien. Behände und fast schwerelos schwang sich der große Mann am Geländer der Wendeltreppe herunter, wie ein Artist im Zirkus.

32

Clara verlor wertvolle Zeit, weil sie die Außentreppe hinunterlaufen musste, dicht gefolgt von Thorwald. Sie legte im Laufen die Hand an die Waffe, doch hier zu schießen war völlig unmöglich. An diesem sonnigen Feiertag waren noch mehr Menschen zur Wiesn unterwegs.

»Ja, Servus! Magst a Busserl?«, trat ihr ein betrunkener Riese breit grinsend entgegen.

Sie stieß ihn beiseite und sah sich hastig um. Wo war der Sheperton-Doppelgänger? Die tiefstehende Sonne blendete sie. Da! Clara sah den strubbligen Hinterkopf des Verdächtigen im Gedränge. Der Mann hatte einige Meter Vorsprung. Geschickt zwängte er sich zwischen den ausgelassenen Oktoberfestbesuchern hindurch. Mühsam bahnte Clara sich ihren Weg hinterher.

Sie hörte Schreie, jemand war zusammengebrochen. Die Menge driftete an einer Stelle ein wenig auseinander. Ein junges Mädchen beugte sich über eine Frau, die mit blutbefleckten Dirndl auf dem Boden saß. Panik lag in ihrem Blick. Clara drängelte sich durch. Die meisten Leute hatten den Vorfall nicht mitbekommen. Clara erkannte schnell, dass die Frau nur Abwehrverletzungen an den Händen davongetragen hatte.

»Das war der da!«, schrie das Mädchen neben der auf dem Gehsteig kauernden Frau und zeigte auf den Haarschopf des Sheperton-Doppelgängers. Mit angespanntem Blick verfolgte Clara den Mann. Die leuchtenden Trachten der Festbesucher und die heitere Stimmung bildeten einen unwirklichen

Kontrast zu der bedrohlichen Lage, in der sich jeder befand, der dem Mann zu nahekamen.

Clara drehte sich um. »Thorwald!« Er verstand, obwohl er sie nicht hörte. Er würde hierbleiben und der Frau helfen. Und er würde die Kollegen informieren, eine Beschreibung des Verdächtigen durchgeben.

Ihr Vorteil war, dass sie groß war, sonst hätte sie den Täter längst aus den Augen verloren. Das warme Wetter ließ die Menschen in Scharen auf die Festwiese strömen. Sieben Millionen Besucher, schoss es Clara durch den Kopf. Sie versuchte, den Abstand zu verringern, doch der Sheperton-Doppelgänger nutzte jede sich bietende Gelegenheit, seinen Vorsprung auszubauen. Und er hielt direkt auf die Wiesn zu.

Kollegen! Clara sah zwei Beamte, die ihr jedoch den Rücken zudrehten. Sie versuchte, durch Rufen auf den Mann aufmerksam zu machen, doch sie drang nicht durch den Lärm. Spätestens die Einlasskontrollen müssten ihn aufhalten, dachte sie. Es sei denn, er hielte das Messer versteckt.

Je näher sie dem Festplatz kam, desto schwieriger war es, sich schnell fortzubewegen. Clara spürte die Anspannung in jedem Muskel ihres Körpers und den Frust, der sich in ihr aufbaute. Ihr Blick ging zu den Kollegen, noch einmal versuchte sie, auf den Mann zu zeigen, doch als sie wieder zu ihm hinsah, war er spurlos verschwunden.

Für einen Moment verharrte Clara am Eingang der Wiesn, ihr Verstand arbeitete auf Hochtouren. Die Polizisten am Einlass waren informiert. Die Zugänge wurden zum Hineingehen vorübergehend geschlossen. Nur der Weg nach draußen blieb offen, während die leitenden Beamten vor Ort versuchten, die Gefahrenlage zu klären.

Clara ließ ihren Blick durch die Menge schweifen. Thorwald und Silvano trafen ein und sie beschlossen, die Suche als Team auf dem Oktoberfest fortzusetzen.

Einige Uniformierte bereiteten sich darauf vor, in Zweiergruppen auf dem Gelände auszuschwärmen. Der Unmut der wartenden Gäste, die nicht eingelassen wurden, machte sich zunehmend bemerkbar. Clara wusste, es würde ein Glücksspiel werden, den Mann hier aufzuspüren. Doch sie mussten es versuchen. Ausschau haltend gingen sie los.

»Da!«

Clara konnte es kaum fassen, sie waren erst einige Minuten unterwegs. Sie stieß Thorwald mit dem Ellenbogen an und zeigte auf den Haarschopf des Mannes, den sie seit dem Hotel verfolgt hatte. Er war ihr aufgefallen, da die entgegenkommenden Menschen versuchten, ihm aus dem Weg zu gehen. Das Messer musste er vor der Einlasskontrolle verborgen haben, jetzt jedoch schien er es vor sich herzutragen. Claras Blick war konzentriert auf seinen Hinterkopf gerichtet.

Die schrillen Rufe der Schausteller »Immer schneller geht die Fahrt« und das unbeschwerte Lachen der Festgäste vermischten sich zu einem einzigen lauten Getöse.

Die Flucht des Mannes führte weiter hinein in das bunte Treiben des Oktoberfests, vorbei an Essensständen in denen Bratwurst über Holzkohle brutzelte und sich in riesigen Kupferkesseln gebrannte Mandeln drehten. Wieder verlor sie den Mann aus den Augen. Überall Menschen, die in alle Richtungen strömten. Musik dröhnte aus den Lautsprechern, Kinder lachten und jubelten aus einem der Karusselle heraus. Suchend sah sie sich um. Plötzlich hörte sie einen Schrei. Kein fröhliches Jubeln! Angst!

Das war die richtige Richtung.

Er strebte wieder zum Ausgang.

Vor dem Toboggan erspähten sie den Flüchtenden. Doch er hatte sie auch entdeckt und packte einen Mann in Lederhosen. Er wollte ihn mit sich ziehen, das ließ sich der wuchtige Bayer aber nicht gefallen und schlug nach hinten aus. In wilder Wut trieb der Sheperton-Doppelgänger ihm das Messer seitlich in den Bauch. Blut spritzte, eine ältere Frau in blauem Trachtenkleid schrie hysterisch auf und die Besucher rundherum herum versuchten, aus dem Umfeld des Messerstechers wegzukommen.

Clara war nicht nah genug dran, um einzugreifen. Silvano riss die Waffe aus dem Halfter, doch die Menge rempelte ihn und stieß ihn fast um.

Clara schüttelte den Kopf. »Nicht schießen!«

Der blutende Mann stürzte schwer zu Boden und hielt seine Hand auf die Bauchwunde gedrückt.

Dann zerrte der Täter eine junge Frau in einem rosafarbenen Dirndl an sich, die gerade unten aus der Rutsche beim Toboggan herauskam. Er hielt ihr das Messer an die Kehle. Vor Angst wimmernd, zitterte die Frau in der eisernen Umklammerung. Zwei Uniformierte von der Wiesnwache waren eingetroffen und für einen Moment befürchtete Clara, sie würden ihre Waffen ziehen, doch sie erkannte Gabler, und wie gewohnt agierte die Polizistin besonnen. Gablers Kollege setzte einen Alarm ab. Sicher würde nun das Entfluchtungskonzept in Gang gesetzt werden.

Und es dauerte keine zehn Sekunden, da dröhnte die Ansage durch die Lautsprecher: »Das Festgelände wird geräumt. Es besteht kein Grund zur Panik. Es handelt sich um eine Vorsichtsmaßnahme. Die Zäune rundherum werden geöffnet. Bitte verlassen Sie das Festgelände ruhig und geordnet.«

Doch die Masse bewegte sich nur zögerlich, es gab keinen schnellen Abfluss in irgendeine Richtung. Und um den Täter herum bildete sich ein Kreis, in dessen Mitte der niedergestochene Mann sich immer noch auf der Erde wand. Wo blieb die Verstärkung? Einige Umstehende hatten ihre Handys gezückt und filmten den Verletzten.

Silvano wollte sich zu ihm hinunterbeugen, doch der Messerstecher schrie: »Bleibt zurück! Ich schneid' der die Kehle durch.« Wirr glotzte er um sich herum, seine Stirn war schweißnass. »Ich bin das Wiesnphantom und ich töte jeden, der mir zu nahekommt!«

Ein Aufschrei ging durch die Menge, doch es gab keine Fluchtmöglichkeit, weder für den Täter noch für die Besucher.

Zwei junge Männer vom Rettungsdienst versuchten dem Verletzten zu helfen, doch auch sie ließ der aufgewühlte Messerstecher nicht näher kommen. Das Blut breitete sich dunkel auf dem Asphalt aus. Aus der Ferne tönte noch immer Gute-Laune-Musik.

»Verschwindet alle, sonst stirbt die hier auch. Ich habe nichts zu verlieren!«

Silvano sah Clara an und nickte zu dem Mann am Boden. Er hatte recht, der Mann würde verbluten, wenn er nicht schnell Hilfe bekäme.

Clara machte einen Schritt auf den Sheperton-Doppelgänger zu. »Hören Sie, das hier muss nicht weiter eskalieren.« Und an die Frau gewandt, fügte sie leise hinzu: »Bleiben Sie ganz ruhig, wir helfen Ihnen.«

Clara hatte genug Erfahrung, um zu wissen, dass der Mann sich nicht auf einen schnellen Handel einlassen würde, es würde Stunden dauern, einen solch aufgebrachten Gefährder runterzureden. Doch die Zeit hatten sie nicht. Sie wollte ihn so weit zurückdrängen, dass die Rettungssanitäter zu dem Verletzen durchkämen. Und die beiden folgten ihrer Taktik. Mit jedem Schritt, den Clara auf den Täter zuging, näherten sie sich dem Verletzten.

Als der Täter bemerkte, was vor sich ging, schleppte er die völlig verängstigte junge Frau mit sich zur Treppe am Eingang des Toboggans und fuchtelte mit dem Messer herum. Immerhin hatten die Sanitäter freie Bahn. Das verschaffte ihnen ein bisschen Zeit.

Der Sheperton-Doppelgänger hatte die Frau weiter fest umklammert und drückte ihr nun wieder das Messer an die Gurgel. Als die Frau laut aufschluchzte, kamen sie ins Straucheln. Und die Menge quittierte den Beinahe-Sturz und den Schrei der Frau mit einem lauten *Ohhh.*

Er würde sie umbringen, wenn Clara nicht handelte. Sie nickte Thorwald und Silvano zu und ließ ihre Augen weit nach rechts wandern. Sie würde versuchen, sich unbemerkt hinter das Fahrgeschäft zu schleichen. Es war ein riskanter Schachzug, doch sie vertraute darauf, dass Thorwald und Silvano ihr die Ablenkung verschaffen würden, die sie brauchte. Fast gleichzeitig traten sie einen Schritt vor, während Clara langsam nach hinten ging und sich dann seitwärts bewegte. Und es klappte, der Sheperton-Doppelgänger konzentrierte sich auf die Kollegen. Das Herz schlug Clara bis zum Hals. Sie hatte nur einen Versuch. Tief duckte sie sich in den Schatten der Seitenwand.

Dann hörte sie einen dumpfen Schlag. Silvano hatte einen Sturz vorgetäuscht. Aus der Menge kam ein Aufschrei, doch Silvano hatte sein Ziel erreicht. Der Verdächtige sah sich hektisch um. Der Moment der Ablenkung war perfekt. Clara flog lautlos um das Fahrgeschäft herum, ihre Schritte waren leicht und sicher, auch wenn der Puls in ihren Ohren raste. Verborgen hinter den Streben des Toboggans beobachtete sie die Szene.

Silvano bedeutete den Mitarbeitern des Fahrgeschäfts zu fliehen, die noch oben vor der Kasse standen. Die ließen sich das nicht zweimal sagen. Als der Täter mit der Frau im Rückwärtsgang gegen die Stufen des Toboggans stieß, versuchte Silvano noch einmal, mit ihm zu reden. »Kommen Sie, Mann, das hat doch keinen Sinn.«

»Stecks dir sonst wohin! Haut ab! Alle!«

»Das können wir nicht.«

Silvano hob bedauernd die Hände. Er und Thorwald machten Seite an Seite einen weiteren Schritt auf den Mann zu. Clara sprang hoch und griff die erste Querstrebe des Gestells, mit einem kräftigen Klimmzug hob sie sich nach oben. Jetzt zahlte es sich aus, dass sie regelmäßig ins Training ging. Strebe für Strebe kletterte sie empor zur ersten Plattform. Sie wollte den Täter von hinten überraschen, sodass

Thorwald und Silvano ihm die Geisel entreißen konnten. Doch der Mann machte ihr einen Strich durch die Rechnung.

»Verschwindet!«, schrie er. In die Enge getrieben, ohne Ausweg, zerrte er die halb ohnmächtige Frau die Stufen zur Kasse hoch. Thorwald und Silvano folgten ihm. Er stand mit dem Rücken zu Clara unten am Laufband.

Mit den Füßen auf dem Geländer hockend, hielt sie sich am Längsbalken fest. Sie atmete flach und versuchte, keine Geräusche zu machen. Er durfte nicht auf sie aufmerksam werden, ehe Thorwald und Silvano in Position standen und die Frau in Sicherheit bringen konnten.

»Alles ist gut!« Silvano machte noch einen Schritt. »Wir wollen nur reden.«

»Zum letzten Mal. Verpisst euch! Ich mache keine Spielchen.«

»Genau wie wir, da haben wir ja schon etwas gemeinsam.«

Der Mann überlegte. Es schien, als lockerte er den Griff um seine Geisel.

Silvano kam noch ein wenig näher, immer dicht gefolgt von Thorwald. Der Frau liefen die Tränen aus den schreckgeweiteten Augen und sie stöhnte laut auf. Sogleich presste der Mann sie wieder fest an sich und sprang mit dem Messer an ihrem Hals aufs Laufband. Schreie gellten aus den Reihen der Umstehenden und in dem Lärm gingen die Geräusche, die Clara hinter dem Mann machte, unter.

Sie glitt über das Geländer auf die kleine Plattform. Der Täter fuhr ihr entgegen, doch er hatte seinen Blick fest auf Silvano geheftet. Der war ebenfalls aufs Band gesprungen, geübt und sicher stand er da und die Menge belohnte das verrückterweise mit Jubel. Thorwald hüpfte auch auf das Band, doch er ruderte wild mit den Armen, um das Gleichgewicht nicht zu verlieren, was ihm von unten Gelächter einbrachte. Als wäre es ein ganz normaler Tag auf der Wiesn mit den üblichen lustigen Szenen am Toboggan.

Clara hatte sich oben fest gegen den Balken gepresst. Sie sah den Rücken des Mannes näherkommen. Er war keinen Meter mehr von ihr entfernt, als er rückwärts vom Laufband stieg und die Geisel neben den Aufgang der steilen Wendeltreppe zerrte. Fast berührte er Clara, die den Atem anhielt.

Silvano war ebenfalls oben angekommen und Thorwald stolperte an der Seite auf dem schmalen Weg neben dem Band hinauf.

»Jetzt!«, rief Clara und schnellte hervor. Sie schlang ihren Arm um den Hals des Mannes und drückte fest zu. Für einen Moment verlor er das Gleichgewicht, riss das Messer in die Höhe und ließ die Frau los. Thorwald reagierte blitzschnell. Er fasste nach der Hand der Geisel, doch die Frau strauchelte und stürzte. Thorwald zog sie hoch und schob sie Silvano zu, der bereits am Treppenaufgang zur Rutsche stand und sie schützend in die Arme nahm.

»Nach oben!«, schrie Thorwald und Silvano drängte die Frau die engen Treppen weiter hinauf, um sie aus der Gefahrenzone zu bringen.

Die ganze Situation wurde von Ahs und Ohs aus der Menge begleitet. Clara kam sich vor, wie in einer Arena, in der Gladiatoren gegen Löwen kämpften. Fragte sich nur, wer war der Löwe?

Sie konnte ihren Griff um seinen Hals nicht mehr halten. Er wehrte sich erbittert, entwand sich ihr und baute sich mit dem blutverschmierten Messer in der Hand vor Clara auf. Bedrohlich glitzerte die Klinge im Sonnenlicht, rasend vor Wut ging er auf sie los. Jeden Angriff konterte sie mit der dazu passenden Ausweichbewegung. Clara duckte sich geschickt unter den Stichen hindurch und tanzte förmlich auf dem hölzernen Boden der Plattform. Die Rufe und Schreie von unten verschmolzen zu einer Klangkulisse, die sich in Claras Ohren festsetzte, auch der Angreifer schien irritiert. Thorwald nutzte die Gelegenheit und fasste nach seinem Arm, doch der Mann traf ihn mit dem Messer an der Wange.

Erschrocken wich Thorwald zurück und stieß gegen das niedrige Geländer. Erneut richtete die rasende Wut des Mannes sich gegen Clara. Seine Bewegungen waren wild und unkontrolliert. Claras Verstand arbeitete auf Hochtouren, sie erfasste jeden Moment, ahnte seine Bewegungen voraus und hielt sich stets seitlich zum Messer. Sie spürte, wie sich ihre Muskeln nach jedem Move sofort wieder anspannten, bereit für das nächste Ausweichmanöver. Thorwald hatte seine Waffe gezogen und zielte auf den Messerstecher, doch er wagte nicht, zu schießen. Und mit jedem Mal, wenn Clara sich seinen Attacken entzog, wurde der Angreifer aggressiver.

»Bleib stehen, verdammt noch mal!«, keuchte er.

Entschlossen glitt Clara seitlich an ihren Gegner heran, doch genau jetzt strauchelte der Mann und stürzte ihr halb entgegen, sodass Clara, beim Versuch ihn zu packen, direkt in die offene Klinge fasste. Eine Welle aus Schmerz schoss ihr von der Hand mitten ins Gehirn. Tiefrot sickerte das Blut aus dem auseinanderklaffenden Schnitt. Einen lähmenden Augenblick lang geriet sie aus dem Konzept. Schon fegte er sie mit einem festen Tritt zu Boden und warf sich über sie. Mit den Knien auf ihrem Oberkörper drückte er sie hinunter. In der einen Hand das Messer, mit der anderen stützte er sich neben ihrem Kopf ab, um nicht selbst umzukippen. Clara versuchte, ihn wegzudrücken, nach seinem Arm zu greifen, doch inzwischen war alles blutverschmiert glitschig, sie bekam ihn nicht zu fassen. Auch er hatte Schwierigkeiten, das Messer zu führen. An ihnen vorbei sauste Silvano nach unten, mit Entsetzen auf dem Gesicht, die gerettete Frau vor sich auf dem Rutschteppich.

Nun holte der Angreifer weit aus, um Clara das Messer in den Körper zu rammen. Da sprang Thorwald ihn an und krallte sich an den muskulösen Arm dieses Goliaths. Mühelos schüttelte der kräftige Mann ihn ab und Thorwald flog nach hinten weg. Torkelte, sammelte sich und griff erneut an. Doch der Mann verpasste ihm einen so gewaltigen Kinnhaken, dass Thorwald aus dem Gleichgewicht geriet. Er kippte rückwärts über das Geländer des Toboggans. Wie in Zeitlupe sah Clara ihren Partner über die Brüstung in die Tiefe fallen. Schüsse knallten. Die Menge schrie. Clara wusste nicht, was mit Thorwald war. Lebte er noch? Sie fühlte eine unbändige Wut in sich. Sie musste diesen Albtraum beenden.

»Es reicht!«, stieß sie schwer atmend hervor und schlug ihre Zähne in das Handgelenk des Mannes. Sie biss gnadenlos zu, Thorwalds Gesicht vor sich, seine angsterfüllten Augen als er über das Geländer stürzte.

Mit einem schmerzerfüllten Schrei ließ der Mann das Messer fallen. Klirrend schlug es auf dem Boden auf, rutschte über das Plateau und fiel nach unten. Clara hatte den metallischen Geschmack des Bluts im Mund und spürte die Sehnen seines Handgelenks zwischen ihren Zähnen. Doch sie ließ nicht locker.

Wie ein Wolf, der in die Greifer einer Bärenfalle geraten war, heulte der Angreifer in wildem Schmerz und kämpfte sich aufbäumend darum, seinen Arm zu befreien. Er schlug Clara mit der Faust ins Gesicht, doch der Schlag fiel mickrig aus. Sie ließ von ihm ab und schob ihn von sich herunter. Wimmernd rollte er sich auf dem Boden zusammen. Clara robbte zum Geländer.

»Thorwald?« Sie krächzte mehr, als dass sie rief. Blut lief ihr am Kinn entlang und war überall auf ihrem Sweatshirt verteilt. Unten herrschte bleierne Stille.

33

Thorwald lag leblos auf dem Boden.

Gabler und ein weiterer Polizist eilten zu ihm. Übelkeit stieg in Clara auf. Doch dann bewegte er sich, versuchte, sich aufzusetzen. Eine warme Welle der Erleichterung durchfuhr sie. Thorwald lebte. Seine Arme waren dick, wie die von Popeye, nachdem er Spinat gegessen hat, diesmal auf beiden Seiten. Seine Airbags waren krachend aufgegangen. Im richtigen Moment. Er hatte die Unterarme schützend über seinen Kopf gehalten und war wie auf einem Luftkissen unten angekommen. Nun schaute er zu ihr hinauf, befreit lachend hob er einen Daumen nach oben.

Clara war nach Freudengeschrei und Heulen gleichzeitig zumute. Ein Uniformierter versuchte, zu ihr hochzukommen, um den Täter zu verhaften, doch er scheiterte kläglich am Laufband, plumpste auf seinen Hintern, blieb am Geländer hängen und kugelte unkontrolliert zur Seite. Gabler hingegen sprang aufs Band, stand wie auf einem Surfbrett und fuhr so geübt nach oben, als wäre sie eine preisgekrönte Wellenreiterin. Die Menge feierte den lässigen Auftritt der Polizeimeisterin und dröhnender Jubel drang nach oben. Gabler hüpfte vom Band direkt vor Clara, die auf dem Boden saß und sich ans Geländer lehnte.

»Ich bin okay!«

Clara nickte, sie hatte sich die Jeansjacke um die Hand gewickelt, um die Blutung der Schnittwunde zu stoppen und deutete auf den Mann, der sich wimmernd am Boden wand. Handschellen anlegen war unmöglich und so packte Gabler den Täter fest im Polizeigriff und schob ihn am Laufband vorbei nach unten.

»Au, au – ich bin verletzt, die Frau da ist ja verrückt. Sie hat mir fast die Hand abgebissen.«

»Jetzt haltens einfach s' Maul. Ihr Auftritt ist vorbei. Gemma!« Gabler versetzte ihm einen Stoß, damit er weiter nach unten ging.

Clara ließ sich indes erschöpft niedersinken, eine unermessliche Müdigkeit zog sie auf die Holzplanken der Plattform. Entkräftet lag sie da und schaute in den blauen Himmel.

The secret lies beyond the sky.

Ihr Partner war wohlbehalten und sie hatten den Mörder von Rosa Kleinschmidt dingfest gemacht. Der würde so schnell keine Münchner Wiesnluft mehr schnuppern.

Über das Laufband kam jemand oben herausgesprungen, für einen kurzen grauenhaften Moment dachte Clara, der Angreifer käme zurück, doch es war ein Sanitäter. Ein junger Bursche, der ihr bekannt vorkam. »Oh Mann, haben Sie noch alle Zähne?« Er betrachtete das Blut an ihrem Mund, hockte sich neben sie auf den Boden und tupfte mit einem feuchten Tuch ihr Kinn ab.

»Es ist nicht von mir, ich habe nur ein bisschen Vampir gespielt. Aber das wird bestimmt nicht mein Hobby.«

Er wischte ihr die Blutreste um den Mund herum ab. »Wir kennen uns, wissen Sie noch? Ich bin Benny, ich habe Sie schon einmal verarztet.« Er zeigte auf ihre Armbeuge.

Clara grinste erschöpft. »Ja, stimmt, vermutlich wird es nicht zum letzten Mal gewesen sein.«

»Na dann, lassen Sie mich mal die Hand anschauen.« Er wickelte die Jeansjacke ab.

Der Schnitt war nicht so tief wie befürchtet und so konnte sie direkt nach der Verarztung mit einem festen Verband um die Hand wieder mit ins Revier fahren.

Silvano und Thorwald saßen dort in trauter Einigkeit zusammen. »Unser Teufelskerl hier hat sich nicht die geringste Verletzung zugezogen mit seinen genialen Armairbags.«

Freundschaftlich schlug Silvano Thorwald auf die Schulter. Der lächelte verlegen, ein Pflaster prangte auf seiner Backe, wo Rolf Hannemann ihn mit dem Messer erwischt hatte. So hieß der Mann, der Sheperton so ähnlich sah.

»Und wie geht es dir?«, fragte Silvano.

»Passt schon. Eine Narbe mehr, die eine Geschichte auf meine Haut schreibt.«

Matthias kam herein. »Unser Freund Rolf Hannemann schweigt. Tatsächlich haben wir schon eine fette Akte von ihm. Er wird seit zwei Jahren per Haftbefehl gesucht. Die Vermutung war, dass er sich in Tschechien versteckt. Zumindest hat er viele Connections dahin und er ist sogar mit einer Tschechin verheiratet. Er hockt im Vernehmungsraum eins. Und rate mal, wer in Raum zwei sitzt. Die liebe, nette Frau Schöntal, die Kollegen haben sie auf der Autobahn gen Süden geschnappt, als sie mit ihrem alten klapprigen Volvo und dem Drogengeld abhauen wollte. Hannemann ist ihr Lover. Sie haben den Drogenschmuggel gemeinsam geplant, um danach zusammen zu verschwinden. Das ist zumindest das, was Schöntal dachte.«

Matthias reichte Clara ein Dokument. Sie überflog es. Hannemann hatte eine ganze Menge Vorstrafen. Drogen, Raub, Diebstahl. Kein netter Zeitgenosse. Er sagte nur, dass Schöntal ihn angestiftet habe. Ansonsten sprach er kein Wort mit der Polizei.

Doch das war auch gar nicht notwendig. Michaela Schöntal war mit den Nerven am Ende. Der Vorfall mit Benisha hatte ihr den Rest gegeben. Und sie war umso redseliger, als sie erfuhr, dass ihr Lover ihr nicht nur alle Schuld in die Schuhe schieben wollte, sondern auch eine Frau und drei Kinder in Tschechien hat. Clara und Silvano saßen bei ihr im Vernehmungsraum.

»Warum passiert das immer alles mir? Das Hotel hat das

ganze Vermögen von meinen Eltern aufgefressen. Die haben alles Geld darein gesteckt, obwohl es kaum mehr was abgeworfen hat. Hätte ich es nur nie geerbt.« Resigniert ließ sie die Schultern hängen. »Und dann dachte ich, alles wird gut, als ich Rolf kennengelernt habe vor ein paar Monaten. Wir haben uns ineinander verliebt.« Sie machte eine kurze Pause. »Oder zumindest habe ich mich in ihn verliebt. Er hat gesehen, wie sehr ich darunter leide, dass meine Existenz den Bach runter geht. Schulden über Schulden und nur ackern den ganzen Tag.«

»Warum haben Sie das Hotel nicht verkauft?«, fragte Clara.

»Des kauft doch keiner. Überschuldet, runtergekommen und alt. Und wer will jetzt schon ein Hotel führen. Sie bekommen ja nicht einmal mehr Personal. Ein Teufelskreis. Rolfs Vorschlag war zu verlockend, es hörte sich alles ganz easy an. Ein bisschen Kokain zur Wiesnzeit unter die Leute bringen und viel Geld damit machen.« Schöntal sah müde aus, ihre Augen waren rot und geschwollen und beinahe tat sie Clara leid. »Wissen Sie, wie es Benisha geht?«, fragte sie tonlos.

Silvano hatte Clara zuvor informiert, dass Benisha zwar ein schweres Schädel-Hirn-Trauma erlitten habe, aber voraussichtlich wieder völlig gesund werden würde. Da sie in ein künstliches Koma versetzt worden sei, würden sie warten müssen, bis sie ihnen erzählen könne, was auf der Treppe wirklich geschehen sei.

»Sie wird wieder gesund.«

»Da bin ich froh. Benisha hatte mir erzählt, dass das Knarzen in der Nacht gar nicht von der Treppe gekommen sein konnte, denn die ist ja aus Stein. Und sie hat mich gefragt, ob es einen Speiseaufzug gibt, weil die Küche doch früher unten im Keller war. Ich habe gesagt, ich weiß von nichts, aber es wäre sicher nur eine Frage der Zeit gewesen, bis Benisha den Aufzug gefunden hätte. Sie ist ein schlaues Kind.«

Michaela Schöntal schniefte. »Als Benisha später raufgegangen ist, hat der Rolf sich ihr oben in den Weg gestellt. Und da ist sie so erschrocken, dass sie die Treppe von allein runtergefallen ist. Das hat er mir geschworen.« Eine Träne lief ihr über die Wange bis zum Kinn. »Er hat auch sein Wort drauf gegeben, dass er seinen Drogenkumpel nicht hat umbringen wollen, des war nur Notwehr. Weil der plötzlich mehr Geld verlangte. Das war auch so ein Stümper.«

»Wer war der Mann?«

»Oskar Vallici. Ich hatte ihn nur einmal gesehen, als er uns die Instruktionen gegeben hat, wo in Tschechien wir die Drogen abholen sollen. Wir haben alles so gemacht, wie er gesagt hat. Und dann kam er plötzlich hier an, wollte mehr Geld, als vereinbart. Darüber sind Rolf und er in Streit geraten und – es war Notwehr. Was hätte der Rolf tun sollen?«

»Wie ist dieser Oskar Vallici ins Hotel gekommen? Er ist nicht auf den Videoaufnahmen der Sicherheitskamera.«

»Die Aufnahmen, auf denen er zu sehen war, habe ich noch in der Nacht gelöscht. Deswegen habe ich auch behauptet, dass die Anlage spinnt.« Sie lächelte fast ein bisschen stolz.

»Haben Sie die Aufnahmen von Rolf Hannemann auch gelöscht?«

Sie schüttelte den Kopf. »Rolf ist immer durch die Garage rein und raus gegangen. Er hat einen Generalschlüssel und im Hotel hat er sich in Uniform bewegt, da war er wie unsichtbar für die Leute.«

»Und Sie beide haben den Toten in der Nacht in den Speiseaufzug gesteckt, bevor alle nach oben kamen und sich davon überzeugten, dass es keine Leiche gibt.«

Clara hatte inzwischen eine ziemlich genaue Vorstellung, was sich in der Nacht vor Rosas Tod abgespielt hatte.

Schöntal nickte. »Ja, Rolf hat ihn in den Bademantel gewickelt und wir haben ihn zusammen in den Speiseaufzug gewuchtet und den Aufzug runterfahren lassen. Dabei muss der Gürtel in den Schacht gefallen sein. Ich bin dann schnell wieder in die Halle gegangen, Rolf hat sich oben in meiner Wohnung versteckt. Und da kamen auch schon die beiden Beamten.«

Später in der Nacht, hatte Rolf Hannemann den toten Komplizen in den Truderinger Wald gefahren und dort verscharrt.

»Und Rosa?«

»Ach, die dumme alte Frau. Wenn Sie nur keinen Blick durch den Türspalt geworfen hätte. Zuerst hat sie sich überzeugen lassen, dass sie sich geirrt hatte. Dummerweise hat sie Rolf am nächsten Tag auf der Wiesn gesehen, als er den letzten Karton von den Drogenherzen ausgeliefert hat. Sie hat ihn sofort wiedererkannt.«

Und mit dieser Information war sie ausgerechnet zu Schöntal gelaufen und hatte ihr erzählt, dass sie jetzt selbst zur Polizei fahren und die Sache in die Hand nehmen würde. Da mussten Schöntal und Hannemann schnell handeln und Rosa beseitigen.

»Aber ich habe sie nicht ermordet, das war Rolf.«

»Und was hatte Sheperton, also der Mann, den Sie als Jones kannten, mit allem zu tun?«

»Jones, der war ein Schwein. Der hat zuerst nur Drogen bei uns gekauft, aber dann hat er uns erpresst. Er hatte beobachtet, wie Rolf den Lastenaufzug ausgehängt hat, vorsichtshalber, damit es so aussieht, als wäre der Aufzug nicht benutzbar. Und Jones hat sich zusammengereimt, dass es etwas mit dem Tod der alten Frau zu tun hat. Dann wollte er ab sofort die Drogen von uns umsonst. Wieder waren wir in Schwierigkeiten. Aber unser Mittelsmann auf der Wiesn hat gesagt, er kümmert sich um den. Das hat er ja auch getan. Er hat ihm im Krankenhaus als falscher Arzt einen Drogencocktail verpasst, den er nicht überleben konnte.«

»Und Stiller?«

»Damit hatten wir nichts zu tun. Ich schwöre es. Jones

war völlig außer Kontrolle, er hat immer mehr Drogen eingeworfen und hatte davon einen totalen Verfolgungswahn, dieser Depp. Ihr Kollege hat sich Jones in den Weg gestellt, da hat er ihn niedergeschlagen. Ich hab dem Polizist noch geholfen, das muss mir doch angerechnet werden, oder?«

»Und warum haben Sie Rosa in Zimmer 107 ermordet?«

»Damit hatte ich nichts zu tun! Es war allein Rolfs Idee. Er hat sich das überlegt, weil das Zimmer nicht bewohnt ist. Er hat die Tür einen Spalt aufstehen lassen, dann hat er bei ihr geklopft und sich schnell in 107 versteckt. Das Herz hatte er aufs Bett gelegt, damit sie einen Grund hat, weiter ins Zimmer hineinzugehen, so konnte er sie einfach überrumpeln. Das war ein Klacks bei der alten Frau. Er wollte die Leiche später in der Nacht wegbringen. Der Plan war perfekt. Warum hätte jemand in das Zimmer gehen sollen?«

»Und Sie sind währenddessen einkaufen gegangen, um ein Alibi zu haben?« Clara dachte an Rosa, der niemand geglaubt hatte.

Schöntal nickte matt.

Auch Silvano hatte noch eine Frage. »Wir haben einige Schmuckstücke oben bei Ihnen in der Wohnung gefunden, die angeblich Bodo Tannhöfer gestohlen hatte. Möchten Sie uns dazu noch etwas sagen?«

»Das tat mir ehrlich leid, aber ich hatte ihn schon rausgeschmissen, als ich gemerkt habe, dass Rolf es war, der lange Finger gemacht hatte.« Schöntal gab eigenartige Grunzlaute von sich. Clara war nicht sicher, ob die Frau lachte oder weinte. Es schien irgendwas dazwischen zu sein. Aber sie hatten alles, was sie brauchten.

»Wer hätte ahnen können, dass ausgerechnet zur Wiesnzeit, der verfluchte Monteur daherkommt? Bei mir ist es wahrscheinlicher, dass ich von einem Meteoriten getroffen werde, als dass ich mal Glück habe.« Michaela Schöntal sah Clara mit großen Augen an. »Warum meint das Schicksal es immer nur bös' mit mir?«

Clara schaltete das Aufnahmegerät ab und stand auf. Ein Shakespeare Zitat ging ihr durch den Kopf: *Unser Schicksal hängt nicht von den Sternen ab, sondern von unserem Handeln.* Eine unbestechliche Regel des Lebens, die für jeden gilt. Auch für eine Hauptkommissarin. Aber sie war nicht die Richtige, um moralische Ratschläge zu erteilen, hatte sie doch selbst um Haaresbreite einen Verrat begangen. Wortlos ging sie zur Tür. Am Ende musste jeder seine eigene Rechnung bezahlen.

Auch Silvano stand auf und er war nicht so zurückhaltend mit Empfehlungen fürs Leben. »Wer Finsternis sät, wird keine süßen Früchte ernten!«

34

Einen besseren Tag hätte man sich für einen Wiesnbummel kaum aussuchen können. Die Sonne strahlte vom bayerischen Himmel über der Theresienwiese. Ein sanfter Wind trug den blechernen Klang von Blasmusik und unbeschwertem Gelächter zu ihnen herüber. Farbenfrohe Luftballons, Lebkuchenherzen in allen erdenklichen Größen und eine Fülle an Souvenirs wie riesige Filzhüte und Krüge mit Grüßen vom Oktoberfest wurden an den Ständen dargeboten.

Clara und ihr Team schlenderten durch die Reihen der festlich geschmückten Buden. Der Geruch von Zuckerwatte und gebrannten Mandeln stieg ihr in die Nase und das herzhafte Aroma von Bratwürsten, die auf einem offenen Grill brutzelten, zog darüber hinweg. Leberkassemmeln, Reiberdatschi und Steckerlfisch, die Auswahl an Leckereien war endlos. Iris ging neben ihr, sie machte einen gelösten Eindruck.

»Danke«, sagte sie und zwinkerte Clara verschwörerisch zu, »dafür, dass du dich für mich entschieden hast.«

»Du hast es gewusst?«

»Ina hat es mir erzählt, deswegen habe ich dich angerufen. Du solltest wissen, wie wichtig es für mich ist, dass Wagenstein verurteilt wird. Aber ich wollte auch, dass du deine eigene Entscheidung triffst.«

Clara lächelte verstehend. Sie war sicher, dass wenn jemand es vor Gericht mit Wagenstein aufnehmen konnte, dann Iris. Und tief in sich spürte sie die unerschütterliche

Zuversicht, dass sie selbst den Mord an ihrem Vater eines Tages aufklären würde.

Das große Kettenkarussell drehte seine Runden und die Mitfahrenden lachten und johlten zur Musik. *Und jetzt kommt Schwung in die Kiste*, kündigte in nasalem Ton ein Sprecher beim Mr. Gravity an. In einiger Entfernung dahinter erhob sich das Riesenrad. Die Gondeln schwebten sanft in der Luft und gewährten den Passagieren einen atemberaubenden Blick über das Festgelände.

Beim Toboggan erinnerte nichts mehr an die dramatischen Ereignisse vom Vortag. Menschen sprangen auf das Laufband, fuhren lässig stehend nach oben. Andere waren kaum auf dem Band und saßen schon auf ihrem Hosenboden. Die fleißigen Mitarbeiter halfen, zogen, schoben, damit auch die Ungeübtesten oben ankamen und die ausgiebige Rutschpartie genießen konnten. Clara dachte für einen kurzen Moment an Rosa Kleinschmidt. Sie wollte nur mit ihrer Enkeltochter auf die Wiesn gehen. Doch sie hatte einen Blick ins falsche Zimmer geworfen. Einen gefährlichen Blick, der ihr Schicksal besiegelt hatte.

Sie schlenderten weiter zu Balthasar und der war in Hochform. Rund um den Foodtruck waren wieder massenhaft Menschen. Die, die schon eine seiner bunten Kaffeeschönheiten in der Hand hielten, drängten zum Fotopoint. Als Balthasar sie entdeckte, winkte er das Team durch die Seitentür zu sich heran. Inzwischen hatte er zwei Mitarbeiter im Wagen stehen, die eifrig Kaffee ausschenkten und süße Brezen am Stiel verkauften.

»Hey, Clara«, er strahlte, »alles in Ordnung bei dir?« Er zeigte auf ihre Hand. »Das war ja was.«

»Passt schon. Man muss es positiv sehen.« Sie hob die Faust, die mit dem Verband so eingewickelt war, dass der Daumen jetzt immer nach oben zeigte.

»Recht so, des ist die richtige Einstellung.« Balthasar reichte die Bestellung von Claras Team zur Seite hinaus.

»Vergesst nicht, ein Hirschfoto zu machen. Der Hashtag ist #HirschaufderWiesn.« Seine Wangen glühten rot vor Glück und er lachte über das ganze Gesicht. »Ihr könnt euch hier an meinen VIP-Tisch stellen.« Er deutete auf die Ecke außen am Wagen, wo der kleine Klapptisch an der Wand des Airstreams lehnte. »Da haben wir schon zwei illustre Gäste.«

Clara wandte sich um. *Ach*, lag ihr auf der Zunge, als sie Demirci sah, doch dann blickte sie in das säuerliche Gesicht seiner Freundin Dr. Irina Brahl. Ihre auffallend schöne Erscheinung hatte sie in ein bordeauxrotes Dirndl gehüllt, die seidige Schürze bewegte sich leicht im Wind und ihre festen schwarzen Haare hatte sie zu einem Kranz um den Kopf hochgesteckt. Doch das alles machte ihren genervten Blick nicht wett. Die freudige Begrüßung blieb Clara im Hals stecken, als hätte sie Reflux.

»Hm!«, machte sie stattdessen und nickte.

Demirci grinste sie fröhlich an und stellte sich rasch auf die andere Seite von Brahl. So nah an Clara heran, dass er ihren Arm mit seinem berührte: »Na so was, da kommen wir ja doch noch zu einem gemeinsamen Oktoberfestbesuch in diesem Jahr.«

Clara nickte und wünschte, sie würde auf der Stelle im Erdboden versinken.

»Meine Schwester kennst du ja schon.« Demirci hob die Hand in Richtung von Irina Brahl, die zur Begrüßung steif nickte.

»Deine Schwester«, wiederholte Clara verdutzt.

Sie brauchte einen Moment, um das zusammenzubringen. Dann prostete sie ihr mit dem Becher zu. Doch mehr als ein blasses Nicken kam von Brahl nicht zurück. Langsam spürte Clara, wie sich das bunte Treiben und die ausgelassene Fröhlichkeit rundherum auf ihre Stimmung übertrug. Und auch die anderen aus dem Team, die sich um den winzigen Tisch gesellt hatten, waren guter Laune.

»Ein Prosit!«, rief Thorwald aus der zweiten Reihe und prostete allen mit seiner Limoflasche zu.

Angeregt und laut unterhielt sich die kleine Runde, so gut es bei der Geräuschkulisse auf der Wiesn eben ging.

»So, wer von euch wagt eine Rutschpartie mit mir?«, rief Silvano und rannte in Richtung Toboggan los. Thorwald und Matthias liefen ausgelassen hinterher und sogar Iris schloss sich an. Clara schüttelte lachend den Kopf und zeigte auf den Verband um ihre Hand.

Das Blau des Himmels ging schon in einen feurigen violetten Ton über und immer noch strömten Besucher aufs Festgelände und in die Bierzelte. Die Beleuchtung der Fahrgeschäfte und Stände kam in der Dämmerung von Minute zu Minute besser zur Geltung. Die ganze Wiesn verwandelte sich in ein funkelndes Lichtermeer.

Seine Schwester, dachte Clara und konnte sich ein Lachen nicht verkneifen. Manchmal waren es unvorhersehbare Wendungen, die einem den wahren Genuss im Leben bescherten. Mit Gänsehautmomenten und Kribbeln im Bauch. Verstohlen blickte sie zu Demirci hinüber, dem schneidigen Rechtsmediziner.

Und beschwingt hob sie ihren Kaffeebecher in die Höhe. »Na dann, ein Prosit auf die Gemütlichkeit.«